QUERVERLAG

Karen-Susan Fessel

Einfach nur Noni

Roman

Die Arbeit der Autorin am vorliegenden Buch wurde vom Deutschen Literaturfonds e.V. gefördert.

Die Handlung, die Figuren und manche Schauplätze dieses Romans sind fiktiv. Ähnlichkeiten mit lebenden und toten Personen sind unbeabsichtigt.

Erste Auflage September 2023

Umschlag und grafische Realisierung von Sergio Vitale.

Gesamtherstellung: Finidr
ISBN 978-3-89656-332-3
Printed in the Czech Republic

Bitte fordern Sie unser Gesamtverzeichnis an:
Querverlag GmbH
Akazienstraße 25, 10823 Berlin
www.querverlag.de

Kapitel 1

Mir ist schlecht.

Mir ist richtig schlecht.

Ich hole tief Luft und kneife die Augen zu. Eine ganze Weile lausche ich meinem Herzschlag, dann mache ich sie wieder auf. Die Wand vor mir ist hellgelb gestrichen, die Decke weiß. Fast so wie in Mirnas Zimmer. Ich mache die Augen wieder zu.

Wenn sie mich jetzt sehen würde. Himmel.

Die Tür geht auf, meine Augen auch.

„Herr Grimme?"

Eine der Sprechstundenhilfen steht in der Tür. Eine, die ich noch nicht kenne, dünn, dunkelhaarig, gestresstes Gesicht. Unglaublich. Wie viele Sprechstundenhilfen arbeiten denn hier?

„Herr Grimme, einen Moment noch, Doktor Schreiber kommt gleich."

„Okay", sage ich. Sie nickt, sieht mich noch einen Moment lang an, dann schließt sie wieder die Tür.

Ich muss fast lachen. Deswegen hat sie jetzt reingeguckt? Wegen dieser völlig überflüssigen Information? Oder wollte sie mich einfach sehen? Mal gucken, wie der neue Transjunge so aussieht?

Ich baumele einen Moment mit den Beinen, dann strecke ich mich probehalber auf der Liege aus. Auf dem Bauch natürlich.

Mann, ist die hart. Wie können die Leute im Krankenhaus nur stundenlang auf so was liegen?

Was für eine blöde Frage – weil sie müssen. Weil sie krank sind und untersucht werden müssen. Oder behandelt werden müssen.

Ich allerdings muss nicht. Ich will.

Oder muss ich doch?

Will ich? Muss ich?

Mist.

Der harte Schaumstoff drückt mir in die Wange, und ich setze mich wieder hin und baumele mit den Beinen.

Mir ist immer noch schlecht.

Die Tür geht auf, und Doktor Schreiber kommt herein, mit energischem Schritt. „Noni!“, ruft er und lächelt mich an, während er einen Hefter auf seinem Tisch ablegt. Dann streckt er die Hand aus und drückt meine, ziemlich fest. „So, heute ist also der große Tag. Wie fühlst du dich?“

Ich zucke mit den Schultern. Plötzlich will ich nicht mehr auf der Liege sitzen. Ich stehe auf, aber jetzt weiß ich nicht, wohin mit meinen Händen. „Mir ist ein bisschen schlecht“, sage ich, obwohl ich gar nicht vorhatte, das zu sagen.

Doktor Schreiber sieht mich genauer an. „Aufgeregt? Das ist ja vollkommen verständlich. Es ist ja auch aufregend.“ Er lächelt, dann legt er den Kopf schief. „Oder ist es eine andere Art von Übelkeit?“

„Nein“, sage ich, „nein, schon okay. Ich bin vielleicht wirklich etwas aufgeregt.“

„Ja, ja“, sagt Doktor Schreiber. „Ja, das ist durchaus normal. Nun, dann lass uns mal sehen …“ Er schlägt den Hefter auf und liest darin. Ich lehne mich wieder an die Liege und beobachte ihn.

Doktor Schreiber ist ziemlich groß, schlank und total energisch. Tatkräftig, hat Mama gesagt, nachdem wir das erste Mal zusammen bei ihm waren. „Ein tatkräftiger Mann. Bei so einem hat man immer das Gefühl, dass er genau weiß, was er tut.“ Die Pause, die sie danach einlegte, hat mir allerdings verraten, dass Mama davon nicht ganz überzeugt war.

Aber ich hab sie nicht weiter danach gefragt.

Doktor Schreiber lächelt mich an, sieht in seinen Hefter und schiebt ihn ganz an den Rand des Tisches, um die Hände vor sich zu falten. Er blickt mich nachdenklich an, dann lächelt er. „So, du weißt ja über alles Bescheid. Wir schreiten dann am besten gleich zur Tat, damit die Spannung nicht ins Unerträgliche steigt.“ Er lächelt noch einmal und richtet sich auf. „Leg dich bitte da hin, auf den Bauch, und ziehe deine Hose ein Stückchen runter."

Ich stehe auf und gehe zur Liege rüber, während Doktor Schreiber seine Sprechstundenhilfe hereinruft. Vorsichtig lege ich mich hin, greife nach hinten und zerre meine Jogginghose halb über den Hintern. Ich habe extra diese angezogen, weil sie so bequem ist.

Hinter mir murmeln Herr Schreiber und seine Sprechstundenhilfe etwas, und ich höre ein Klimpern. Geräusche.

„Herr Schreiber", sage ich. Meine Stimme klingt seltsam, irgendwie heiser.

„Ja, bitte?" Doktor Schreiber tritt in mein Blickfeld.

„Kann ich vielleicht doch lieber dieses Gel kriegen? Also, keine Spritze?"

Doktor Schreiber stutzt und sieht mich kurz fragend an, dann nickt er. „Natürlich", sagt er. „Das geht auch. Aber das würde ich dann doch gern zusammen mit deiner Mutter besprechen."

„Die ist draußen im Wartezimmer."

„Wir holen sie mal rein." Doktor Schreiber nickt seiner Sprechstundenhilfe zu. „Setz dich dann bitte auf den Stuhl da drüben. Wir reden noch mal."

Ich falle fast von der Liege, als ich mich aufrichte, und spüre, dass ich rot angelaufen bin, während ich mir die Hose wieder hochziehe. Ist das peinlich. Wieso habe ich nicht vorher gefragt?

Doktor Schreibers Gesicht ist ausdruckslos, als er sich zur Tür dreht, durch die meine Mutter hereinkommt. Sie sieht irritiert aus, aber irgendwie auch erleichtert.

Ich sitze stumm neben ihr, während Doktor Schreiber uns beiden genau erklärt, wie ich das Gel anwenden soll und in welcher Apotheke ich es bekomme.

Dann gehen wir.

Draußen sieht Mama mich an. Und ich kann diese ganzen, ganzen Fragen in ihren Augen sehen.

All diese Fragen, auf die ich keine Antwort habe.

Ich stecke die Fäuste tief in meine Hosentaschen, und Mama kneift die Augen zusammen und streichelt mir kurz über die Wange.

„Wollen wir zur Apotheke und dann ein Eis essen?", fragt sie. Und hinter ihr scheint die Sonne.

* * *

Nach dem allerersten Besuch bei Doktor Schreiber damals haben wir hinterher auch Eis gegessen, obwohl es Februar war und nicht Mai und ziemlich kalt.

Auf dem Hinweg ging Mama neben mir her wie auf Stelzen, total steif. Sie war furchtbar nervös, aber ich war es auch.

Die Praxis sah okay aus, normal eben, hell, viel Licht und diese schicken, aber unbequemen Sitzschalenstühle im Wartebereich, in dem nur zwei Leute saßen, ein älterer Mann und eine ziemlich junge Frau. Mama meldete uns am Empfang an und sprach dabei so leise, dass ich fast nichts verstand, obwohl ich direkt neben ihr am Tresen lehnte. Die Sprechstundenhilfe nickte und lächelte erst Mama und dann mich freundlich an.

„Dann bräuchte ich mal die Versichertenkarte, bitte", sagte sie zu mir.

Klar. Und jetzt würde sie meinen Mädchennamen sehen und mir einen zweiten, forschenden Blick zuwerfen. Genauso hatte ich es mir vorgestellt.

„Die kannst du hier selbst einlesen", fügte sie hinzu.

Ich atmete erleichtert aus und schob meine Karte in das Lesegerät auf dem Tresen.

„Das war's schon. Nehmen Sie doch bitte da drüben im Wartezimmer Platz", sagte sie und hantierte geschäftig mit ihren Unterlagen.

Mama und ich setzten uns nebeneinander direkt vor das Fenster. Ich konnte richtig spüren, dass sie von Minute zu Minute nervöser wurde. Mir ging es genauso. Um mich abzulenken, versuchte ich, die anderen Wartenden verstohlen zu beäugen. Warum die wohl hier waren?

„Familie Grimme?" Plötzlich stand ein großgewachsener Mann mit leicht ergrauten Schläfen im Durchgang und sah mit scharfem Blick zu Mama und mir. Mama stand auf, aber ich blieb verdutzt sitzen.

„Sind wir schon dran?", fragte ich und merkte sofort, dass ich rot anlief. Ich sprang ebenfalls auf und trabte hinter Mama und dem Arzt her. Sie waren beide gleich groß, das fiel mir auf.

In seinem Zimmer setzte sich Doktor Schreiber hinter den Tisch und bedeutete Mama und mir, in den beiden Sesseln davor Platz zu nehmen. Dann verschränkte er die Hände und lehnte sich zurück.

„Schön, dich kennenzulernen – ich darf dich doch duzen, oder? Was führt dich her?", sagte er und nickte mir zu.

Ich holte Luft. Levi hatte mich gut vorbereitet auf das, was jetzt kommen würde, aber trotzdem wusste ich auf einmal nicht, was ich sagen sollte. Oder besser, wo ich anfangen sollte.

„Mein … Noni möchte gern Hormone nehmen", sagte Mama.

Doktor Schreiber nickte und sah weiterhin mich an. „Und seit wann hast du diesen Wunsch?", fragte er freundlich. Seine Stimme war ruhig und angenehm, aber trotzdem fühlte ich mich nicht imstande, sofort zu antworten.

Ich holte noch mal Luft, dann setzte ich mich anders hin. „Also, ich … ich … eigentlich schon echt lange. Also bestimmt zwei Jahre oder so", sagte ich.

Mama drehte ruckartig den Kopf und starrte mich kurz an, bevor sie die Fassung wiedergewann.

„Zwei Jahre, das ist ja schon eine ganze Zeit", sagte Doktor Schreiber und klappte meine Krankenakte auf und wieder zu. „Du bist jetzt sechzehn. Das heißt, du fühlst dich in deinem dir bei der Geburt zugewiesenen Geschlecht nicht zu Hause, seit du ungefähr vierzehn bist, ist das richtig?"

Ich zögerte. Dann nickte ich. „Ja, ungefähr, ja."

Doktor Schreiber nickte erneut, dann legte er die Akte vor sich auf den Tisch. „Und warum kommst du erst jetzt?", fragte er ruhig.

Ich sah auf meine Hände hinunter. Dann kratzte ich mich im Nacken und dann, erst dann, sah ich kurz zu Mama rüber.

Mama erwiderte meinen Blick. „Also, ich glaube, ich war noch nicht so weit“, sagte sie leise.

* * *

Als wir eine gute halbe Stunde später wieder aus der Eingangstür ins Freie traten, war ich so durcheinander wie nie zuvor in meinem Leben. Und gleichzeitig tiefenentspannt. Doktor Schreiber hatte sich richtig viel Zeit genommen, um uns die ganze Prozedur genau zu erklären, die womöglich auf mich zukam, wenn ich mich für diesen Weg entscheiden sollte. Von all den medizinischen Fachbegriffen schwirrte mir der Kopf, aber zugleich hatte ich das Gefühl, einen riesigen Schritt in die richtige Richtung gemacht zu haben.

Endlich hatte ich es ausgesprochen, mich erklärt, und das nicht nur meiner Familie, Levi und den anderen Tranxkidz gegenüber, sondern vor einem Fachmann. Doktor Schreiber war Endokrinologe, ein ausgewiesener Spezialist auf diesem Gebiet. Er wusste, wie das alles ging. Er würde mir helfen.

Endlich war da ein Erwachsener, der mich ernst nahm und auf meiner Seite stand. Endlich war ich nicht mehr auf mich gestellt.

„Wollen wir ein Eis essen?“, fragte Mama.

„Klar, können wir machen.“ Ich hüpfte über eine achtlos fallengelassene Coladose hinweg und steckte die Hände tief in die Hosentaschen.

Endlich ging es voran.

Das Eiscafé war eines der wenigen, die das ganze Jahr über geöffnet haben, und trotz der kalten Witterung war es gut besucht. Zum Glück wurde ganz vorn an der Tür gerade ein Tisch frei, als wir reinkamen, und Mama und ich setzten uns so, dass wir freien Blick auf die Fußgängerzone hatten.

Mama sah total traurig aus, als sie in ihrem Eiskaffee rührte. Ich saß da, löffelte mein Eis im Rekordtempo und betrachtete die muskelbepackten Jungs, die draußen vorbeischlenderten.

Gleich in der Nähe musste ein Fitnessstudio sein, denn die meisten von ihnen hatten Sporttaschen in der Hand und frischgegelte Frisuren, wenn sie nicht gerade Mützen trugen.

Fitness. Ob ich mich doch in einem anmelden sollte?

Ich nahm mein Basecap ab und drehte es in der Hand. Plötzlich spürte ich, dass Mama mich immer wieder von der Seite ansah.

„Mama", sagte ich schließlich. „Guck mich doch nicht andauernd so an."

Mama seufzte. „Ni…", sagte sie, „Noni. Wann hat das alles eigentlich angefangen, was denkst du?"

Ich sah sie an und dann weg. „Ich glaube, ich möchte noch einen Schokoeisbecher", sagte ich, und dafür kann ich mich heute immer noch nicht leiden.

Mama sah so verdammt verletzt aus, und das konnte ich ihr echt nicht verdenken. Aber es ging irgendwie nicht anders. Ich konnte einfach nicht darüber reden. Ich konnte nur blöde Sprüche machen oder vom Thema ablenken. Und das noch nicht mal gut.

„Ja, dann", sagte Mama. „Also, wenn du die Kellnerin siehst, dann wink ihr mal, ja?"

* * *

Wann es angefangen hatte?

Schwierige Frage. Es gibt eine Unmenge von Momenten, in denen mir ein Licht aufging, mal ein kleines, mal ein größeres. Aber das Problem ist: Alles ließ sich auch immer irgendwie anders deuten.

Auch heute noch. Ich meine, was genau bedeutet es, wenn ein kleines Mädchen sich kreischend und schreiend dagegen wehrt, einen Rock anziehen zu müssen? Was heißt es, wenn es lieber Fußball spielen will statt Gummitwist hüpfen? Partout keine langen Haare tragen will? Blaue Pullis anziehen will statt rosafarbene? Hiphop tanzen will statt Ballett? Keine Lust hat, Mama beim Kochen zu helfen, und lieber zuguckt, wie der große Halbbruder sein Moped repariert?

Ist das Mädchen deswegen gleich ein Junge? Oder eben ein Mädchen, das gern Fußball spielt, gern blaue Pullis trägt und kurze Haare?

Und bitte, wer soll das schon genau beantworten können?

Also, ich jedenfalls weiß nicht genau, wann es angefangen hat. Ich hab das Gefühl, ich war schon immer so wie jetzt – kein richtiges Mädchen, sondern eher ein Junge. Obwohl, das „eher" kann man ja auch streichen.

Aber richtig angefangen hat es wahrscheinlich, als ich vor einem guten halben Jahr im Netz unterwegs war und diese Videoclips sah.

Ich kann mich immer noch ganz genau daran erinnern. Es war ein milder Abend Anfang September, und ich hatte einen ganzen langen Sommer voller Frust und Hass auf meinen beschissenen Mädchenkörper hinter mir, der absolut nicht so wollte wie ich. Ein ganzer langer Sommer, in dem ich meine immer größer werdenden Brüste hinter ebenfalls immer größer werdenden langärmligen T-Shirts verbarg, einen großen Bogen ums Schwimmbad machte und jeden Abend duschte, ohne an mir herunterzusehen. Ein Sommer, in dem ich meine Tamponpackung vor Wut in die Ecke pfefferte und kurz darauf wieder zähneknirschend einsammelte. Ein Sommer, in dem ich fast die gesamte Ferienzeit auf Omas Dachboden verbrachte und nicht ans Handy ging, wenn Svea oder Emil anriefen. Ein total übler, verschissener Sommer, der schlimmste meines Lebens.

Ich hatte mir gerade aus Opas Keller eine kalte Orangenlimonade geholt und mich wieder in den großen alten Ohrensessel gefläzt, der ganz hinten in der Ecke auf dem Dachboden steht. Dort hatte ich schon immer gern gesessen, in diesem Sommer aber war der Sessel auf dem ruhigen, halbdunklen Dachboden mein absoluter Lieblingsplatz geworden, mein Rückzugsort, meine Rettung an Tagen, an denen ich das ganze Gequatsche nicht mehr aushielt. Auch nicht mein eigenes.

Das WLAN ist da oben nicht so richtig gut, aber es reicht, um ein bisschen im Netz unterwegs zu sein und sich mit YouTube die Zeit zu vertreiben. Von draußen aus der Siedlung drangen leise Kinderstimmen zu mir herauf, das satte Aufprallen eines Balls auf der Hauswand gegenüber, hin und wieder von weit entfernt ein Hupen. Ich lehnte mich tief in den Sessel zurück und zog mein Handy raus.

Mädchen Hose

Junge Vorteile

Lieber ein Junge sein

Vor mir ploppte ein Video über einen Zwölfjährigen auf, der sich im falschen Körper geboren fühlte und nun mithilfe seiner Mutter alles tat, um als Junge rüberzukommen. Ich sah eine Weile zu, wie der Kleine sich beim Friseur eine Igelfrisur schneiden ließ, dann rief ich das nächste Video auf. Ein Elfjähriger erzählte einer Journalistin davon, dass er viel lieber mit anderen Mädchen spielte als mit Jungs.

Ich seufzte und scrollte weiter runter. Diese Filme – oder so ähnliche – hatte ich schon zigmal angesehen, aber so richtig gepackt hatten sie mich trotzdem nicht. Eigentlich wusste ich selbst nicht so genau, was ich suchte. Nur, dass das Thema Junge sein oder trans* mich irgendwie interessierte. Dass es irgendwas mit mir zu tun hatte.

Plötzlich hielt ich inne. Auf dem Display grinste ein ziemlich süßer Typ in meinem Alter in die Kamera, dann drehte er sich zur Seite und ließ seinen Bizeps spielen. Ich klickte an.

„Hi, ich bin Kalle“, sagte er mit einer leicht kieksigen, aber ziemlich tiefen Stimme. „Und ich wette, ihr könnt es kaum glauben, aber bis vor einem Dreivierteljahr hätte jeder gedacht, dass ich ein Mädchen bin. Jeder, echt!“

Von draußen war Hundegebell zu hören, dann eine laute, böse klingende Männerstimme. Ich starrte Kalle an.

Er sah total gut aus.

Genau so wollte ich auch gern aussehen.

„*Tranxkidz,* den Treff für alle trans*kids und trans*teens, gibt es fast überall in jeder größeren Stadt“, sagte Kalle direkt in die Kamera. Direkt zu mir. Mir ins Gesicht. „Geh einfach mal hin, wenn du das Gefühl hast, dass du zu uns gehörst. Wir lassen niemanden hängen. Trau dich, komm mal vorbei!“

Ich drückte die Pausetaste und atmete tief durch. Dann spielte ich das Video noch mal ab.

Mann, was hatte der für ein süßes Lächeln!

„Trau dich, komm mal vorbei!", sagte Kalle. Ich schloss die Augen und lehnte den Kopf zurück.

Von unten hörte ich etwas klappern, dann rief Oma: „Nina! Abendessen! Kommst du runter?"

Ich machte die Augen wieder auf. Schräg über mir fiel ein winziger Sonnenstrahl durchs Dachgebälk und warf einen kleinen Sonnenkreis auf den leicht staubigen Holzboden.

Tranxkidz. Ob es das auch hier gab? Natürlich nicht in Eden. Aber in der Stadt?

„Kommst du, Nina?"

Ich steckte das Handy ein, stand auf und ging mit langsamen Schritten zur Treppe rüber. Von unten waren die Stimmen meiner Großeltern zu hören, die sich mit Felice, meiner kleinen Schwester, unterhielten. Als ich den Fuß auf die oberste Stufe setzte, hörte ich Mama lachen. Dann klappte die Haustür, und mein Vater begrüßte Pippo, Opas Kater.

Ganz langsam ging ich die Treppe hinunter, und noch bevor ich unten angekommen war, spürte ich, dass ich lächelte. Alles kam mir auf einmal so unwirklich vor. Vielleicht hatte ich die Lösung gefunden.

* * *

„Wollen wir los?", fragt Mama und schiebt ihr leeres Milchkaffeeglas beiseite. Die Sonne steht jetzt schräg am Himmel, nicht mehr lange, bis die Dämmerung anbrechen wird. Ich nicke und schiebe meinen leeren Eisbecher ebenfalls zur Seite. Für einen kurzen Moment sehen wir uns an, dann stehen wir gleichzeitig auf.

Schweigend laufen wir nebeneinander her zur S-Bahn-Station. Das Gel brennt in meinem Rucksack. Es ist Freitagnachmittag, der Feierabendverkehr mischt sich schon mit den Wochenendbesuchern. Ganz in der Nähe ist eine Mall, und Gruppen von Jugendlichen schlendern dorthin, grölend und kichernd.

Auch auf dem Bahnsteig ist es voll. Mama stellt sich dicht neben mich, und als unsere Bahn einfährt, bahnt sie uns zielstrebig den Weg durch die Menge.

Ab Schönholz leert sich die Bahn langsam, und Mama und ich bekommen zwei Sitzplätze nebeneinander. Ich lehne den Kopf ans Fenster und sehe hinaus.

Das Gleisbett ist dichtbewachsen, hochgewachsene Büsche flankieren die Strecke, ab und zu blitzt ein Stück Mauer hindurch, gelegentlich ein Weg, der ins Unterholz getrampelt wurde, von Tieren oder auch Menschen, die eine Abkürzung suchen.

Mama neben mir schweigt. In Wilhelmsruh steigen die drei Kids aus, die vorher die ganze Zeit über an der Tür gelärmt haben. Wittenau, Waidmannslust, Hermsdorf.

In Frohnau steigt niemand zu, auch in Hohen Neuendorf nicht. In Birkenwerder dreht sich Mama zu mir und fragt: „Geht es dir gut?"

Ich nicke. Kurz werfe ich ihr einen Blick zu. Sie ist blass und sieht immer noch traurig aus. „Mama", sage ich, aber dann weiß ich nicht weiter.

Mama lächelt mich an und streicht mir über die Wange. „Das wird schon alles", sagt sie, aber ich bin mir nicht sicher, ob sie damit mich oder eher sich beruhigen will.

Denn ich habe keine Ahnung, ob das alles schon wird. Ich weiß nur, dass ich auf dem Weg bin.

* * *

Auf der Bernauer ist Stau, deshalb brauchen wir über zwanzig Minuten vom Parkplatz am Bahnhof bis nach Eden. Auf der Fahrt reden wir immer noch wenig, obwohl Mama jetzt nicht mehr ganz so gestresst wirkt.

Als wir schließlich den Kanal queren und nach Eden reinfahren, habe ich plötzlich das Gefühl, dass meine Augen viel schärfer sehen als sonst. Das Blumengeschäft zur Linken, das kleine Umspannwerk an der Ecke zur Goethestraße, das winzige, weißgestrichene Haus auf der anderen Straßenseite, in dem dieser große, schlaksige Junge wohnt, der ein bisschen älter als ich ist und aufs Gymnasium geht und dessen Namen ich immer noch nicht weiß – alles sieht auf einmal ganz anders aus, viel klarer, gleichzeitig fremd.

Ich habe mein ganzes Leben hier in Eden verbracht, und doch fühle ich mich auf einmal wie ein Tourist, wie jemand, der die Siedlung zum ersten Mal sieht. Diese Siedlung mit der ganz besonderen Geschichte, auf die ihre Bewohner so stolz sind. Eden, das grüne Gartenparadies mit der eingeschworenen Gemeinschaft. Die kleinen Häuer mit den blühenden Gärten drumrum, der ehemalige Kindergarten aus den zwanziger Jahren mit seinen hohen Türmchen, die Mosterei, die schon so lange nicht mehr in Betrieb ist – jedes einzelne Gebäude, jeden Baum, jeden Strauch kenne ich, seit ich denken kann, jeden Weg hier bin ich unzählige Male entlanggelaufen, aber jetzt, heute, erscheint mir alles fremd und unbekannt.

Oder vielleicht ist es ja genau andersherum: Nicht die Siedlung ist fremd, sondern ich bin es. Ich habe das Gefühl, ein ganz anderer Mensch zu sein.

Vielleicht ist das ein Vorgeschmack? Vielleicht werde ich mich so fühlen, wenn ich endlich wirklich Noni bin?

„So, da sind wir", sagt Mama überflüssigerweise, fährt mit Schwung in die Einfahrt und zieht die Handbremse an. Ich will meine Tür öffnen, aber Mama legt mir die Hand auf den Arm. „Noni?"

„Ja, was ist?"

Mama guckt mich an. „Bist du …", beginnt sie, dann unterbricht sie sich selbst. „Ach, egal. Alles gut so. Du hast dich entschieden. Ich stehe dir auf deinem Weg bei, immer, das musst du wissen. Aber …" Sie zögert, dann greift sie in ihren Rucksack und zieht etwas heraus. „Hier, das ist für dich. Ich war mir die ganze Zeit nicht sicher, ob ich es dir geben soll, aber ich glaube, es ist richtig."

Ich betrachte das in roten Stoff eingebundene Heft, das sie mir hinhält, dann nehme ich es. „Was ist das?"

„Das ist eine Art Tagebuch. Für dich. Ich kann dir manches nicht sagen, deshalb … deshalb habe ich es aufgeschrieben."

„Das Mama-Buch", sage ich und lache.

Sie nickt. „Das Mama-Buch, genau." Sie zuckt mit den Schultern. „Es steht nicht allzu viel drin. Aber ein bisschen darüber, was ich denke und fühle, und auch vielleicht ein paar Dinge, die du jetzt nicht hören wollen würdest. Du kannst es lesen oder auch nicht. Aber es gehört dir." Mama lächelt, irgendwie schwach, so als wäre bei ihr total die Puste raus. Für einen Moment möchte ich sie umarmen, aber dann greife ich nach dem Türgriff.

„Danke, Mama." Ich steige aus und klappe die Tür hinter mir zu.

„Nina!" Feli flitzt auf mich zu. Sie hat sich rote Striche auf die Wangen gemalt und ihre Ringelsocken an, ich wette, sie hat heute wieder ihren Pippi-Langstrumpf-Tag. „Spielst du mit mir? Papa hat das Planschbecken aus dem Schuppen geholt und Wasser reingetan!"

„Ist es überhaupt schon warm genug dafür?"

„Ja!", ruft Feli. „Ja, es ist gaaaanz warm!" Sie schwenkt die Arme vor und zurück, zieht eine Bettel-Grimasse und versucht mit allen Mitteln, mich zu erweichen.

Normalerweise hätte sie auch Erfolg damit. Aber heute nicht. Ich kann jetzt nicht mit meiner kleinen Schwester im Planschbecken hocken. Ich muss nachdenken. Und mir diese Gelpackung genauer ansehen, die in meinem Rucksack immer noch wie Feuer brennt.

„Bitte!" Sie läuft hinter mir her zur Tür und ins Haus.

„Sorry, Feli, heute nicht. Morgen, okay?"

Feli zieht die Brauen herunter und stampft auf. „Du bist gemein", mault sie. „Nie spielst du mit mir!"

Was überhaupt nicht stimmt. Ich spiele ziemlich oft mit ihr. Na ja, vielleicht in letzter Zeit nicht mehr.

„Dann frage ich Tilli", sagt Feli und trabt beleidigt davon, durchs Wohnzimmer hinaus in den Garten. Kurz darauf höre ich ihre helle Stimme und dann Tills dunkle. Scheinbar hat Feli Erfolg, denn sie kichert beglückt und jubelt. Ich mache zwei große Schritte zur Treppe rüber und nehme sie mit drei Sätzen.

Noch zwei Schritte, dann bin ich in meinem Zimmer und schließe die Tür hinter mir zu.

Ich werfe Mamas Heft auf den Tisch, lasse ich mich aufs Bett fallen und verschränke die Arme hinter dem Kopf. Ich wusste gar nicht, dass Till da ist. Sein Auto stand nicht vor der Tür. Und irgendwie passt es mir überhaupt nicht. Nicht heute. Nicht an diesem so wichtigen Tag.

Till ist dreizehn Jahre älter als ich und mein Halbbruder, aus einer früheren Beziehung von Papa. Früher waren Till und ich richtig eng miteinander; ich freute mich immer tierisch, wenn er zu Besuch kam. Aber irgendwann hat sich das verändert.

Irgendwann wurden mir Tills blöde Sprüche zu viel.

Irgendwann? Nein, nicht irgendwann. Ich weiß genau, wann.

Unten an der Tür klingelt es. Ich höre Schritte im Flur und dann Mamas Stimme. Einen Moment später ruft sie nach mir.

„Noni? Besuch für dich!"

Ich seufze, setze mich hin und überlege einen Moment, bevor ich nach Mamas Heft greife und es zusammen mit meinem Handy in meinen Rucksack packe.

Unten steht ein grinsender Levi vor der Tür.

„Hi!" Er klatscht mich ab und grinst noch breiter. „Na, geschafft? Biste jetzt schon ein ganzer Kerl?" Er boxt mich leicht in den Bauch und legt den Kopf schief. „Kommst du mit raus?"

Ich schiebe ihn vor mir her und schließe die Tür hinter mir. Levi sieht mich forschend von der Seite an, als wir die Straße hinunterlaufen.

„Was ist? Wie war die Spritze?"

„Ich hab keine bekommen", sage ich und schultere meinen Rucksack neu. Am Wegesrand liegt zwischen dem sprießenden Gras noch ein bisschen Laub vom Vorjahr, löcherige Kastanienblätter, braun und verschrumpelt. Dabei ist doch schon Mai.

„Was? Wieso das denn nicht?"

Ich muss Levi gar nicht ansehen, um zu wissen, dass sein Gesicht ein einziges Fragezeichen ist. „Ich wollte lieber Gel", sage ich ruhig und kicke einen kleinen Zweig aus dem Weg. Vor dem Kindergarten liegt ein umgefallener Stuhl im Garten, und weiter unten an der Straße toben drei Jungs mit einem Ball herum.

„Warum?", fragt Levi und steckt die Hände in die Hosentaschen.

Ich zucke mit den Schultern. „Weiß nicht. Hatte Angst vor der Spritze."

„Gel dauert aber länger", sagt Levi, und ich kann die leichte Missbilligung in seiner Stimme heraushören.

„Weiß ich", sage ich trotzig. Levi lacht und klopft mir auf die Schultern. „He. Wenn ich das den anderen erzähle …" Er schlingt einen Arm kumpelhaft um meine Schultern, drückt mich kurz an sich und lässt mich wieder los. „Fuck it, Noni. Schisser."

„Ach, leck mich", sage ich, aber ich muss lächeln. Ich bin ja auch ein Schisser. Na und?

Ein Signalton erklingt, und Levi zieht sein Handy raus und studiert im Gehen das Display. „Siehste! Nasti will wissen, ob du schon einen Bart hast. Und Skandi gratuliert zum ersten Piks. Wenn die wüssten …" Er sieht mich herausfordernd an. Seine braunen Augen glitzern in der Sonne, als er das Handy schräg vor sein Gesicht hält. „He, ihr schlaffen Gockel, leider hat Noni den noch nicht vorhandenen Schwanz eingekniff…"

Ich drücke das Handy nach unten, und nach einem kurzen Gerangel habe ich es in der einen Hand und halte Levi mit der anderen auf Abstand. Ein Klick, dann spreche ich selbst hinein. „Hi, allerseits, hier spricht Noni", sage ich. „Kann einer von euch kommen und mir diese Nervbratze vom Leib halten?"

Levi jault lachend auf und langt nach dem Handy, aber ich bin schneller. „Und zu allem anderen: kein Kommentar", sage ich und klicke auf Senden.

„Spielverderber", sagt Levi, als ich ihm das Handy wieder in die Hand drücke. Wir lächeln uns an.

Levi ist genauso groß wie ich und nur ein knappes Jahr älter, aber mir um Längen voraus, was die Sache mit der Transition angeht. Er wusste schon in der ersten Klasse, was mit ihm los war, und bedrängte seine Mutter seitdem, mit ihm zum Kinderpsychiater und zur Beratung zu gehen. Hat sie auch gemacht, und deshalb bekam Levi auch schon mit elf Pubertätsblocker. Seit gut einem Jahr ist er auf Testo, sieht voll aus wie ein Typ, mit Bartwuchs und tiefer Stimme, und wenn er sich nicht gerade nackt auszieht, merkt garantiert kein Mensch, dass er im Körper eines Mädchens auf die Welt gekommen ist. Nur die Hände und Füße sind ein bisschen zu klein geraten, aber das fällt vielleicht auch nur mir auf, keine Ahnung. Gibt ja auch Bio-Männer mit Schuhgröße 40.

„Ehrlich, ich sag den anderen, dass du ein total aggressiver Oberschisser bist", sagt Levi und grinst mich an, während er sein Handy hebt.

„Mach doch", sage ich und laufe weiter. Levi folgt mir, das weiß ich, ohne hinzusehen. Und ich weiß auch, ohne hinsehen zu müssen, dass er lacht.

Levi und ich sind wirklich Best Friends. Seit dem Tag, an dem wir uns kennengelernt haben.

Und die anderen, das sind Kim, Nasti und Skandi aus der *Tranxkidz*-Gruppe.

* * *

Noch am selben Abend, an dem ich die *Tranxkidz*-Website entdeckt hatte, verzog ich mich wieder auf den Dachboden, kaum, dass das Abendessen vorbei war. Mama schüttelte zwar den Kopf, aber sie ließ mich ohne Kommentar ziehen. Immerhin waren die Ferien noch nicht lange vorbei, und sie war gnädig gestimmt. Bald schon würde das wieder anders sein, dann würde sie mich Tag für Tag auf ihre unnachahmlich nervige Art damit löchern, ob ich schon Spanisch-Vokabeln oder für Chemie gelernt hätte. Im letzten Jahr waren meine Noten in den Keller gerauscht, aber ich konnte selbst nicht sagen, woran das eigentlich lag. Dass ich zu viel mit Freunden rumhing, daran jedenfalls nicht. Ich hatte kaum noch welche.

Jetzt aber nickte Mama nur, als ich ihr erklärte, dass ich noch mal nach oben ginge.

„Kann ich mit?“, rief Feli und zog eine Flunsch, als ich den Kopf schüttelte.

„Kleines Fräulein“, sagte Opa und wuschelte ihr durchs Blondhaar. „Lass deine Schwester in Ruhe, die braucht auch mal ein bisschen Privatsphäre, was, Nina?“ Er lächelte mich an, schnipste einen Finger an Felis Nase entlang und zeigte ihr den Daumen, den er zwischen Mittel- und Zeigefinger aufblitzen ließ. „Hab ich deine Nase!“

Feli lachte vergnügt, und Opa kitzelte sie und führte sie davon, während er mir zublinzelte.

„Ich geh dann mal rüber zum Sportplatz“, sagte Papa und griff nach seiner Sporttasche. „Bis später!“

Ich kletterte die Treppe rauf. Mein Sessel war schon besetzt, von Pippo, aber er sprang widerstandslos herunter und hinterließ mir eine warme Kuhle. Ich zog die Beine an und klopfte auf das bisschen freie Fläche, das ich Pippo gelassen hatte, aber er würdigte mich keines Blickes mehr und lief auf leisen Pfoten hinter den Schornstein.

Ich zog mein Handy heraus und rief die Seite auf, die ich zuletzt geladen hatte. *Tranxkidz.* Dauerte ein bisschen, bis sie sich aufbaute. Drei Jugendliche lächelten mich vom Startbildschirm an. Jungs? Mädchen? Nonbinär? Inter? Einfach trans? Oder was? Atemlos scrollte ich herunter.

Erfahrungsberichte, aufklärende Texte über Trans, noch mehr Fotos, aber nicht viele. Auf den meisten sah man die Leute nur von der Seite oder von hinten.

Eine Seite mit Sprüchen.

Was bist du denn?

Zwitter, hau ab!

Du bist du. Aber ich bin noch mehr.

Dann eine Seite mit Adressen, nach den Anfangsbuchstaben der Orte geordnet. Unter A gab es gar keine Gruppe, dafür gleich zwei in Berlin, eine in Bremen … Ich scrollte so schnell runter, dass ich auf einmal bei S angelangt war. Mit zitterndem Finger fuhr ich wieder hoch.

Und erstarrte.

Tatsächlich. Es gab eine Gruppe hier am Ort. Hier! Die Adresse kannte ich. Das heißt, die Straße, sie lag nicht weit vom Bahnhof entfernt, in der Nähe des Sees.

Treffen jeden ersten Dienstag im Monat um 18 Uhr.

Ich rief den Kalender auf. Heute war Freitag, der 8. Der erste Dienstag im Monat lag genau drei Tage zurück.

Wie viel Pech konnte man denn überhaupt haben!

Ich ließ mich so heftig in den Sessel zurückfallen, dass Pippo hinter dem Kamin hervorsprang und mich argwöhnisch ansah.

„Schon gut, Pippo. Reg dich ab." Ich machte die Augen zu und wieder auf. Pippo verschwand gerade erneut hinter dem Kamin.

Noch fünfundzwanzig Tage. Fünfundzwanzig Tage!

Aber dann musste ich lächeln. Konnte man auch anders sehen. Nur noch fünfundzwanzig Tage. In fünfundzwanzig Tagen würde ich vielleicht Leute kennenlernen, die mich nicht komisch oder schräg oder irre fanden.

Leute, die vielleicht selber komisch oder schräg oder irre waren.

Oder auch nicht, keine Ahnung.

Auf jeden Fall hatte ich jetzt eine Adresse. Nun musste ich mich nur noch trauen, auch hinzugehen.

* * *

„Willste?" Levi hält mir die Kippe hin. Ich schüttele den Kopf, wie meistens. Ich zieh höchstens manchmal, und es ist auch eigentlich keine Kippe, sondern ein Joint, aber ein so kleiner mit so wenig drin, dass er gerade noch so als Kippe durchgeht.

Levi zuckt mit den Schultern und saugt den Rauch ein, während er die Geltube betrachtet. „Ich glaub, Jack hatte die auch", sagt er und bläst den Rauch wieder aus. „Und aus dem ist auch was geworden."

Vor uns laufen ein paar andere Jugendliche über den Sportplatz. Zwei kenn ich vom Sehen – einer von den Jungs ist, glaube ich, auch hier aus Eden, der andere hängt manchmal mit einigen aus meiner Schule ab –, aber das Mädchen, das mit den beiden unterwegs ist, hab ich noch nie gesehen. Sie hat blaurot-gefärbte Haare und ein krasses Septum, das kann ich sogar aus der Entfernung sehen.

Levi schnippt die Kippe weg und streckt sich gähnend. „Ich muss mal los“, sagt er und drückt mir die Tube wieder in die Hand. „Bin noch mit meiner Mutter zum Essen verabredet.“ Levis Mutter ist Sozialarbeiterin, genau wie Mama, ein witziger Zufall. Aber Levis Mutter arbeitet in einer Grundschule am Ort, während Mama in einem Berliner Frauenhaus angestellt ist. Keine Ahnung, was besser ist.

„Und morgen?“

Die drei laufen quer über den Sandplatz und dann schräg übers Bocciafeld. Das Mädchen guckt zu uns rüber. Ich seh weg und kratz mich im Nacken.

„Morgen, mal gucken“, sagt Levi. „Morgen ist Vatertag, aber der kommt doch sowieso wieder nicht.“

Levis Eltern sind schon geschieden, seit Levi im Kindergarten war. Seit sein Vater keine Tochter mehr hat, sondern einen Sohn, macht er sich noch rarer als ohnehin schon.

Da hab ich es ja besser.

Levi rutscht von der Bank, und ich seh, dass er den dreien hinterherguckt. „Ich ruf an, wenn er nicht kommt, okay? Vielleicht können wir was machen.“

„Klar.“

Er bleibt stehen und guckt mich an. „Kommst du nicht mit?“

„Ich bleib noch was.“

Levi zieht fragend eine Braue hoch, dann klatschen wir uns ab, und ich sehe ihm nach, wie er zur Straße läuft und dann nach einem letzten Winken um die Ecke verschwindet. Ich lasse mich nach unten rutschen, bis ich mit dem Hintern auf der Bank lande, und stecke die Tube wieder in meinen Rucksack. Die Luft ist mild, und eine Amsel hoch oben in einem der Bäume flötet laut ihr Abendlied.

Vorsichtig ziehe ich das rote Heft heraus und betrachte den Einband. Sieht aus, als wenn Mama es selbst eingeschlagen hätte, in roten, weichen Stoff. Ich streiche mit den Fingern darüber, dann schlage ich die erste Seite auf. Die Sonne ist zwar schon untergegangen, aber es ist gerade noch hell genug, dass ich Mamas gestochen saubere Handschrift lesen kann.

Noni steht in kleinen Druckbuchstaben auf der ersten Seite. Nur dieser Name, sonst nichts.

Ich hole tief Luft, dann blättere ich um.

Dieses Heft ist für dich, mein liebes Kind. Mein zweites Kind, meine erstgeborene Tochter Nina, aber so möchtest du ja nicht mehr heißen.

Ich würde lieber mit dir reden, anstatt dir zu schreiben, aber im Moment kann ich es nicht. Noch nicht. Ich glaube, du willst es auch gar nicht, jedenfalls jetzt noch nicht. Das muss ich vielleicht erst mal hinnehmen.

Vorgestern hast du uns gesagt, dass du ab jetzt als Junge leben wirst. Wirst, nicht möchtest. Aus heiterem Himmel, beim Abendessen, einfach so. Du hast Luft geholt und deinen leeren Teller weggeschoben und uns angesehen, erst mich und dann Arndt und dann Felice und dann wieder mich. Und dann hast du schief gelächelt und gesagt: „Ich muss euch was sagen. Ich möchte, dass ihr mich ab jetzt Noni nennt. Denn ich werde ab jetzt als Junge leben."

Felice hat die Stirn gerunzelt und „hä?" gesagt und sich noch eine Scheibe Brot geangelt. Arndt hat die Augen zusammengekniffen und genickt, während ich einfach nur still dagesessen habe und meine Tochter angestarrt habe, die auf einmal mein Sohn sein will.

Ich war einfach nur schockiert. Ich hatte das Gefühl, dass ein Zug mit großem Getöse direkt an mir vorbeirauscht, und ich habe ihn nicht einmal kommen hören. Irgendwie habe ich offenbar etwas ganz Wesentliches verpasst, etwas ganz Wesentliches in deinem Leben.

Klar habe ich mitbekommen, dass es dir in letzter Zeit oft nicht gut gegangen ist, dass du ab und zu furchtbar traurig warst und dich sichtlich unwohl mit dir selbst gefühlt hast. Ich habe dich immer mal wieder darauf angesprochen, aber du hast nichts gesagt. Nur, dass ich dich nicht nerven soll. Und dass ich dich einfach mal in Ruhe lassen soll und dass du schon sagen wirst, wenn du reden willst.

Jetzt hast du geredet. Nicht viel, aber immerhin etwas.

*Ich habe mit allem Möglichen gerechnet. Aber ich wäre nie drauf gekommen, dass es das ist, was dich bewegt. Nie im Leben. Und das, obwohl mir das Thema gar nicht so absolut fremd ist. Ich meine, ich habe Soziale Arbeit studiert und mich mit allen möglichen Facetten menschlicher Identitäten befasst, ich lese viel zu Gender-Thematiken und feministischen Themen, letztes Jahr habe ich eine Fortbildung zu Trans*identität in der Mädchen- und Jugendarbeit gemacht … aber dass das Thema meine eigene Familie betrifft, damit habe ich einfach nicht gerechnet.*

Warum nicht?

Ich schlage das Heft wieder zu. Eine ganze Weile starre ich in die Abenddämmerung vor mir. Die Amsel singt immer noch, und auf einmal kommt mir ihr Gesang furchtbar traurig und einsam vor.

Stimmen reißen mich aus meinen Gedanken. Die beiden Jungs und das Mädchen kommen wieder zurück. Miteinander ins Gespräch vertieft, laufen sie quer über den Sportplatz. Als sie auf meiner Höhe sind, hebt das Mädchen den Kopf und sieht zu mir herüber. Für einen Augenblick habe ich den Eindruck, dass sie lächelt, aber das kann auch täuschen.

Dann sind sie verschwunden, und auch ihre Stimmen sind nicht mehr zu hören. Nur die Amsel singt immer noch ihr trauriges Lied.

Ich schiebe das Heft wieder in den Rucksack zurück und mache ihn zu. Dann rutsche ich von der Bank.

Kapitel 2

Ich schlage die Augen auf. Die Decke über mir ist weiß, genau in der Mitte hängt meine Lampe herunter. Eine einfache Birne in einer Holzhalterung. Sie hängt erst seit diesem Januar da. Ich hatte Mama damit gelöchert, dass ich endlich diesen komischen Lampenschirm loswerden will. Hat geklappt. Ist zwar nur eine Lampe, aber irgendwie ist es mir total wichtig, überflüssiges Zeug loszuwerden und vor allem Sachen, die nicht mehr zu mir passen.

Wie meine Brüste.

Aber die kann man ja nicht einfach abschrauben.

Ich drehe mich auf die Seite und nehme mein Kissen in den Arm. Draußen strahlt die Sonne von einem wolkenlosen Himmel. Jeden Tag wird es wärmer, schon fast so warm wie im Sommer ist es. Und dabei haben wir erst Mitte Mai.

Mein Handy fängt an zu vibrieren, und ich greife danach, schalte den Wecker aus und setze mich hin.

Okay. Ein neuer Tag. Tag 6.

Ob man schon was merkt?

Also, die anderen?

Ich schließe die Augen, fühle in mich hinein und mache sie wieder auf. Ich jedenfalls merke noch nichts. Nur, dass ich aufgeregt bin.

Ich ziehe mein Shirt aus und werfe es neben mich, dann reiße ich einen Testobeutel auf. Papa hat ein Magengel, das ähnlich riecht, ganz leicht nach Gummi, aber das ist okay. Ich drücke es aus dem Beutel auf meine Handfläche und verteile das Zeug ganz vorsichtig auf meinen Unterarmen und meinen Schultern. Dann warte ich mit geschlossenen Augen.

Und erst jetzt, während ich da so sitze und warte, höre ich die Stimmen von unten. Mama, Papa und Felice, die sich in der Küche unterhalten. Oder besser gesagt, Felice, die sich mit Mama und Papa unterhält. Ihre helle Stimme klingt eifrig, wie immer morgens. Feli ist echt ein Wirbelsturm, der schon frühmorgens losbläst und erst zur Ruhe kommt, wenn es Bettzeit ist.

Und dann auch nicht immer.

Mama sagt, ich sei früher auch so gewesen. Aber das kann ich irgendwie nicht so richtig glauben.

Ich hab das Gefühl, dass ich immer schon viel weniger als Feli geredet hab. Und in der letzten Zeit sowieso noch weniger.

Das Gel ist eingezogen, die Haut vollkommen trocken, als ich mit dem Finger darüberfahre. Also los, anziehen.

Unschlüssig betrachte ich die Klamotten, die ich mir gestern schon hingelegt hab. Schwarze Chinos, weites T-Shirt, Socken, Boxer, Sport-BH, den engen, der fast so gut wie ein Binder hält. Und meine Stiefel, die eigentlich eine Nummer zu groß sind. Mama hat deswegen total gemeckert, aber ich hab mich durchgesetzt. Größe 41 geht zwar auch durch, aber 42 ist besser. Wobei ich echt Glück hab, die meisten anderen haben 39 oder sogar noch kleiner. Nicht gut. Da sieht man doch gleich, was Sache ist.

Die Hose ist okay, aber das T-Shirt? Vielleicht doch lieber eins mit langen Ärmeln, oder besser noch ein Hemd drüber?

Früher hatte ich nie Probleme damit. Ich hab angezogen, was ich eben so aus dem Schrank gefischt hab, waren ja sowieso nur ähnliche Sachen: Jeans, Shirts mit Aufdruck, Sneaker, Basecap. Soviel hat sich gar nicht geändert. Aber jetzt habe ich komischerweise oft das Gefühl, dass meine Klamotten mich verraten könnten.

Jetzt, wo sie eigentlich viel mehr zu mir passen.

Ach, Scheiße.

* * *

„Alles dabei?“, fragt Mama und guckt mich prüfend an, als ich vom Frühstückstisch aufstehe und meinen Rucksack nehme. Feli hampelt auf ihrem Stuhl rum und macht alberne Brummgeräusche, und Papa klatscht in die Hände.

„Feli, los, anziehen!“, sagt er und steht auf. „Wenn du willst, dass ich dich bringe.“ Der Bartschatten um seine Wangen und sein Kinn herum ist schon wieder ganz leicht zu sehen, obwohl er sich erst vorhin rasiert hat. Davon kann ich nur träumen, denke ich.

„Ich will nicht!“, ruft Felice und haut ein paarmal mit der Faust auf den Tisch. „Ich wi-hi-hill nicht!“

„Du spinnst ja“, sage ich und ziehe meine Bomberjacke zu. „Du willst ja wohl. Ich würde auch wollen, wenn ich in deine Schule ginge!“

Felice grinst und rutscht vom Stuhl. Sie geht wirklich total gern in die Schule, kann ich verstehen. Ihre Schule ist so eine freie Lernschule, direkt um die Ecke, da wird viel gespielt und gelacht, ziemlich stressfrei. Ist natürlich heißbegehrt, die Schule, schon immer. Für mich war da damals leider kein Platz frei, auch vorher nicht in der dazugehörigen Kita. Felice hatte da einfach mehr Glück. Aber früher gab es auch mehr Kinder hier in Eden. Jetzt gibt es viel mehr alte Leute.

„Ist die nicht zu dick, die Jacke?“, fragt Mama und guckt mich immer noch prüfend an.

Ich ignorier das, trink meinen Kaffee aus und spurte los. Der Bus wartet nicht auf mich. Leider.

* * *

Diesmal wartet er doch. Indirekt jedenfalls, denn er kommt drei Minuten später. Genau die drei Minuten, die ich brauche, um meine Jacke aufzumachen und meine Haare zu richten. Ein paar Grundschüler und drei andere warten an der Bushaltestelle: zwei Mädchen aus der Siebten und ein Junge aus der Achten, Timo, mit dem ich ein Nicken tausche. Und der große Typ aus dem Gymnasium, dessen Namen ich nicht weiß.

Der Bus ist rappelvoll, als er ankommt, wie immer um diese Zeit. Ich steige ganz am Schluss ein, marschiere durch bis zur Plattform und lehne mich ans Fenster. Timo quetscht sich neben mich.

„Was habt ihr denn Pfingsten gemacht?“, fragt er mich und zieht seine Brotbox raus. Er frühstückt immer im Bus, auch wenn das eigentlich verboten ist.

„Wen meinst'n du mit ihr?", frage ich zurück.

Verwirrt guckt er mich an und beißt in seine unangenehm riechende Salamistulle. Ein paar Sprossen fallen zu Boden. „Na, deine Leute meine ich", sagt er, und ich bin immer noch nicht schlauer.

„Meine Familie?", frage ich, und Timo nickt und beißt wieder in seine Stulle, und wieder fallen ein paar Sprossen zu Boden.

„Nix besonderes", sage ich. „Waren im Garten und so." Und ich habe mir zwei neue Binder bestellt, die Gebrauchsanweisung fürs Testogel ungefähr zweihundertachtzig Mal gelesen und mindestens genauso oft nachgeguckt, ob mir schon Haare am Kinn sprießen und ich irgendwie anders aussehe. Kräftiger oder so. Muskulöser. Maskuliner. Auch wenn ich natürlich weiß, dass das nie im Leben so schnell geht.

„Wir waren bei meiner Oma", sagt Timo, „die wohnt in Neuruppin, und da haben wir …" Ich höre nur mit halbem Ohr zu, was er erzählt. Draußen ziehen die Edener Häuser vorbei, das Umspannwerk, gefolgt vom Blumengeschäft. Vorm Kanal steigen weitere Schüler*innen zu, darunter ein ganzer Schwung von der Grundschule, auf die ich auch gegangen bin. Ich sehe zu, wie die Jungs sich lautstark mit Gejohle begrüßen, während die Mädchen einander mit spitzen Mündern Küsschen auf die Wange oder kurz davor in die Luft setzen. Der Bus ist von vielen Stimmen erfüllt, alle reden miteinander, berühren sich, lachen, stupsen sich an.

Früher war auch ich ein Teil dieser schwatzenden und kichernden Gemeinschaft. Auch ich habe mit allen hier geredet, nicht viel, aber immerhin. Aber im letzten Jahr ist das anders geworden. Jetzt bin ich viel mehr für mich.

„… machst du denn nach der Zehnten?" Plötzlich dringt Timos Stimme an mein Ohr.

„Hä?"

„Was du nach der Zehnten machst? Abi oder …"

„Wenn ich es schaffe, ja", sage ich. „Aber ich wechsel auf jeden Fall. Bei uns an der Schule bleibe ich nicht."

„Und wohin?“ Timo sieht mich verdutzt an. Wahrscheinlich findet er unsere Schule toll. Kann er ja auch ruhig. Wär mir auch lieber. Aber so ist es eben nicht.

„Weiß ich noch nicht“, sage ich. Und dann hält der Bus zum Glück an, und wir sind da.

****

Ich lasse den ganzen Trupp schon mal davonziehen und tue so, als würde ich irgendwas in meinem Rucksack suchen, bevor ich ihn wieder aufsetze. Langsam trotte ich über den asphaltierten Weg zum Schulgebäude rüber. Ich hab gelogen, klar. Ich weiß nämlich ziemlich genau, was ich nach der Zehnten machen werde. Wenn alles klappt, wechsele ich nach den Sommerferien auf das Oberstufenzentrum Sozialwesen und bau da mein Abi. Wenn mein Zeugnis zu schlecht ausfällt, wechsele ich trotzdem dorthin und versuch mich an der Fachhochschulreife.

Aber am liebsten würde ich weggehen von hier. Nach Berlin am besten. Neu anfangen. Ganz neu. Denn ich bin mir nicht sicher, ob mir das hier am Ort überhaupt gelingen kann. Wird es auf der neuen Schule nicht auch immer jemanden geben, der mich kennt … oder zu kennen glaubt? Immer jemanden, der sich an die kleine Pseudolesbe aus Eden erinnert?

„Na, was läuft?“ Emil, mein Sitznachbar, läuft auf einmal neben mir her. Wir nicken uns zu. Mit Emil braucht es nicht viele Worte, das passt mir gut. Er ist klein und dünn und irgendwie unscheinbar, aber korrekt.

„Hast du Englisch?“

„Ja“, sage ich. „Brauchst du?“

Er nickt, und ich reiche ihm im Gehen meinen Englischhefter rüber. Er guckt rein, während wir weiterlaufen, auf einen Pulk Leute zu, die die Treppe bevölkern, obwohl es gerade geklingelt hat. Einer von ihnen stellt Emil ein Bein, und ich kann ihn gerade noch am Ärmel packen, bevor er fast stürzt. Mein Hefter landet auf dem Boden, und aus dem Augenwinkel sehe ich, wie ein fetter Sneaker ihn in die Luft kickt und dann mit Schwung drauftritt.

Hässliches Lachen aus vielen Kehlen, dann trampeln unsere Peiniger die Treppe hoch.

„Scheiße!", sagt Emil und bückt sich.

„Och, wie süß, der Loser und die Lesbe!"

Weg sind sie.

Emil sieht mich verlegen an und reicht mir den total geschrotteten Hefter. „Sorry", sagt er, obwohl er ja eigentlich nichts dafür kann.

Ich zucke mit den Schultern, und dann puste ich den gröbsten Schmutz vom Hefter und rolle ihn ein, um die zerknitterten und teilweise zerfetzten Seiten einigermaßen zu glätten.

Ich hasse diese Schule.

* * *

In der vierten Stunde, in Englisch, soll Lotta mit mir zusammenarbeiten. Körner teilt uns ein: „Und keine Widerrede! Setzt euch um und schreibt euren Dialog. Ich will keine Klagen hören, sondern nur Ergebnisse!"

Emil muss zu Jason rüber, und Lotta bläst die Backen auf und seufzt hörbar, bevor sie sich zu mir herüberbequemt.

Mürrisch stemmt sie die Ellbogen auf den Tisch und stützt den Kopf in die Hände. „Du fängst an", sagt sie und guckt geradeaus.

Ich kann nicht anders, aber ich gehorche und schreibe gleich vier Sätze hintereinander auf meinen Block, bevor ich ihn zu ihr rüberschiebe. „Guck mal."

Lotta zieht die Nase kraus, ihr Blick fliegt nur kurz über den Block, dann zuckt sie mit den Schultern. „Kannste lassen."

Ich weiß auch nicht, warum, aber mein Herz fängt an zu pochen, während ich den Block wieder zu mir rüberziehe und weiterschreibe. Eigentlich finde ich mich selbst scheiße, aber ich kann nichts dafür, ich find Lotta irgendwie gut. Auch wenn sie meistens durch mich durchguckt. Sie ist cool und total selbstbewusst und hat eine echt interessante Narbe auf der Schläfe, ganz von oben runter bis zum Kinn. Ich wüsste zu gern, was ihr da passiert ist, aber fragen trau ich mich nicht. Ich traue mich sowieso nichts in ihrer Nähe.

Plötzlich merke ich, dass sie mich von der Seite anstarrt. „Was ist denn?", frage ich.

„Du siehst irgendwie anders aus", sagt sie, und mein Herz rutscht mir in die Hose.

„Ach ja, wie denn?"

Lotta schmatzt auf ihrem Kaugummi herum, dann zuckt sie wieder mit den Schultern. Ihr forschender Blick brennt fast ein Loch in meine Schläfe. „Weiß nicht. Hattest du eigentlich schon mal einen Freund?"

Was für eine beschissene Frage. Ich atme tief ein und versuche, gelangweilt auszusehen. Leider kann ich nicht weiterschreiben dabei. Lotta schüttelt den Kopf.

„Willst du jetzt eigentlich ein Typ sein oder was?", fragt sie. Einfach so. Ohne mit der Wimper zu zucken.

„Was fragst du denn für eine Scheiße", sage ich und spüre ganz genau, dass ich rot anlaufe. Feigling. Was bin ich für ein Feigling!

„Und weil du jetzt ja Noni heißen willst. Oder ist das so ein Fantasiename?"

„Ich finde den eben gut", sage ich. Und dann füge ich hinzu: „Viel besser als Nina."

Körner klatscht in die Hände. „Nina, Lotta, seid ihr fertig? Dann tragt mal vor!"

Lotta stöhnt laut auf, dann zieht sie meinen Block zu sich rüber und fängt an vorzulesen. Allerdings nicht das, was ich hingekritzelt hab. Mann, ist die cool drauf.

Und Mann, was bin ich für ein Feigling.

* * *

In der nächsten Pause verschwinde ich auf die Toilette und setze mich auf die Klobrille. Ich weiß genau, dass die anderen nichts sehen können. Keine Veränderung. So schnell geht das schließlich nicht.

Wahrscheinlich aber hat Lotta mich das erste Mal seit hundert Jahren richtig angesehen. Soweit das geht, von der Seite.

Ich hingegen habe sie schon unzählige Male genau betrachtet. Immer, wenn sie nicht hinguckt, immer, wenn ich Gelegenheit dazu habe. Ich weiß nicht genau, ob ich sie immer wieder angucken muss, weil ich sie irgendwie bewundere oder weil ich ein bisschen verliebt in sie bin. Also, nicht richtig verliebt, ich bin ja nicht lesbisch, aber ich wäre echt gern mit ihr befreundet. Oder vielleicht wäre ich auch einfach gern wie sie.

Mit Lotta befreundet zu sein, das würde einen ganzen Haufen meiner Probleme mit einem Schlag lösen. Aber leider bin ich das nicht. Leider ist es eher so, dass sie mich null beachtet. Als wäre ich gar nicht da. Ich bin kein Stück mit ihr befreundet. Aber das gilt für fast alle anderen aus meiner Klasse auch.

Ein bisschen bin ich mit Emil befreundet. Und vielleicht auch mit Svea und Janine. Jedenfalls habe ich mit denen ein wenig zu tun, wir sitzen in der Mensa an einem Tisch und tun uns beim Sport zusammen, das war es auch schon. Der Rest der Klasse ignoriert mich, und die Truppe um Jason, Mischa und Marvin versucht mich zu triezen, wann immer es geht.

Aber mit Lotta befreundet zu sein, davon bin ich weit entfernt. Sehr weit. Insofern ist es heute schon mal ein gewaltiger Fortschritt, dass sie mich überhaupt mal richtig angesehen hat.

Was bin ich bloß für ein Feigling.

* * *

Zu Hause lade ich meinen Rucksack in meinem Zimmer ab, trinke einen halben Liter Wasser in der Küche und sehe nachdenklich aus dem Fenster in den Garten hinaus.

Felices Badeanzug hängt halb über dem Planschbecken, auf dem Rasen liegt ihre Quietscheente. In den letzten Tagen war es kühler als am Wochenende, aber so langsam nimmt der Frühsommer an Fahrt auf. In den nächsten Tagen muss ich unbedingt mal mit ihr planschen, aber ich weiß nicht genau, was ich dann anziehen soll. Lockere Badeshorts, ein weites T-Shirt, klar. Aber Binder drunter oder nicht? Und was mache ich, wenn es so richtig heiß wird?

Ich stelle das Glas mit einem lauten Knall auf die Arbeitsfläche. So viele Fragen. Manchmal habe ich das Gefühl, dass mit jedem einzelnen Tag eine neue dazukommt, ohne dass ich die anderen schon für mich beantwortet habe.

Manchmal dröhnt mir der Kopf davon. Jetzt auch. Aber vielleicht liegt es auch an der Stille um mich herum. Das Haus ist leer, die Stille darin ungewohnt. Sonst ist immer irgendeine Stimme, ein Geräusch zu hören, aber montags bin ich immer vor allen anderen zu Hause. Papa geht dann nach der Arbeit immer direkt zum Volleyball, und Mama holt Felice vom Fußballtraining ab, bevor wir uns alle bei Oma und Opa zum Abendessen treffen. Manchmal ist Till dann auch mit dabei, aber ich hoffe, heute bleibt er weg. Ich habe gerade überhaupt keine Lust auf ihn.

Einen Moment überlege ich, ob ich mich an die Deutschhausaufgaben machen soll, aber dann beschließe ich, dass sie warten können.

* * *

Opa und Oma haben beide ihr ganzes Arbeitsleben in Eden in der Genossenschaft verbracht, Opa als Agraringenieur und Oma als Betriebssekretärin. Und sie sind sogar beide in Eden geboren, Opa gleich um die Ecke bei der Mosterei, Oma in dem Haus gegenüber von unserem, in dem sie immer noch wohnt. Es ist eines der schönsten Häuser in ganz Eden, finde ich jedenfalls; eins von den ersten, die in den zwanziger Jahren des letzten Jahrhunderts erbaut worden sind, und eines der letzten, die immer noch vollständig erhalten sind, ein quadratischer Bau mit spitzgiebeligem Dachboden und Souterrain. Eine breite Treppe führt zur Eingangstür, die wie immer nicht abgeschlossen und von außen zu öffnen ist.

Oma steht in der Küche und bereitet das Abendessen vor. Sie lächelt, als sie mich reinkommen sieht. „Nina, Schätzeken, da bist du ja schon!"

„Noni", verbessere ich sie, während ich ihr einen Kuss auf die Wange drücke, aber Oma hört gar nicht zu.

„Wie war es in der Schule?"

„Gut", sage ich und bücke mich, um Opas Kater zu streicheln, der sich leise maunzend um meine Beine schmiegt. „Na, Pippo, du alter Ganove? Wo ist denn Opa?"

„Na, wo wohl?", sagt Oma kopfschüttelnd. „Im Keller natürlich. Du kannst ihm schon mal Bescheid sagen, dass er in einer halben Stunde hochkommen soll. Auf mich hört er ja nicht!"

„Quatsch, Oma! Wenn Opa überhaupt auf irgendwen hört, dann auf dich!"

„Ach, Ninamausi!" Oma muss lachen und holt eine neue Butterpackung aus dem Kühlschrank.

Ich zögere einen Moment. Soll ich oder soll ich nicht? „Noni, Oma. Bitte sag doch endlich Noni zu mir", sage ich sanft.

Oma kneift die Brauen zusammen, dann legt sie das Buttermesser weg und stemmt die Arme in die Seite. „Mensch, mein Kind, was hast du denn da bloß für eine fixe Idee?"

„Das ist keine fixe Idee!", beginne ich, aber Oma lässt mich nicht ausreden.

„Ich versteh das einfach nicht. Du kannst doch kein Junge sein, dich nimmt doch dann keiner ernst! Du hast doch viel zu kleine Hände und Füße!"

Ich spüre, wie mir knallheiß wird. „Mann, Oma, echt", sage ich, aber dann gebe ich es auf. Oma zu überzeugen, das wird eine der schwierigsten Übungen überhaupt werden, das ist mir schon klar.

Oma starrt mich an, eine Mischung aus Bedauern und Ärger in den Augen. Dann schüttelt sie den Kopf und wendet sich wieder der Butter zu. „Ach, Kindchen", sagt sie leise, und ihre Stimme rührt irgendwas in mir an, das ich mir nicht ansehen will. Und bevor ich mich weiter in eine Diskussion mit ihr verstricke, gehe ich lieber.

* * *

Pippo folgt mir ins Souterrain hinunter, Opas Reich. Während Oma über die erste Etage herrscht und den Dachboden noch dazu, hat Opa sich hier unten eingerichtet. Neben dem Vorratskeller, aus dem ich mir eine kalte Orangenlimonade hole, liegt der Heizungsraum, dahinter ein kleines Bad mit Dusche und Waschbecken und daneben wiederum Opas Zimmer. Im Sommer ist es hier unten trotz der vielen kleinen Fenster, die ungefähr auf Kopfhöhe eingelassen sind, schön kühl, im Winter bollert in Opas Zimmer ein uralter Kanonenofen und sorgt für eine gemütliche Wärme.

Die Tür steht einen Spalt offen, dennoch klopfe ich an und stoße sie ganz auf. Opa sitzt an seiner Werkbank und bastelt an einer Uhr herum, aber als er mich sieht, legt er die kleine Zange beiseite und dreht sich ganz zu mir um.

„Sag bloß, es ist schon Abendbrotzeit?" Er knufft mich liebevoll in den Arm und streicht Pippo, der behände auf die Werkbank gesprungen ist, über den schwarzen Kopf. „Na, wie sieht es aus?"

„Geht so", sage ich. Opa zieht die Brauen hoch und mustert mich.

„Waren die blöd zu dir?"

Die. Ist eigentlich egal, wen er damit meint. Und das weiß Opa auch. Genau deshalb fragt er's ja so.

„Ach, nee", sage ich. „In einer halben Stunde gibt's Essen, sagt Oma. Was machst du denn da?"

Opa betrachtet mich nachdenklich, dann schiebt er die kleine Standuhr nach vorn. „Ich versuche mich an unserer alten Uhr aus dem Wohnzimmerschrank. Leider bin ich ja kein Uhrmacher. Aber ich bastele halt gern." Er lacht und fährt sich über die Halbglatze. Dann knufft er mich noch mal in den Arm. „Willst du eine Hallorenkugel?"

Ich muss lachen. Das ist so Opas Art, mich zu trösten. Manchmal denke ich, dass er mich am allerbesten von allen Menschen versteht. Besser als Mama. Und sogar besser als Levi. Glaub ich. „Ja, los, her damit!"

Opa grinst verschwörerisch, dann holt er aus einer Schublade ein Packung Hallorenkugeln heraus. Die sind, wie der Name schon verrät, aus Halle, eines der wenigen Ostprodukte, die die Wende überstanden haben. Opa schwört drauf, ich finde sie mäßig lecker, aber ihm zuliebe nehme ich immer eine, wenn er sie mir anbietet.

Ich greife mir eine der Creme-Kugeln, während Opa sich die andere in den Mund steckt und zufrieden seufzt. Und Pippo, der Opa auffordernd ansieht, bekommt ein Katzenleckerli.

Statt mich auf den Dachboden zu verziehen, bleibe ich die halbe Stunde bis zum Abendbrot auf Opas Sofa sitzen, schmuse mit Pippo und gucke Opa beim Basteln zu. Als von oben die Stimmen von Mama und Feli zu hören sind, legt Opa die Uhr weg, wäscht sich die Hände an dem kleinen Waschbecken in der Ecke des Raums und nickt mir auffordernd zu.

Opa und ich reden nie viel miteinander, aber darauf kommt's auch nicht an. Die halbe Stunde hier unten hat gereicht, um mich wieder aufzutanken.

* * *

„Noni, können wir heute noch planschen, bitte, bitte, bitte!" Felice natürlich mal wieder. „Oder noch schaukeln, oder auf den Sportplatz? Ich habe heute Eckenschießen gelernt, das muss ich dir unbedingt zeigen, ja?"

Gott sei Dank spricht Mama ein Machtwort. „Heute nicht mehr, Feli, heute geht es nach dem Abendessen nach Hause und unter die Dusche und dann ins Bett, das weißt du doch!"

Feli zieht die Brauen herunter und eine Flunsch. „Aber es ist doch noch sooo hell draußen!"

„Ja, aber morgen Nachmittag ist es auch hell, und da hat Noni vielleicht mehr Zeit."

„Nee, leider nicht. Morgen habe ich meine Gruppe", sage ich. „Also, Tranxkidz. Aber übermorgen geht da sicher was."

„Übermorgen soll es auch so richtig heiß werden!", sagt Papa. „Wer will das letzte Stück Kassler? Keiner? Danke, danke!" Genüsslich beißt er hinein.

„Trackitz? Was ist das denn für eine Gruppe?“, fragt Oma verwundert nach und legt sich zwei Schinkenröllchen auf den Teller.

Ich würde da jetzt gern drumrumkommen, aber no way. „Tranxkidz“, erkläre ich. „Das ist eine Gruppe für junge Trans*personen und Nonbinäre und Genderfluide.“

Oma sieht verdutzt auf. „Was? Ich verstehe kein Wort. Was für eine Gruppe?“

„Na, die, wo Noni seit einiger Zeit hingeht, das weißt du doch, Elke“, springt Opa ein und schenkt sich Wasser ein. „Wo die jungen Leute hingehen, die das Gefühl haben, dass sie im falschen Körper stecken. Stimmt's, Noni?“

„Ja, so ungefähr“, sage ich und kann Oma nicht ansehen.

„Und was macht ihr da?“, kräht Feli. „Spielt ihr da was?“

Papa und Mama müssen gleichzeitig lachen, und auch ich kann mir ein Grinsen nicht verkneifen.

„Nee, meistens reden wir einfach.“

„Und worüber?“

Ich seufze und nehme jetzt doch noch ein Brot aus dem Korb, den Oma mir wieder hinhält. „Über alles Mögliche“, sage ich ausweichend.

„Und kann ich da mal mitkommen?“

„Ich hoffe, nicht“, sagt Papa und muss wieder lachen.

Mama guckt mich schräg über den Tisch hinweg an. Ihr Blick ist liebevoll, und für einen Moment wird mir sehr warm. Wohlig warm. Schnell strecke ich die Hand aus. „Gibt mir mal einer den Käse?“

* * *

Vor ein paar Monaten noch hätten weder Mama noch Papa über irgendwas lachen können, das mit Tranxzkidz zu tun hat. Die ersten Wochen nach meinem Outing waren wirklich der Horror. Also, nicht dass Mama und Papa fies zu mir gewesen wären oder sonst irgendwas, aber die Stimmung war vollkommen im Keller.

Am schlimmsten aber war sie an dem Abend selbst, an dem ich die Bombe platzen ließ. Am dritten Advent.

Ich weiß nicht genau, warum ich mir ausgerechnet diesen Abend ausgesucht hatte, aber irgendwie dachte ich, dass die Stimmung an so einem vorweihnachtlichen Abend vielleicht lockerer und entspannter als sonst wäre und deshalb besonders geeignet, um meinen Eltern reinen Wein einzuschenken. Aber das ging völlig nach hinten los.

„Nina, willst du nicht noch ein bisschen Gurkensalat?“ Mama hielt mir fragend die Schüssel hin. Vielleicht war ihr aufgefallen, dass ich bisher kaum etwas runterbekommen hatte. Aber der Appetit war mir vergangen, schon seit Tagen.

„Danke, nein.“

„Was ist denn los? Hast du keinen Hunger?“, fragte sie nach und reichte den Gurkensalat zu Feli rüber, die begeistert nach dem Salatbesteck griff.

„Nicht so richtig“, sagte ich und holte tief Luft. Mein Handy, das in meiner Hosentasche steckte, gab einen leisen Piep von sich. Ich musste nicht nachsehen, es war bestimmt Levi, der mir Mut zusprach. Er hatte mir schon zwei Nachrichten geschickt, die letzte direkt vor dem Essen: „Du schaffst das!“

Plötzlich merkte ich, dass Papa mich musterte. „Ist irgendwas nicht in Ordnung, Schnuff?“, fragte er. „Du siehst irgendwie blass um die Nase rum aus.“

Jetzt oder nie. Wenn ich es nicht jetzt sagte, dann würde ich eine weitere Ewigkeit dafür brauchen. Und drei Monate waren schon genug, oder?

Ich holte noch mal tief Luft, dann legte ich die Gabel hin, mit der ich in meinem Salat gestochert hatte. „Ich muss euch was sagen.“ Mama und Papa blickten auf und mich an, und ich sprach schnell weiter, bevor mich der Mut wieder verließ. „Ich möchte, dass ihr mich ab jetzt Noni nennt. Denn ich werde ab jetzt als Junge leben.“

Einen Moment lang herrschte Totenstille. Dann sagte Felice: „Hä?“ und kippte sich den Rest Gurkensalat auf den Teller. Papa kniff die Augen zusammen und nickte langsam, und Mama saß regungslos da.

„Was?“ Sie starrte mich an. „Was hast du gesagt?“

Ich räusperte mich und holte tief Luft. „Dass ich ab jetzt als Junge leben werde.“

Mama sah zu Papa.

Papa sagte nichts.

Mama holte tief Luft. Und dann brach sie in Tränen aus.

* * *

Nach dem Abendbrot gehen Mama und Papa mit Felice rüber, aber ich verziehe mich auf den Dachboden. Pippo bleibt unschlüssig auf dem Treppenabsatz stehen und sieht zu mir hoch und dann Opa hinterher, der bereits auf dem Weg in den Keller ist. Dann entscheidet er sich und kommt mit mir nach oben, was ich ihm hoch anrechne.

Ich haue mich in den Lehnsessel und checke erst mal meine Nachrichten. Levi und Nasti haben was in der Gruppe gepostet, Levi eine Witzzeichnung über einen Typen, der zu einer dick geschminkten Frau sagt: „Entschuldigung, sind Sie vielleicht Herr Schöller?“, Nasti einen Aufruf zum Boykott einer Kaffeemarke, deren Hersteller sich als transphob herausgestellt haben, und Kim einen Film von eine*r nonbinären Person, die sich auf einer Preisverleihung die Haare abrasiert hat. Ich beschließe, später nachzusehen, was es damit auf sich hat, dann ziehe ich das Mama-Buch heraus und schlage es auf.

Ich bin immer noch wie unter Schock. Weihnachten steht vor der Tür, aber ich kann keinen Gedanken daran verschwenden. Noni statt Nina. Und du willst, dass wir deinen alten Namen – den sogenannten Deadname – nicht mehr verwenden. Was Arndt und ich ziemlich gut hinkriegen, und Feli sowieso. Sogar Papa gibt sich große Mühe damit. Nur Mama schafft es nicht. Weil sie es auch gar nicht versteht, nicht mal im Ansatz. Sie hält es für eine Phase, die bald wieder vorübergeht.

Aber das glaube ich nicht.

Wie ist das alles nur so schnell gekommen? Mir scheint es, als hätte ich dich gerade noch auf dem Arm getragen, und plötzlich sitzt du da und willst nicht mehr das Mädchen sein, das ich sechzehn Jahre lang beim Aufwachsen begleitet habe.

Ob du dir wirklich darüber im Klaren bist, was es bedeutet, in dieser Welt ein Mann zu sein? Machtgerangel. Testosteron. Prügeleien. Männerbündelei. Versiffte Toiletten. Blöde Mackersprüche. Ein frauenfeindliches Umfeld. All das gehört dazu, nicht nur ein maskulines Äußeres.

Natürlich ist es für alle Mädchen an einem Punkt ihrer Jugend attraktiv, sich vorzustellen, ein Mann zu sein, mit all den Vorteilen, die das mit sich bringt. Jedem Mädchen geht das so. Mir ist das auch so gegangen, und ja, beruflich wäre ich garantiert viel weiter als jetzt, wenn ich ein Mann wäre. Vieles wäre einfacher.

Aber geht das wirklich, dass man sich einfach aussucht, welches Geschlecht man haben möchte? Und wieso kannst du, mein Kind, nicht einfach das sein, was du bist: ein wunderbares, ungewöhnliches, kluges Mädchen, das nicht in die klassische Frauenrolle passt? Warum musst du auf einmal zum Jungen werden?

Weder Arndt noch ich haben je das Gefühl gehabt, du könntest kein Mädchen, sondern ein Junge sein. Ich bringe das einfach nicht zusammen: auf der einen Seite du, das Mädchen, das ich auf die Welt gebracht und begleitet habe, auf der anderen Seite der Junge, der du ab jetzt sein möchtest. Ich begreife nicht so recht, was passiert ist.

*In den letzten Tagen habe ich unendlich viel gelesen zu dem Thema, mein gesamtes lückenhaftes Wissen aufgefrischt. Mir schwirrt der Kopf. Wissenschaftliche Untersuchungen von Trans*Jugendlichen, Abhandlungen zum Thema Rapid-Onset Gender Dysphoria, Texte von Betroffenen und Eltern. Besonders geschockt hat mich die Studie einer amerikanischen Professorin, die herausfand, dass bei über 62 % der Jugendlichen eine psychische Störung, zum Beispiel Depressionen oder eine Essstörung, vorlag, und dass „soziale Ansteckung" ein Grund für den rasanten Anstieg vor allem von als weiblich geborenen Betroffenen sein könnte. Viele an ihrer Studie teilnehmende Eltern berichteten, dass sich ihr Verhältnis zum Kind nach dem Coming-out als Trans* extrem verschlechtert hatte, vor allem dadurch, dass sich das Kind zuneh-*

*mend von der Familie isolierte und nur noch Informationen über Geschlechtsdysphorie aufsog, die aus Quellen stammten, welche sich direkt an Trans*menschen richteten oder von Trans*personen verfasst wurden.*

Ich habe Angst, dass du dich auch so entwickelst. Ich spüre, dass du dich von uns entfremdest. Klar, du bist sechzehn, du musst dich abnabeln, deine eigenen Wege gehen, aber so radikal?

Ich habe Angst. Um dich und um uns.

Ich klappe das Heft zu und schleudere es fort. Flatternd landet es auf den rissigen Dielen in der Ecke des Dachbodens und bleibt auf dem Rücken liegen. Mir ist kalt und heiß zugleich, und ich weiß nicht, ob ich wütend oder traurig bin oder beides zugleich. Und noch viel mehr.

Ich will dieses Heft nicht weiterlesen. Soll Mama ihre Sorgen und Ängste doch für sich behalten. Immerhin bin ich das Kind und nicht sie!

* * *

Nasti hängt mehr in ihrem Stuhl, als dass sie sitzt, und Skandi wirft ohne Unterlass einen kleinen gelben Softball auf die Dartscheibe an der Wand. Puff. Puff. Puff. Der Ball hat gerade genug Schwung, um zurück in seine Hand zu prallen, und er macht auch nur ein sehr leises Geräusch, aber mich nervt es trotzdem.

„Und nennt sie dich denn Noni oder was?", fragt Levi nach. Eben habe ich von meiner Mitschülerin Lotta erzählt, dass sie mich gefragt hat, ob ich jetzt ein Typ sein will, und dass ich mich nicht getraut hab, die Wahrheit zu sagen. Levi krault Kim die langen, rotgefärbten Haare, und Kim hat genussvoll die Augen geschlossen.

„Sie nennt mich gar nicht", sage ich. „Also, sie nennt mich nicht beim Namen. Macht eigentlich sowieso keiner."

Levi nickt. Das kennen wir alle: dass die Leute um uns herum Schwierigkeiten haben, uns bei unseren neuen Namen zu nennen. „Und die Lehrer*innen?", fragt er. Dafür bewundere ich Levi echt: Er kriegt es immer hin, das Sternchen erstens nicht zu vergessen und zweitens auch noch perfekt auszusprechen, indem er eine kleine Pause vor dem i macht. Ich hingegen vergesse beides noch ganz oft.

„Na ja“, sage ich achselzuckend. „Also, die …“

Puff. Puff.

Kim öffnet ihre katzenähnlichen Augen und mustert mich. „Die wissen es nicht, oder?“

Ertappt. Tatsächlich hab ich es nicht über mich gebracht, die Lehrer bei uns an der Schule zu bitten, mich Noni zu nennen. *Die Lehrer*innen.*

Ich zucke mit den Schultern.

„Hast du es überhaupt wem gesagt?“, fragt sie nach und rasselt mit ihren vielen schmalen Armreifen.

„Klar!“ Genau genommen hab ich es aber nur ein paar Leuten aus meiner Klasse gesagt. Und ganz genau genommen nur Emil, Janine und Svea. In der Klasse rumgegangen ist es trotzdem.

Puff. Puff. Puff.

„Und was genau hast du gesagt?“ Mensch, kann sie nicht lockerlassen?

Ich seufze. Kim und Levi starren mich an. Nasti richtet sich in ihrem Stuhl auf und guckt mich ebenfalls an.

Puff. Pause. Skandi hat aufgehört, den blöden Ball auf die Scheibe zu donnern.

„Na ja, dass ich jetzt lieber Noni genannt werden will“, sage ich.

Alle vier gucken mich immer noch an.

„Aber nicht, warum?“, fragt Kim. Oder nein, eher stellt sie es fest. Für einen kleinen Moment kann ich sie deshalb nicht leiden.

„Nein“, sage ich schließlich. „Ich meine, muss ich das denn?“

Blöde Frage natürlich.

„Nee“, sagt Skandi und fährt sich über den rasierten Schädel. „Nee, du musst gar nichts. Aber dann wird es schwierig weiterzukommen.“

„Willst du dich denn nicht outen?", fragt Nasti und fügt hinzu: „Mir hat das jedenfalls total geholfen, als ich damals in meiner Schule klipp und klar gesagt hab, dass ich ab jetzt Nasti genannt werden will und dass mein Pronomen sie ist. Und zwar für alle. Danach gab es zwar immer mal blöde Sprüche, aber mir ging es viel besser damit."

Skandi und Levi nicken, und Kim kneift die Augen zusammen.

„Könnt ich nicht, andauernd mit meinem Deadname angeredet zu werden", sagt sie und schlägt die Beine übereinander.

Ich zucke zum dritten Mal mit den Schultern. Klar finde ich das auch scheiße. Aber es gibt Schlimmeres. Und ich wette, wenn ich mich outen würde, dann würden die ganzen Idioten aus meiner Klasse sich noch lustiger über mich machen als jetzt schon. „Nicht mehr an meiner Schule. Die ist sowieso bald vorbei."

„Sind aber noch zweieinhalb Monate", gibt Skandi zu bedenken. Ich gucke ihn an, wie lässig er dasteht, mit seinen lockeren Jeans, den Stiefeln und dem riesigen Hoodie. Er ist zwar wirklich ein bisschen zu dünn, aber er sieht total cool aus, keine Spur mehr von dem Mädchen, als das er aufgezogen wurde – und das, obwohl Skandi gar keine Hormone nimmt.

Auch Kim sieht niemand mehr an, dass sie noch vor drei Jahren in der Jungenmannschaft Tischtennis gespielt hat. Sogar Nasti, die erst seit drei Monaten Hormone nimmt und sich als nonbinär bezeichnet, wirkt total eins mit sich und ihrem Körper. Und Levi ja sowieso.

Auf einmal werde ich sauer. „Ihr habt es gut, ihr seid ja schon total weit, aber ich bin gerade am Anfang! Und ich traue mich sowieso nichts. Also fast nichts! Ich hab einfach Schiss!"

„He, Alter!", sagt Levi, kommt zu mir rüber und nimmt mich in den Arm. „Das ist schon okay. Das kommt noch."

Ich schlucke und dränge die Tränen zurück, die mir hinter den Augen brennen. Dann spüre ich noch eine Hand, die mir über den Kopf streichelt.

„Mach dir keine Sorgen“, sagt Kim. „Das wird schon! Wir haben alle eine Weile dafür gebraucht, und du kriegst das auch hin!“

„Und wie!“, sagt Nasti und lacht mich an.

Skandi hebt einen Daumen in meine Richtung, dann dreht er sich wieder zur Dartscheibe um.

Puff. Puff. Puff.

„Alles klar“, sage ich und wische mir über die Augen.

Tatsächlich fühle ich mich gleich viel besser.

Das ist das Gute bei *Tranxkidz.* Keiner von uns verurteilt die anderen, egal, was Phase ist. Alle hören sich einfach nur zu und versuchen zu helfen. Und manchmal hilft Zuhören sowieso schon am meisten.

* * *

Levi und ich fahren noch ein Stückchen zusammen mit dem Bus, bevor er aussteigen muss. Wir winken Kim zu, die beide Arme in die Höhe hebt und mit ihren Armreifen klimpert. Ich muss lachen, und Levi zeigt ihr breit grinsend einen Vogel, bevor der Bus um die Ecke biegt und Kim verschwunden ist.

„Die spinnt echt“, sagt Levi kopfschüttelnd und schiebt seine Fischermütze tiefer in die Stirn. Er wirft einen Blick zu dem älteren Typen zwei Reihen hinter uns, der uns mit hochgezogenen Brauen mustert, dann schenkt er ihm ebenfalls ein breites Grinsen und haut mir auf den Oberschenkel. „Mann, nimm es dir selber nicht so krumm, dass du dich nicht getraut hast“, sagt er achselzuckend. „Du fängst doch auch gerade erst an.“

Ich weiß genau, was er meint. Levi kennt mich zwar noch nicht lange, dafür aber schon ziemlich gut, das ist echt krass. „Und was ist, wenn ich mich überhaupt niemals traue, mich zu outen?“

Levi schnalzt mit der Zunge. „Ach, komm, Noni. Natürlich traust du dich irgendwann. Geht gar nicht anders. Irgendwann kommt der Moment, und dann kriegst du das auch hin. Ist ja jetzt auch noch nicht so dringend. Und immerhin hast du es doch deiner Familie gesagt, also, das ist doch schon mal der erste Schritt. Und den Ärzten und Psychologen. Also, was willst du?"

„Nicht mehr so feige sein", sage ich und sehe zu, wie vorm Fenster die Häuser am Markt vorbeiziehen. Draußen ist es bereits dunkel, die Laternen werfen ein mildes Licht über die Straßen. Nur noch wenige Fußgänger und Fahrradfahrer sind unterwegs, typisch. Manchmal finde ich das gut, diese ruhige Atmosphäre, aber meistens nicht. „Am liebsten würde ich echt nach Berlin gehen nach der Zehnten. Ganz neu anfangen. Da weiß doch dann keiner, was vorher mit mir los war."

Levi lacht leise. „Klar. Aber irgendwann kommt auch dann die Stunde der Wahrheit, Schnucki. Spätestens, wenn du …" Er flötet eine schnelle, kurze Melodie, und ich muss lachen. Aber nur kurz.

„Levi, das … das ist so weit weg für mich wie der Mond", sage ich. Ist es auch wirklich. Verlieben. Liebe. Sex. Da habe ich nichts mit zu tun, null. Ich war noch nie verliebt. Ich hatte noch nie Sex. Ich bin wie die heilige Jungfrau Maria. Nur als Typ. Fast-Typ.

„Kommt auch noch", sagt Levi. „Und weißt du, ich finde es okay, wenn du das in der Schule erst mal so lässt. Guck einfach zu, dass du durchkommst durch die letzten Monate. Immerhin habt ihr Unisexklos, da bist du echt zu beneiden!"

Ja, das stimmt. Wir haben auf jeder Etage ein Unisexklo, und in der Turnhalle gleich zwei. Allerdings hab ich fast noch nie gesehen, dass jemand außer mir sie benutzt, und ich geh auch nur drauf, wenn ich mich absolut genau vergewissert habe, dass keiner guckt.

„Ich dagegen", fährt Levi fort, „ich musste mich das letzte Schuljahr an meiner alten Schule andauernd in irgendeiner Ecke von der Mädchenumkleide verstecken oder im Flur rumdrücken. War echt scheiße, die wollten mich nicht, die Jungs auch nicht, übel."

„Aber jetzt ist es gut", sage ich, fast ein bisschen neidisch.

Levi nickt und drückt den Halteknopf. „Ja, jetzt ist es super. Hör mal, du musst nicht abhauen, um klarzukommen, Sweetie.

Jetzt haben wir Mai, und im August hast du schon deinen Stimmbruch halb hinter dir, und im September gehst du komplett als Typ durch, wenn alles nach Plan läuft."

Der Bus verlangsamt sein Tempo, als er die nächste Haltestelle anfährt, und Levi steht auf. „Also, bis dann! Halt die Ohren steif!"

Wir klatschen uns ab. Die Bustür geht mit einem hydraulischen Seufzen auf, und Levi springt raus und trabt locker davon, die Hände tief in den Hosentaschen.

Der Bus fährt wieder an und nimmt rasch an Fahrt auf. Ich sehe Levi noch so lange nach, bis die Dunkelheit ihn verschluckt.

Wenn alles nach Plan läuft. Ja, wenn. Und wenn nicht?

Fünf Stationen später steige ich aus und trotte die stille Straße hinunter. Viele der Häuser rechts und links liegen jetzt, um kurz nach neun Uhr abends, schon im Dunkeln. Klar, entweder gehen die Leute arbeiten und deshalb früh ins Bett, oder sie sind steinalt und müssen früh schlafen. In Berlin wäre das bestimmt anders. In Berlin ginge das Leben jetzt erst richtig los. Jedenfalls stelle ich mir das so vor. Aber hier, in Eden, da ist um 21 Uhr Schluss mit lustig.

Aber dann ist doch noch ein bisschen was los hier in Eden, denn als ich fast bei unserem Haus angelangt bin, höre ich Rufen und Lachen am Ende der Straße. Die Straßenlaterne blendet mich, als ich hinübersehe, und ich muss mir die Hand dicht über die Augen halten, bis ich die beiden Gestalten dort hinten erkenne. Das heißt, erkennen ist zu viel gesagt, aber ich glaube, einen der größeren Jungs aus der Siedlung zu sehen und dazu noch ein Mädchen. Als es den Kopf dreht, sehe ich im Laternenlicht einen Blauschimmer in ihren Haaren aufblitzen, und für einen Moment schlägt mein Herz schneller. Keine Ahnung, warum, aber irgendwie interessiert mich das Mädchen. Dann sind die beiden auch schon um die Ecke gebogen und weg, und ich hole tief Luft.

Wenn alles nach Plan läuft. Sicher. Nur, ist mir mein Plan überhaupt klar?

Kapitel 3

Emil bläst die Backen auf und schüttelt den Kopf. „Fuck!", zischt er und reibt sich den Ellenbogen. Emil ist nicht gerade ein As in Sport und soeben voll hingeknallt, als er einen Fallrückzieher versucht hat. „Scheiß-Handball!"

Die meisten anderen trotten schon Richtung Umkleide, außer Mischa, der immer noch einen Ball nach dem anderen ins Tor wirft. Jason und Marvin johlen und grölen bei jedem gelungenen Versuch, und Özdemir, unser Sportlehrer, klatscht entnervt in die Hände.

„Los los los jetzt, ab mit euch, Feierabend!", ruft er. „Mischa, die Bälle einsammeln, los jetzt!"

Mischa stöhnt genervt, aber er macht sich folgsam daran, die Bälle aufzuheben und ins Netz zu schmeißen, das Jason ihm hinhält.

„Wer räumt die Matten weg?", fragt Özdemir, und ich hebe die Hand und spurte vor, zu den Matten, die für die Sprungwurf-Übungen dort liegen. Emil fasst mit an, aber Özdemir ist nicht zufrieden.

„Lotta, mithelfen!", ruft er und winkt ab, als Janine und Svea Anstalten machen, zu uns rüberzukommen. „Nein, nicht ihr beide, sondern Lotta. Und Marvin, los, hierher mit dir!"

Svea und Janine laufen zur Umkleide und Marvin sprintet zu uns rüber und macht einen auf Muskelmann, aber Lotta stöhnt und schneidet eine Grimasse. „Wieso ich denn?"

Özdemir, dem selten etwas entgeht, lässt sich nicht beirren. „Weil du noch nie mit angefasst hast, Lotta, die anderen hingegen schon oft. Vor allem Nina."

Lotta zieht ihr knappes Top weiter runter und bückt sich ächzend nach einer Ecke der Matte. „Fuckscheiße", murmelt sie. „Alles Schikane!" Verdutzt sehe ich, dass sie mir unter ihrem Arm hindurch zuzwinkert. „Na los!", sagt sie grinsend. „Anheben, nicht glotzen, Schnucki!"

Ich laufe rot an und muss ebenfalls grinsen. Gemeinsam schleppen wir die schwere Matte zu den Rolltüren an der Seite der Halle. Emil fällt fast dabei hin und lässt seine Ecke los.

„Mann, du Niete!“ Marvin schüttelt den Kopf und zieht noch mal extrakräftig an der Matte, so dass sie Lotta aus den Händen rutscht. Mit vereinten Kräften wuchten er und ich die Matte ganz nach hinten an die Wand. „Memmen“, sagt Marvin und wischt sich die Hände an seiner Trainingshose ab, dann trabt er zu Jason hinüber, der das Ballnetz inzwischen auch gefüllt und verstaut hat. Gemeinsam schlendern die beiden zur Umkleide, gefolgt von Emil, der sich den schmerzenden Ellenbogen knetet.

Jetzt steht nur noch Lotta da. Wartet sie auf mich oder was? Scheiße. Ich gehe einen Schritt weiter in den Verstauraum hinein und hänge das Ballnetz ein wenig weiter nach hinten.

„Gut gemacht“, sagt Özdemir, der jetzt zu uns rübergekommen ist und anfängt, das Rolltor zuzuschieben. „Prima. Jetzt macht, dass ihr euch umziehen geht, sonst verpasst ihr eure Pause.“

Scheiße, scheiße. Jetzt muss ich tatsächlich mit Lotta in die Umkleide gehen!

„He!“, sagt sie, „Mensch, hast du es auf einmal eilig!“

„Mir ist gerade eingefallen, dass ich noch ins Sekretariat muss“, sage ich und lege noch einen Schritt zu. Lotta hängt sich ran.

„Du bist echt komisch“, sagt sie. „Erst trödelst du rum und kannst gar nicht genug aufräumen, und dann pest du auf einmal los!“

„Ich muss ja noch ins Sekretariat!“, lüge ich. „Muss mich echt beeilen!“ Ich düse in die Umkleide, in der sich die letzten Mädchen gerade noch die Jacken überstreifen, greife meine Tasche, winke Lotta zu und rausche raus.

Der Flur ist leer. Ich seh mich kurz um, biege um die Ecke und bete, dass der Putzraum ganz am Ende des Flurs auch heute nicht abgeschlossen ist. Und ich hab Glück.

Hastig springe ich rein, schließe die Tür hinter mir und ziehe mich um, so schnell ich nur kann.

Normalerweise geht mein Plan immer auf; ich helfe bis ganz zum Ende mit, alle Sportgeräte zu verstauen. Dann ist die Umkleide meistens schon leer. Falls nicht, trödle ich so lange auf dem Klo rum, bis die Luft rein ist.

Aber das klappt ja nun nicht, wenn ausgerechnet Lotta auf mich wartet.

Was will die von mir? Ich dachte, die kann mich nicht leiden?

* * *

Als ich die Gartenpforte öffne, kommt Papa gerade aus der Haustür, seine Sporttasche über der Schulter. „He, Schnuff!", begrüßt er mich und lächelt mich breit an. Dann fällt ihm wohl wieder ein, dass ich mir vor Monaten verbeten habe, mich bei meinem alten Kinderspitznamen zu nennen, und er verzieht den Mund zu einem schiefen Grinsen. „O je, verzeih deinem alten Herrn! Hallo, Noni!", sagt er und senkt die Stimme um ein paar Nuancen, und ich kann nicht anders, ich muss darüber lachen.

Papa sieht mich misstrauisch an, dann lächelt er auch und wirkt dabei ein bisschen erleichtert. Kein Wunder, ich reagiere ja auch jedes Mal anders, wenn er mich Schnuff nennt. Manchmal ärgert es mich, manchmal finde ich es lustig. Aber das kann ich nicht ändern.

„Gehst du zum Volleyball?"

„Nein", sagt Papa. „Fußball mit den alten Herren. Wir haben übernächste Woche ein Spiel gegen die alten Knacker aus Borgsdorf. Da müssen wir dringend noch üben." Er stutzt, dann beugt er sich vor und kneift mich in die Wange – die einzige Liebkosung, die er sich seit Weihnachten noch traut, denke ich manchmal.

Auch irgendwie scheiße. Also nicht die Wangenkneiferei an sich, sondern dass jetzt vieles so komisch verkrampft ist.

„Aber unser großes Volleyballturnier Anfang September steht jetzt fest. Da könntest du mich mal anfeuern kommen", sagt Papa und schultert seine Tasche neu. „Und, was hast du noch vor?"

„Weiß nicht", sage ich. „Mal gucken."

„Na dann!" Papa sieht auf die Uhr. „Ich muss jetzt los. Bis nachher! Till kommt übrigens zum Abendessen. Also, bis dann!"

Er winkt mir zu, und dann läuft er los. Ich bleibe noch an der Pforte stehen und gucke ihm hinterher.

Mein Papa. Er sieht echt ziemlich gut aus, für einen Typen in seinem Alter, groß und schlank und sportlich. Und noch kein graues Haar.

Ich seufze. So wie Papa werde ich nie aussehen, da kann ich machen und nehmen, was ich will. Ich kann von Glück sagen, wenn ich überhaupt noch ein bisschen in die Höhe gehe.

Aber was soll's. Gibt ja auch kleinere, gutaussehende Typen. Und so einer werde ich dann eben sein.

Levi ist schließlich auch nicht gerade ein Riese.

* * *

Dienstag! Der erste Dienstag im Monat.

In meinem Hals saß ein Riesenkloß, und meine Hände waren feucht und schwitzig. Das waren sie nie! Nie hatte ich schwitzige Hände, und dann ausgerechnet jetzt! Ich wischte sie an meiner Jeans ab und steckte sie in die Hosentaschen, dann zog ich sie wieder raus.

Die Tür zum Begegnungszentrum lag schräg gegenüber, aber in den letzten zehn Minuten war niemand herausgekommen und auch nicht hineingegangen. Ich trat von einem Fuß auf den anderen und lehnte mich an den Baum hinter mir. Langsam wurde ich unruhig.

Ob das Treffen heute gar nicht stattfand? Oder vielleicht hatte ich mich auch verlesen?

Ich zog zum wiederholten Mal mein Handy raus und sah nach. Nein. Die Adresse und die Uhrzeit stimmten.

Vielleicht hätte ich mich doch über die angegebene Mailadresse anmelden sollen. Aber ich hatte mich einfach nicht getraut.

Drüben am Haus ging ein älterer Mann mit seinem kleinen Hund vorbei, dann kam eine junge Frau mit drei Einkaufstüten. Direkt vorm Eingang blieb sie stehen, und mein Herz begann heftig zu klopfen. Aber dann bückte sie sich, stellte die Tüten ab und kramte in einer davon herum, bevor sie die Tüten wieder hochnahm und weiterging.

Die Tür blieb zu.

17.56 Uhr.

Zwei Autos fuhren vorbei. Ich zog mein Handy wieder raus und sah noch mal nach. Ja, Adresse und Uhrzeit stimmen.

Als ich mein Handy wieder einsteckte und hochsah, standen wie aus dem Nichts drüben zwei Typen vor der Tür. Einer von ihnen, ein nicht besonders großer, kräftiger Junge mit Basecap, sah zu mir rüber und winkte.

„He, willst du zu uns?"

Ich stand wie erstarrt da. Er lachte und kam über die Straße zu mir rübergespurtet. Direkt vor mir hielt er an.

„Willst du zu uns? Zu den *Tranxkidz*?"

Ich konnte nichts sagen. Immer noch stand ich wie erstarrt da. Mein Puls raste, und ich hatte das Gefühl, jeden Moment in Ohnmacht zu fallen.

Er lachte mich an. Jetzt, so aus der Nähe betrachtet, war ich mir gar nicht mehr so sicher, ob er überhaupt ein Typ war. Seine Augen waren ziemlich blau, und am Kinn und auf den Wangen konnte ich einen ganz leichten Bartschatten entdecken, oder täuschte ich mich?

„Was ist, kommst du mit rein?" Er lächelte mich immer noch an, trat aber langsam einen Schritt zurück.

Wenn ich jetzt nicht endlich reagierte, war er weg und diese Chance damit vorbei. Vermutlich für immer.

„Ich … äh, ja. Ich kann ja mal …"

Er lachte wieder. „Genau!", sagte er. „Du kannst ja mal. Los, komm mit!"

* * *

Levi hieß mein neuer Bekannter, und sein dünner, langer Kumpel, der uns mit ausdrucksloser Miene entgegensah, nannte sich Skandi. Das erfuhr ich, als wir durchs Treppenhaus in den Hinterhof liefen, wo Levi eine über und über bekritzelte schwere Holztür aufzog, die in einen großen Raum führte, in dem ein paar Sofas und Sessel herumstanden. Neben einem Kicker und einem großen Tisch mit einem Haufen nicht zueinander passender Stühle gab es noch einen Tresen, hinter dem Levi ein paar Wasserflaschen hervorholte.

„Setz dich", sagte er und deutete mit dem Kinn zu den Sofas hinüber. „Willst du was trinken? Die anderen kommen gleich."

Skandi warf seine Jacke neben mich und zog einen kleinen gelben Softball hervor, um ihn auf eine Dartscheibe an der Wand zu werfen.

„Ja, äh, klar", sagte ich, und Levi goss mir ein Glas ein und ließ sich dann neben mich fallen.

„Siehst du", sagte er. „Hab ich mir doch gedacht, dass du zu uns willst!"

„Und wieso?", fragte ich mit rauer Stimme.

Levi zuckte mit den Schultern. „Du siehst eben so aus", sagte er. „Du sieht voll so aus, als wenn du zur Family gehörst. Und so bist wie wir." Er deutete auf Skandi, der immer noch seinen Ball auf die Scheibe warf und fast jedes Mal ins Schwarze traf. „Also, wie der da", sagte Levi. „Und ich. Und …"

In diesem Moment ging die Tür auf, und ein rothaariges Mädchen kam rein, gefolgt von einer in einen langen Mantel gehüllten Gestalt mit einer Menge Piercings im Gesicht und abstehenden, bunt gefärbten Haaren.

„Und die beiden da", sagte Levi und lachte zufrieden.

„Hi, allerseits!", rief die Rothaarige vergnügt, umarmte Skandi und dann Levi, der aufgesprungen war. Die andere Gestalt hingegen warf uns allen nur ein kurzes Nicken zu und lehnte sich dann an den Tresen, ohne den Mantel auszuziehen. Ob sie nun eher männlich oder weiblich war oder irgendwas dazwischen, konnte ich nicht erkennen.

„Und wer bist du?", sagte die Rothaarige und setzte sich mir gegenüber. „Ach, entschuldige, ich hab mich ja selber noch gar nicht vorgestellt. Ich bin Kim, und mein Pronomen ist sie."

Offenbar fiel ihr mein leicht irritierter Gesichtsausdruck sofort auf, denn sie fügte hinzu: „Das heißt, du kannst sie zu mir sagen. Die Kim, verstehst du? Finde ich nämlich toll. Weil bis vor zwei Jahren alle noch er zu mir gesagt haben." Der Blick aus ihren grünen, großen Augen war warm und freundlich, und ich konnte nicht sagen, warum, aber ich fühlte mich auf einmal total geborgen. Es war, als ob ich tatsächlich dazugehörte, obwohl ich gerade mal seit zehn Minuten in diesem Raum saß, umgeben von Menschen, die ich vorher noch nie in meinem Leben gesehen hatte.

„Ja, okay", sagte ich. „Cool, ja."

„Und das Wesen da drüben ist Nasti!" Kim zeigte auf die Gestalt am Tresen, die jetzt ihren Mantel ablegte und mir zunickte.

„Und das ist Nina", stellte Levi mich vor. Kim hob die Brauen. „Nina?"

„Ja", sagte ich, plötzlich verunsichert. „Warum?"

Kim zuckte mit den Schultern und zog ihre Jacke aus. „Weiß nicht", sagte sie. „Der Name passt gar nicht so richtig zu dir, irgendwie. Aber egal. Und dein Pronomen?"

„Äh …", ich zögerte einen Moment. Das Pronomen, mit dem ich angeredet werden wollte – bei uns an der Schule spielte das noch keine große Rolle, aber ich wusste, dass es an vielen Orten schon gängig war, das gleich klarzumachen, wenn man sich vorstellte. „Na ja, bis jetzt noch sie. Aber ich weiß gar nicht …" Weiter kam ich nicht. Doch ehe ein peinliches Schweigen entstand, klopfte mir Levi beruhigend aufs Knie.

„Also, mein Pronomen ist er. Und seins auch." Er blickte zu Skandi rüber, der immer noch seinen Ball an die Scheibe warf. „Skandi, weißt du, ob Bo noch kommt? Und Locke?"

„Locke kommt", sagte Skandi, „und von Bo hab ich nichts gehört. Hat sein Handy aus."

Erst jetzt fiel mir auf, wie unglaublich dünn Skandi war. Richtig mager, so mager, dass seine Nase wie ein schmaler Felsgrat aus seinem Gesicht hervorstach. Auch seine Arme, die aus dem übergroßen Hoodie herausragten, waren sehr dünn, und die Boyfriendjeans schlackerte nur so um seine Beine. Ob Skandi vielleicht krank war?

Kim unterbrach meine Gedanken. „Nasti, jetzt komm doch mal her!“, rief sie und drehte sich zu Nasti um. „Oder willst du den ganzen Abend da am Tresen rumhängen?“

Nasti kam langsam zu uns rüber und pflanzte sich in einen der Sessel. Ihr – oder sein? – Gesichtsausdruck war ziemlich grimmig, und passend dazu verkroch Nasti sich noch tiefer in den Hoodie, den er oder sie unter dem Mantel trug. Die Kapuze hing so weit in die Stirn, dass ich Nastis Augen gar nicht erkennen konnte.

„Kümmer dich nicht weiter um Nasti, Nasti hat meistens schlechte Laune“, sagte Levi und zwinkerte mir zu.

„Stimmt doch gar nicht!“ Auch Nastis Stimme konnte ich nicht zuordnen. „Ich denke nur gern nach. Und mein Pronomen kannste vergessen. Ich hab keins.“

„Stimmt doch gar nicht. Für Nasti gilt auch: sie! Und wie!“ Kim lachte und winkte ab. Sie trug mindestens vier Perlenketten um den schmalen Hals, sah ich, und an jedem Arm ein paar glänzende Reife. Offenbar stand Kim auf Glitzer und Schmuck. Interessante Type. Aber eigentlich fand ich alle hier interessant: den dünnen, irgendwie schüchtern wirkenden Skandi, Nasti mit der undurchdringlichen Miene und Kim mit ihrem auffälligen Styling. Und Levi natürlich, Levi sowieso. Jetzt, wo ich so dicht neben ihm saß, war ich mir mittlerweile sicher: Levi war mal ein Mädchen. Aber jetzt war er’s nicht mehr. Mir war zwar nicht klar, woher ich das wusste, aber ich wusste es eben. Ich spürte es.

Vielleicht, weil ich gern auch so wäre? Ich konnte es nicht ändern, aber ich fand ihn echt ganz schön cool. So selbstsicher, lässig und freundlich wäre ich auch gern.

„Jetzt erzähl mal, wie hast du von uns erfahren?“, fragte Kim und streckte die Beine aus, die in hautengen, knallroten Leggings steckten.

Ich zuckte mit den Schultern. „Ich hab im Netz gesucht“, sagte ich.

„Wie alle!“, rief Kim und fuhr sich durch ihre roten Haare.

„Stimmt ja wohl nicht ganz. Jack nicht!", sagte Levi und trank sein Wasserglas leer.

„Na klar, immerhin hat Jack ja auch die Gruppe gegründet", sagte Kim und tippte sich an die Stirn. „Mensch, Levi, echt!"

Levi lachte, und dann lehnte er sich zurück und musterte mich vergnügt von der Seite. „Soso, Nina heißt du also. Aber bestimmt nicht mehr lange!", sagte er und verschränkte die Arme hinter dem Kopf. „Weißt du, du kannst dich hier nennen, wie du willst, scheißegal. Teddy oder Muckelchen oder Rocky, ganz egal. Wir nennen dich genau so, wie du es möchtest."

Einen Moment war ich verdutzt, aber dann kapierte ich, was er mir damit sagen wollte. Mir wurde ganz warm. Und dann musste ich lächeln.

„Okay", sagte ich. „Ich denk drüber nach. Danke."

„Nichts zu danken", sagte Levi gnädig. „Herzlich willkommen im Club!"

* * *

„Wie schön, dass du da bist!" Mama umarmt Till und drückt ihn fest an sich, bevor sie ihn wieder loslässt. Sie reicht ihm gerade mal so bis zu den Schultern, das war früher noch anders, erinnere ich mich.

Till setzt sich an den Küchentisch, und Felice klettert auf seinen Schoß und kuschelt sich an ihn.

„Tilli, gehst du mit mir plantschen? Bitte, bitte!", bettelt sie. Till wuschelt ihr durchs Haar und seufzt.

„Ich bin gerade eben reingekommen, Kleene, lass mich erst mal ankommen. Hi." Er nickt mir zu, und ich nicke zurück.

Mama guckt von ihm zu mir und wieder zurück und schüttelt den Kopf. „Mein Gott, seid ihr förmlich geworden! Till, möchtest du noch was essen?"

Wir sind gerade fertig mit dem Abendessen, aber noch steht alles auf dem Tisch. Till zuckt mit den Schultern.

„Nee, danke, ich hab schon. Aber einen Tee trinke ich."

„Ich mach dir einen!", schreit Feli und springt auf, um zur Küchenzeile zu rennen und Tee aus der Schublade zu holen.

Feli betet Till an. Und Mama irgendwie auch. Der Einzige, der offenbar ein normales Verhältnis zu Till hat, ist Papa. Er freut sich, wenn Till da ist, aber er macht kein Tamtam um ihn wie die beiden anderen. Obwohl, früher war ich genauso. Wenn Till kam, ging für mich die Sonne auf, oder so ähnlich. Ist jetzt aber anders.

Ich rutsche aus der Bank und stehe auf, um mein Geschirr zur Spülmaschine zu balancieren.

„Gehst du jetzt schon?", fragt Mama verblüfft. „Till ist doch gerade erst gekommen!"

„Ich muss noch Mathe machen", sage ich. Die Maschinentür klemmt, ich brauche drei Anläufe, bis ich sie aufbekomme. Feli neben mir begutachtet den Wasserkocher, der leise vor sich hin brodelt.

„Schreibt ihr denn jetzt noch Klausuren?", fragt Till, der mich mit vor der Brust verschränkten Armen betrachtet. „Stehen die Noten nicht schon langsam fest?"

„Nee", sage ich. „Also, die Noten, meine ich. Die sind noch nicht klar."

„Willst du immer noch auf diese Sozialschule?", fragt Till, und so, wie er das sagt, klingt es, als ob ich etwas vollkommen Schwachsinniges vorhätte.

„Fachoberschule für Sozialpädagogik", korrigiere ich ihn und räume gleich noch Felices Geschirr ein.

„Hast du da denn schon einen Platz?"

„Anfang Juni gehen die Zusagen raus", sagt Mama und reicht mir die Käseplatte rüber. „Hier, räumst du das gleich noch in den Kühlschrank?"

Feli neben mir kippt kochend heißes Wasser in den Becher, in den sie einen Beutel Earl Grey gehängt hat. „Gleich fertig, Tilli!", ruft sie.

„Und wenn es nicht klappt, was hast du dann für einen Plan B?", fragt Till.

Papa sieht auf. Damit hat er sich offenbar noch gar nicht befasst, das ist mir klar.

„Dann ziehe ich nach Berlin", sage ich. „Vielleicht."

Alle starren mich an. Mama skeptisch, Papa verdutzt, Feli entsetzt, Till ausdruckslos.

„Nun ja, du musst ja nicht gleich hinziehen. Pendeln geht auch“, sagt Papa und dreht sein Wasserglas herum. „Ich muss ja oft genug hin, da kannst du auch mit der S-Bahn fahren. Gibt ja auch Schulen oben am nördlichen Rand, da könnten wir uns mal informieren.“

Wir. Das macht eh immer Mama. Die beiden haben eine klare Arbeitsteilung: Papa hat Ideen, und Mama sieht zu, dass sie umgesetzt werden, um Papa dann seine Aufgaben zuzuteilen. Jetzt wird es so aussehen, dass Mama recherchiert, welche Schulen infrage kämen, und Papa fährt dann mit mir hin. Wenn überhaupt.

„Ich könnte doch auch ein Zimmer nehmen, oder eine Wohnung.“

„Du bist gerade mal sechzehn geworden“, sagt Mama. „Bis du achtzehn bist, wohnst du zu Hause, das möchte ich gern.“

Ende der Diskussion. Mama will auf keinen Fall, dass ich nach Berlin gehe. Auf gar keinen Fall. Auch wenn ich nicht ganz verstehe, warum. Vielleicht, weil sie so viel Übles gesehen hat auf der Arbeit in ihrem Frauenhaus da. Berlin ist ein hartes Pflaster, klar, aber eben auch cool.

Papa zuckt mit den Schultern und lächelt ergeben, Felice strahlt und trägt den Tee zu Till hinüber, und Till nickt langsam vor sich hin, ohne mich aus den Augen zu lassen.

Ich klappe die Maschinentür mit Nachdruck zu und seufze. „Also, ich geh dann mal hoch. Ciao, Till.“

„Ciao … Noni“, sagt Till. Die Pause, die er vor meinem Namen macht, ist kurz, aber doch nicht kurz genug, als dass ich sie nicht bemerken würde. Und für mich lang genug, um mich darüber zu ärgern.

Als ich die Treppe hochgehe, boxe ich vorsichtig gegen die Wand. Zu vorsichtig, um es in der Küche hören zu können. Weh tut es mir trotzdem.

* * *

Später höre ich Till und Felice im Garten Ball spielen. Sie lachen und toben wild herum, und Felice kriegt sich gar nicht mehr ein vor Vergnügen.

So haben Till und ich früher auch oft im Garten gespielt, unzählige Male bis tief in den Abend hinein, und Till hatte immer gute Laune und brachte mich mit seinen Späßen und Grimassen zum Lachen.

Das hörte im vorletzten Sommer ziemlich abrupt auf. An den Abend erinnere ich mich noch genau. Es war ein heißer Juliabend, unerträglich heiß nahezu, und wir waren gerade erst aus den Ferien zurückgekommen, die wir – Mama, Papa, Feli und ich – in einer Ferienwohnung auf Usedom verbracht hatten. Till war in Berlin geblieben, wo er als Feuerwehrmann arbeitete, und ich hatte mich tierisch gefreut, als er vorbeigekommen war.

Wir spielten wie früher, als ich noch klein gewesen war, und ich erinnere mich genau an die Hitze des Sommerabends, den milden Duft nach gemähtem Gras aus den Nachbargärten und das abendliche Zwitschern der Amseln hoch oben in den alten Kiefern in unserem Garten. Till schnappte mir immer wieder den Ball weg, und irgendwann rempelte ich ihn an und wir beide rangelten kichernd um den Ball, bis ich ihn mit einem coolen Hackentrick eroberte und gegen den Pfosten schoss. Till stützte sich schweratmend auf den Knien auf und sah mich von unten herauf an.

„Mann, Mann, Mann, an dir ist aber auch ein Junge verloren gegangen", sagte er kopfschüttelnd, stand auf und setzte sich auf die Schaukel. „Cool gemacht, Hut ab." Plötzlich veränderte sich sein Gesichtsausdruck, und sein Grinsen machte einem nachdenklichen Blick Platz. „Sag mal, wo wir schon dabei sind – bist du eigentlich 'ne kleine Lesbe oder was?"

Ich starrte ihn an. Auf einmal war die schöne Sommernacht gar nicht mehr so schön und die milde Luft nicht mehr mild, sondern klebrig.

„Quatsch", sagte ich mit rauer Stimme. „Wieso, was soll das denn jetzt?"

„Ich dachte nur." Er rutschte von der Schaukel und klopfte mir auf die Schulter. „Mann, reg dich ab. Kein Problem. Lass uns mal reingehen." Er schlurfte davon, und ich sah ihm einen Moment lang nach.

Dann nahm ich den Ball und knallte ihn mit voller Wucht ins Netz. Irgendwie tat das gut.

Vielleicht war es für ihn kein Problem, mich für eine Lesbe zu halten. Für mich aber schon.

An diesem Abend lag ich noch lange wach und sah in den Edener Nachthimmel hinauf, an dem sich ein wunderschöner Sternenhimmel präsentierte. Kleine Lesbe – das war ich nicht! Das war nicht ich. Das fühlte sich total falsch an, aber wirklich total. Ich stand doch noch nicht mal auf Mädchen. Die nervten mich doch fast alle nur. Und meinen ersten – und bisher einzigen – Kuss hatte ich von Can aus der Parallelklasse bekommen, in der Siebten. Na ja, eigentlich war ich es gewesen, die ihn geküsst hatte, und besonders gefallen hatte es mir auch nicht, aber na und?

Lesbisch, das waren doch nur alte Frauen wie diese Schauspielerinnen, Jodie Foster und Ulrike Folkerts, die diese Tatort-Kommissarin spielte, oder dicke Sängerinnen wie Beth Ditto. Ja, und Kristen Stewart war auch lesbisch, aber alt war die ja irgendwie auch schon.

Lesbisch war jedenfalls total altmodisch. Und überhaupt, ich war es jedenfalls nicht.

Aber was war ich dann?

* * *

Natürlich lerne ich kein Mathe, obwohl ich es eigentlich sollte. Stattdessen fläze ich mich aufs Bett und starre eine Weile frustriert an die Decke. Feli juchzt und lacht im Garten, und ab und zu ist Tills tiefe Stimme zu hören.

Schließlich richte ich mich halb auf, schnappe mein Handy und scrolle ein bisschen durch Insta. Kim hat schon wieder was gepostet, ein Foto von sich und Nasti, beide mit Duckface vor einem überdimensionalen Wandteppich. Auf dem nächsten

Shot reckt sie ihre Arme in die Höhe, die Armreifen fallen ihr über die Ellenbogen, und die Schnitte an ihrem Handgelenk sind deutlich zu sehen.

Schon cool, dass sie es einfach so zeigt.

Aber irgendwie auch komisch.

Unten ruft Mama Papa etwas zu, und er antwortet nach einer Weile. Dann klingelt das Telefon und Papa geht ran.

Ich drehe mich auf dem Bett zur Seite, ziehe die Beine an und schlinge die Arme um die Knie und mache die Augen zu. Meine Knie drücken mir in die Brust, die ohnehin schon etwas schmerzt vom Binden.

Vorsichtig streiche ich mir übers Kinn. Immer noch nichts, nirgendwo an mir kann ich eine Veränderung spüren. Alles wie immer. Beschissen wie immer. Wie lange dauert das denn noch?

Mann, ist das alles mies!

Als ich mich wieder umdrehe, stoße ich gegen meinen Nachttisch, und alles, was darauf liegt, fällt mit einem Klatschen zu Boden: das Gel, ein Päckchen Taschentücher, zwei Bücher und mein Notizblock. Seufzend setze ich mich hin und bücke mich, um alles wieder aufzuheben. Aber noch etwas ist runtergefallen: das Mama-Buch, das ich vor ein paar Tagen dorthin gelegt habe, unter den Notizblock, damit ich es erst mal nicht mehr sehen muss.

Ich nehme es hoch und betrachte es einen Moment lang nachdenklich, dann schlage ich es auf.

Als kleines Kind konntest du von Wasser nicht genug bekommen. Ständig hast du bei jeder Gelegenheit gebadet und geplanscht, und in den Ferien an der Ostsee hatten wir Mühe, dich überhaupt noch wieder aus dem Wasser zu kriegen. Obwohl du am ganzen Körper gebibbert hast und deine Lippen schon blau angelaufen waren, wolltest du dich wieder und wieder in die Fluten stürzen.

Du warst so unglaublich niedlich als Kind! Und ich kann mich gut erinnern, dass ich deinen kleinen nackten Kinderkörper oft an-

gesehen und mich gefragt habe, wie du später als erwachsene Frau mal aussehen wirst. Oder als junges Mädchen.

Damals hatte ich immer das Gefühl, dass du vollkommen eins warst mit deinem Körper, und ich hätte mir nie vorstellen können, dass du ihn eines Tages so ablehnen und alles Mögliche in Kauf nehmen würdest, um ihn zu verändern, Hormone, Tabletten, Brustabbinden, vielleicht sogar Operationen. Und ich kann dir nur sagen, dass ich mir, seit du uns gesagt hast, dass du kein Mädchen mehr sein willst, immer wieder aufs Neue wünsche, dass das auch ohne all das ginge. Ich wünschte, du könntest einfach nur du sein, genau du, in genau deinem Körper, egal, ob männlich oder weiblich oder irgendetwas von beidem. Aber dir ist es eben nicht egal. Und ich weiß, dass das wahrscheinlich ein vergeblicher Wunsch ist.

Natürlich möchte jede Mutter, dass ihr Kind gesund und glücklich aufwächst und unversehrt bleibt. Jedenfalls geht es mir so. Und ich bin unglaublich traurig, dass all das auf dich offenbar nicht (mehr) zutrifft.

Als ich in deinem Alter war, habe ich meinen Körper nicht leiden können. Ich fand mich erst zu dick, dann unförmig, meine Beine zu kurz, die Füße zu groß, mein Kinn nicht ausgeprägt genug. Ich hatte ständig damit zu tun, mich so anzuziehen, dass man meine „Problemzonen“ nicht sah.

Ich vermute, du würdest nur mit dem Kopf schütteln, wenn ich dir das erzählte. Und ich will damit auch gar nicht anfangen, dich darauf hinzuweisen, dass jedes Mädchen in der Pubertät Probleme mit sich und ihrem Körper hat. NIEMAND ist zufrieden mit sich und seinem Aussehen in der Pubertät. Und fast jedes Mädchen wünscht sich dann auch mal, ein Junge zu sein. Jungen haben offenbar weniger Probleme mit ihrem Körper in der Pubertät, aber ich weiß gar nicht, ob das wirklich stimmt.

Bei mir ist diese Unzufriedenheit irgendwann langsam weniger geworden, aber ganz ehrlich: Weggegangen ist sie nicht. Ich finde meinen Körper immer noch nicht richtig gut, im Gegenteil, je älter ich werde, desto weniger. Aber irgendwie ist mir all das weniger wichtig.

Der Körper ist unsere Hülle, in der wir leben, unser ganzes Leben lang. Früher ließ sich daran nichts machen, aber das ist heute anders. Du kannst deinen Körper grundlegend verändern, aber deine Seele nicht. Sie wird immer darin wohnen.

Ich klappe das Heft zu und lasse es vors Bett auf den Boden fallen. Blablabla, Mama, echt. „Deine Seele wird immer darin wohnen!“ Als ob ich das nicht selbst wüsste. Was denkt Mama denn von mir? Dass ich total unterbelichtet bin? Oder nur von hier bis zur Wand gucken kann?

Es klopft an meiner Tür, und kurz darauf geht sie auf und Feli steckt ihren Kopf ins Zimmer. „Was machst du?“

„Ich liege hier rum“, sage ich, obwohl das eigentlich nicht stimmt, denn ich sitze ja gerade auf der Bettkante.

Feli guckt mich an, dann kommt sie vorsichtig ins Zimmer, hopst neben mir aufs Bett und umarmt mich mit ihren dünnen Armen so fest, wie sie nur kann.

„Was' n los?“, frage ich und drücke meine Nase in ihr weiches Blondhaar. Es duftet nach Sommer und Gras, genauso wie das Haar von kleinen Mädchen im Sommer duften muss.

Feli drückt mich noch fester. „Du siehst so traurig aus!“, sagt sie und guckt vorsichtig zu mir auf.

Traurig? Ich hätte gedacht, dass ich wütend aussehe, aber was soll's. „Ist Till noch da?“

Feli nickt. „Aber der fährt jetzt. Ich hab ihm schon tschüss gesagt.“ Nach einer Weile lehnt sie den Kopf an meine Brust. „Das ist aber hart hier“, sagt sie, und mir ist klar, dass sie den Binder meint. Hoffentlich will sie jetzt nicht irgendwelche Erklärungen, warum ich mir Binder anziehe. Oder was in die Hose stecke. Das verkrafte ich heute nicht.

Aber Feli fragt nicht weiter nach. Stattdessen setzt sie sich aufrecht hin und guckt mich an. „Du, Noni? Kannst du Tilli nicht mehr leiden?“

„Was? Nein, Quatsch. Natürlich kann ich Till noch leiden! Wieso?“

Feli guckt mich immer noch an. So, als würde sie direkt in mich hineinsehen. So, wie Mama mich manchmal anguckt. „Weil du immer komisch bist, wenn er kommt. Und du gehst dann immer gleich weg."

„Ach, echt? Mach ich das? Ist mir noch gar nicht aufgefallen."

Feli zieht die Brauen herunter und zupft mich am Ärmel. „Du lügst!"

Wieso kapiert sie das immer sofort? Sie ist sieben Jahre alt. Da kapiert man doch fast gar nichts!

„Du lügst, du lügst, du lühühügst!"

„Aber nur ein klitzekleines bisschen!", sage ich, und Feli sieht zufrieden aus und lehnt sich wieder an mich. Und jetzt lege ich den Arm um sie und drücke sie an mich. Für einen Moment schließe ich die Augen und spüre, dass es mir gutgeht. Das erste Mal an diesem Tag.

Unten im Flur sind Stimmen zu hören, dann ruft Till laut: „Tschüss, Feli, tschüss, Noni! Bis nächste Woche!"

Ich hole tief Luft. „Tschüss, Till!", brülle ich, damit er mich auch hört, und Feli fängt an zu kichern.

„Das wackelt, wenn du so laut rufst!", sagt sie und kichert noch lauter, als ich anfange, sie zu kitzeln. „Hör auf, Noni, hör auf! Iiiih!" Sie lacht, und sie lacht noch schriller, als ich sie mit beiden Händen unter den Armen kitzele und dann am Bauch und an den Seiten, und ihr Lachen schraubt sich immer weiter in die Höhe, bis ich selbst lachen muss.

Ach, Feli, kleine Schwester! Hast du es gut.

* * *

Der erste Psychologe, zu dem ich im letzten Herbst gegangen war, ritt genau darauf ziemlich herum. „Wäre es dir denn lieber, wenn deine Schwester das Gleiche wie du erleben würde? Wenn sie also auch unter einer Geschlechtsdysphorie leiden würde?" Der Psychologe guckte mich forschend an.

Mama hatte den Termin für mich gemacht, weil ich sie drum gebeten hatte, mit der Begründung, dass ich oft so traurig sei und gern mal darüber reden wollte. Mit jemand Fremdem. Das war noch lange vor meinem Outing, kurz nach meinem ersten Besuch bei den *Tranxkidz.* Mama fand die Idee gut, hat einfach im Telefonbuch geguckt und eine ganze Reihe von Psychologen angerufen, und der hier war der Erste, der einen Termin frei hatte.

Plötzlich merkte ich, dass ich mir seinen Namen nicht gemerkt hatte. Kein gutes Zeichen, oder? „Äh, nee", sagte ich. „Also, nein, natürlich nicht."

„Was genau meinst du damit?"

„Na, natürlich wäre es mir lieber, wenn Feli sich tierisch wohl als Mädchen fühlt und ihren Körper supertoll findet. Oder genau richtig eben." Klang irgendwie komisch. Ich hatte echt Schwierigkeiten, die passenden Worte zu finden. Vor allem hier, bei diesem Mann, der da vor mir saß und mich so komisch anguckte. Betont freundlich, fast gnädig, so kam es mir vor. „Ist doch aber eigentlich klar, oder?"

„Was ist klar?", fragte er mit sanfter Stimme. Mulberger hieß er, glaubte ich. Oder Mollberger? Auf jeden Fall was mit Berger hinten.

„Na, dass man der kleinen Schwester keine Probleme wünscht", sagte ich achselzuckend und verlagerte mein Gewicht auf meine andere Pobacke.

„Ist es denn ein Problem für dich?"

„Nee, eigentlich nicht. Aber mir ist schon klar, dass viele Leute das anders sehen. Sonst wäre ich ja nicht hier", sagte ich und drehte mein geflochtenes Armband ums Handgelenk. Das hatte ich von Levi bekommen, war selbst gemacht. Er hatte ein ähnliches. „Damit du stark bleibst!", hatte er gesagt und gelacht. „Wenn du gegrillt wirst!"

Mulberger oder Mollberger lehnte sich zurück. Dann kraulte er sich den Dreitagebart und rückte seine randlose Brille gerade. „Dass du hier bist, hat ja vielleicht noch andere Gründe außer deinem Gefühl, dass du unter Geschlechtsdysphorie leidest", sagte er.

Dein Gefühl. Es war nicht nur so ein Gefühl. Im Gefühl hatte ich aber hingegen, dass der Mann mir gegenüber mich nicht ernst nahm. Auch, wenn er sehr verständnisvoll nickte.

„Wie läuft es denn bei dir in der Schule?", fragte er jetzt.
„Gut."
Er nickte wieder und betrachtete mich nachdenklich. „Würdest du sagen, dass du gut in die Klassengemeinschaft integriert bist?"
War ich nicht. Aber das würde ich ihm jetzt nicht auf die Nase binden, sonst hängte er sich daran fest. „Klar", sagte ich. „Das ist okay."
Er machte sich eine Notiz, dann blickte er auf seine Uhr und hob die Brauen. „Gut, Noni, das wäre es dann für heute. Ich würde sagen, wir sehen uns dann in zwei Wochen wieder. Einverstanden?"
Ich stand auf und nickte, obwohl ich überhaupt nicht einverstanden war. Als ich mich verabschiedet und die Tür hinter mir geschlossen hatte, atmete ich tief durch.
Na, gegrillt worden war ich jetzt nicht gerade. Aber unangenehm war es schon gewesen.
Mama konnte ja nichts dafür, dass der erste Psychologe, den sie für mich rausgesucht hatte, null zu mir passte.
Ich hatte ihr nicht die Wahrheit gesagt, warum ich überhaupt zu einem Psychologen wollte, weil ich selbst erst mal gucken wollte, wie das so war. Aber wenn ich das ganze Programm durchziehen wollte, dann kam ich da sowieso nicht drumrum. Zwei Gutachter mussten bescheinigen, dass ich erstens eigentlich ein Junge war und zweitens darunter litt, sonst bekam ich niemals Hormone. Und die brauchte ich. Vielleicht noch nicht sofort, aber später. Oder schon bald.
Eigentlich echt krass. Was ging es andere Leute an, was ich fühlte und dachte? Wie kamen die dazu, mich beurteilen zu wollen? War das nicht einfach meine Sache, ganz allein meine Sache?
Wurde echt Zeit, dass sich das änderte. war ja auch schon in Arbeit. Aber für mich kam das vermutlich zu spät.

* * *

Feli kuschelt sich wieder an mich, als ich sie fertig gekitzelt habe, und dann sieht sie mit schläfrigem Blick zu, wie ich meine Nachrichten durchscrolle und hinterher auf Insta gehe. Es macht mir ein warmes, wohliges Gefühl, sie so an meiner Seite zu haben, und ich glaube, sie fühlt sich auch superwohl so.

Ich rutsche ein bisschen tiefer, und wir fläzen uns gemütlich in meine Kissen.

„Wer ist das?", fragt Feli und zeigt auf das neueste Foto von Kim, das die gerade eben gepostet hat. Darauf hat sie die Arme nach vorn gestreckt und macht ein tierisch übertriebenes Duckface. Auf dem nächsten Foto streckt sie lasziv die Zunge raus.

„Das ist Kim, eine Freundin von mir."

„Und was macht die da?"

„Die findet sich schön so", sage ich und muss lächeln.

Feli betrachtet das zweite Foto sehr genau, dann nickt sie. „Ja, ich finde die auch schön. Aber dich finde ich schöner!"

Jetzt muss ich wirklich lachen. Ich bin nun echt nicht schön, war ich noch nie. Meine Nase ist zu klein, mein Mund zu breit, und meine Haare sind so dünn wie Feenhaare. Das Einzige, was ganz okay an mir ist, sind meine Augen.

„Doch!", sagt Feli und nickt heftig. „Das finde ich wohl!"

Sie schlingt die Arme um mich und drückt mich an sich, und nach einem Moment küsse ich sie auf die Stirn.

Das ist das Coole: Feli hat überhaupt kein Problem mit mir. Egal, wie ich aussehe, egal, wie ich heiße, egal, wie ich mich verändere. Sie nimmt mich einfach so hin und hat mich lieb. Das macht mich echt glücklich. Nicht immer, aber in manchen Momenten. Solchen wie diesen.

* * *

Als ich klein war, hatte ich tatsächlich genau dasselbe unbefangene Verhältnis zu meinem eigenen Körper wie Feli jetzt. Ich war ziemlich rappelig, ständig in Bewegung, rannte von hier nach da und konnte so gut wie nie stillsitzen. Ich glaube, damit habe ich Mama und Papa so manches Mal zur Verzweiflung gebracht. Gemeinsam mit Peggy, meiner besten Freundin damals, die so ähnlich wild drauf war wie ich, bin ich auf alles geklettert, was höher war als ich selbst, überall runtergesprungen, bin jedem Ball hinterher, hab mich unglaublich gern mit anderen Kindern gemessen: ob rennen, springen, klettern, ich war immer ganz vorn mit dabei. Und ich hab alles gemacht, was die Jungs machten, und oft sogar besser als die.

Und nackt war ich auch immer gern, da hat Mama recht. Aber irgendwann hat das aufgehört, das alles. Irgendwann, so in der dritten oder vierten Klasse oder so, in dem Alter, in dem Feli jetzt ist, da hab ich aufgehört, wie verrückt durch die Gegend zu toben. Ungefähr um die Zeit bin ich ruhiger geworden. Vielleicht ist das ja auch normal, aber manchmal denke ich, es hat auch damit zu tun, dass Peggy damals weggezogen ist.

Plötzlich war ich dann das einzige Mädchen unter den ganzen Jungs aus Eden, denn die anderen Mädchen waren bei den Spielen dann auch nicht mehr dabei und gluckten unter sich. Und ich glaube, damals habe ich überhaupt erst kapiert, dass es einen Riesenunterschied zwischen ihnen und mir gibt. Aber auch zwischen mir und den Jungs. Auf einmal war ich allein. Und gehörte nirgendwohin.

Damals habe ich dann auch angefangen, meinen eigenen Körper nicht mehr so richtig zu mögen. Und nackt sein wollte ich auch nicht mehr gern. Weder allein noch vor anderen.

Meine Familie hat mich seit mindestens drei Jahren nicht mehr nackt gesehen. Ich guck mich ja selbst nicht gern an, aber dass andere Leute mich ansehen, geht gar nicht.

Denn so, wie ich aussehe, bin ich nicht richtig. Schon damals nicht, und jetzt erst recht nicht. Das, was ich da im Spiegel sehe, passt nicht zu dem, was ich fühle.

Wann wird das endlich anders?

Kapitel 4

„Komm schon, gib Gummi!“ Levi klatscht in die Hände und sieht mich auffordernd an. Ich blase die Backen auf und kneife die Augen zusammen, während ich noch vier Liegestützen hinlege. Dann lasse ich mich platt auf den Boden fallen und atme prustend aus. „Oh, nein!“, ruft Levi und klatscht mir auf den Hintern. „Doch nicht so! Liegt der da wie eine platte Flunder, ich fasse es nicht! Was bist du, ein Mehlsack oder wie?“

„Ich kann nicht mehr!“, stöhne ich und blinzele durch meine verschwitzten Haare nach oben. Levi schüttelt den Kopf, und Skandi, der neben ihm steht, betrachtet mich ausdruckslos.

„War doch gar nicht so schlecht“, sagt er. „Jetzt noch ein paar Sit-ups und zehn Klimmzüge. Dann kannste erst mal stolz auf dich sein.“

Stolz! Ich muss lachen. Schließlich weiß ich selber, dass die Nummer, die ich hier im Fitnessstudio gerade hinlege, nichts anderes als ausbaufähig ist. Dabei bin ich eigentlich gar nicht so unsportlich. Obwohl, in den letzten beiden Jahren, seit ich mich so extrem unwohl mit meinem immer weiblicher werdenden Körper fühle, hab ich nicht viel gemacht. Hauptsächlich rumgelegen und gesessen und gegrübelt. Und ins Handy geglotzt.

„Na los“, sagt Levi und winkt mir, dass ich aufstehen soll.

Ich wuchte mich hoch und schüttele die schmerzenden Arme aus, während ich mich umsehe. Das Fitnessstudio ist heute, an einem Mittwochnachmittag, nur mäßig besucht. Hinten stemmen ein paar junge Männer Gewichte, auf den Laufbändern sind zwei unentwegt miteinander schwatzende Frauen in bunter Laufkleidung unterwegs, und direkt neben uns hievt ein älterer Mann mit verbissener Miene eine Langhantel in die Höhe.

Levi hat hier ein Jahresabo, und Skandi geht ab und zu mit, obwohl man ihm das wirklich nicht ansieht. Ich habe eher den

Eindruck, dass Skandi immer dünner wird, seit ich ihn kenne. Aber wer weiß, vielleicht verbergen sich unter seinen Longsleeves ja sehnige Muskeln.

Eine glatte Brust haben sie aber beide. Levi, weil er schon letztes Jahr seine Mastektomie hatte, bei der ihm die Brüste entfernt wurden. Der Glückliche! Bei Skandi weiß ich es nicht so genau, vermutlich bindet er ab, so wie ich. Oder er hat kaum was an Oberweite. So dünn, wie er ist, könnte das hinhauen.

„Komm, fünf Klimmzüge", sagt Levi und hängt sich selbst an die Leiterwand. Ich zögere, aber Skandi nickt mir ernst zu.

„Probier doch mal", sagt er. „Kostet doch nichts."

Wir sehen gemeinsam zu, wie Levi sich nach oben zieht und schön kontrolliert langsam wieder nach unten gleitet. Sieht aus wie aus dem Lehrbuch.

„Komm schon!", stöhnt er, und ich atme tief ein und hänge mich neben ihn.

Aber ich schaffe es nicht einmal, mich auch nur zehn Zentimeter in die Höhe zu hieven. Ächzend sacke ich wieder hinunter. Auch beim zweiten Versuch gelingt es mir nur, mich ein winziges bisschen nach oben zu ziehen, während Levi neben mir mit hochrotem Kopf einen Klimmzug nach dem anderen macht. „Ich geb auf!", stöhne ich schließlich und springe von der Leiterwand herunter.

„Was für ein Loser!", sagt jemand hinter mir, und dann höre ich mehrstimmiges, gehässiges Lachen.

Ich wage es nicht, mich umzudrehen. Stattdessen nehme ich mein Handtuch und trockne mir das schweißnasse Gesicht ab. Aus dem Augenwinkel sehe ich drei sehr muskulöse junge Typen an uns vorbeigehen. Einer von ihnen fängt meinen Blick auf.

„Missgeburten!", zischt er und lacht höhnisch.

„Meinst du uns?" Levi ist neben mich gesprungen und starrt die drei Typen kampfbereit an, aber Skandi legt ihm beschwichtigend die Hand auf den Arm.

„Lass", sagt er ruhig. „Lohnt sich nicht."

Der Typ, der uns gerade noch beschimpft hat, grinst breit und zeigt uns den Mittelfinger, bevor er seinen Kumpels folgt, die schon weiter hinten bei den Rudergeräten angelangt sind.

Levi ballt die Fäuste. „Arschlöcher", murmelt er leise und schüttelt Skandis Hand ab. „Verdammte Arschlöcher. Die können mich mal!"

„Genau!", sagt Skandi und wirft sich sein Handtuch über die Schulter. „Und zwar gewaltig. Kommt, für heute reicht's. Lasst uns lieber noch einen Bubble-Tea trinken."

* * *

Weder Skandi noch Levi gehen unter die Dusche, ich natürlich auch nicht. Wenn ich allein wäre, würde ich die Frauendusche nehmen, aber in der sind gerade die beiden schwatzenden Frauen verschwunden, und deren Blicken möchte ich mich nicht gerade aussetzen, wenn ich meinen Binder abnehme. Und die Männerdusche geht gar nicht, ist ja logisch. Auch, wenn ich mich schon lange nicht danach fühle: Noch stecke ich in einem weiblichen Körper. Aber ich hoffe, nicht mehr lange.

Levi hat sich in der Männerumkleide umgezogen, doch Skandi und ich haben unsere Klamotten in den ersten beiden Spinden in der Frauenumkleide eingeschlossen, die gleich neben der Tür liegen. Skandi sieht nach, ob die Luft rein ist, dann schlüpfen wir rein und ziehen uns rasch um. Verstohlen versuche ich, einen Blick auf seinen Oberkörper zu erhaschen, aber es gelingt mir nicht. In Windeseile hat er sein Sporthemd aus- und sein T-Shirt übergezogen, offenbar hat Skandi das sekundenschnelle Umziehen lang geübt und perfektioniert. Während ich noch dabei bin, aus meiner Sporthose zu steigen, steht er schon fertig umgezogen neben mir.

„Mann, wie kriegst du das denn hin?", frage ich verdutzt und befreie meinen Fuß aus dem verdrehten Hosenbein. „Ist ja, als könntest du zaubern!"

„Jahrelange Übung", sagt Skandi und schultert seine Tasche. „Ich geh schon mal raus, okay?"

Als ich endlich fertig umgezogen bin und aus der Umkleide komme, stehen Skandi und Levi lässig nebeneinander an die Wand gelehnt und sehen mir mit verschränkten Armen entgegen. „Also, wenn du später in die Männerumkleide zum Duschen gehst, dann musst du schneller werden mit dem Umziehen“, sagt Levi grinsend. „Und beim Duschen erst recht.“

„Hast du etwa geduscht?“, frage ich verdutzt.

Levi muss lachen. „Da wärst du gern dabei gewesen, was? Pech gehabt. Du wolltest bestimmt mal ein bisschen nackte Haut sehen, oder? Meine glatte Brust und die Wahnsinnsmuskeln? Und meinen Riesenschwanz?“

„Was?“ Jetzt bin ich total verdattert.

Skandi kichert, und Levi lacht wieder und gibt mir einen gutgemeinten Klaps auf den Hinterkopf. „Mann, war ein Spaß, Baby. Das dauert noch ein bisschen. Erst mal kommt der ganze Frauenkram raus, die Gebärmutter und die Eierstöcke. Und dann sehen wir weiter. Aber keine Sorge, wenn ich dann einen hübschen Penoid mein eigen nenne, kriegst du ihn natürlich sofort zu sehen. Dann zeige ich ihn allen, die ihn sehen wollen! Bis dahin muss mein Packer reichen.“ Er zeigt auf seinen Unterleib und die nicht unansehnliche Wölbung in seinem Schritt. Was immer er sich reingesteckt hat, es sieht überzeugend aus. „Gehen wir noch was trinken?“

* * *

„Was trinken gehen“ heißt, dass wir uns im Supermarkt an der Ecke was zu trinken besorgen und damit am Marktplatz in den Schatten auf ein paar Treppenstufen setzen. Schräg vor uns probieren ein paar junge Skater ihre Sprünge, und weiter hinten hockt eine Gruppe von Mädchen und isst Eis.

Skandi sitzt wie meistens schweigend neben uns, während Levi und ich uns unterhalten.

„Sag mal“, Levi stupst mich in die Seite, „wie sieht es denn aus, merkst du allmählich schon was?“

Ich weiß sofort, was er meint, und laufe rot an. „Nee“, sage ich. „Also höchstens minimal. Manchmal denk ich, dass meine

Muskeln sich irgendwie dicker anfühlen, aber das kann ja auch vom Trainieren kommen."

„Garantiert nicht", sagt Levi und lacht. „Da musst du dir aber schon mehr Mühe geben!"

Skandi lacht ebenfalls und trinkt einen Schluck aus seiner Dose. Dann blickt er auf und zu den Mädchen rüber, und sein Blick verändert sich. Auf einmal sieht er wachsam aus, finde ich. Und zugleich irgendwie wütend.

Die Mädchen kichern über irgendetwas und stecken die Köpfe zusammen. Dann kichern sie wieder. Aber keine von ihnen guckt zu uns rüber.

Ob Skandi auf Mädchen steht?

Eigentlich weiß ich total wenig über ihn, obwohl ich ihn ja nun schon fast ein Dreivierteljahr kenne. Na ja, was heißt kennen. Wir sehen uns bei den Tranxkidz-Treffen, und ab und zu unternehmen wir auch was zusammen mit Levi.

„Du musst eben Geduld haben, Digga. Auch wenn das nicht gerade deine Stärke ist", sagt Levi grinsend und kramt in seinem Rucksack herum, bevor er Tabak und ein Feuerzeug rauszieht und sich eine Zigarette dreht.

Plötzlich wird es laut, eine Mischung aus lauten Stimmen und dumpfer Musik. Drüben bei den Mädchen stehen jetzt drei Typen und scheinen auf sie einzureden. Einer hat eine riesige Boombox dabei und hebt sie angeberisch wie eine Hantel in die Höhe.

„Jesus", murmelt Skandi und trinkt seinen Energy-Drink aus.

Die Mädchen sind verstummt, sie sehen nicht gerade wahnsinnig beeindruckt aus, eher leicht genervt. Eins von ihnen sieht zu uns rüber und wendet sich dann wieder ab, und ich spüre, wie Levi, dem das nicht entgangen ist, sich neben mir aufrichtet.

„Machen die Stress?", fragt er und runzelt die Stirn.

„Lass mal", sagt Skandi leise, und in diesem Moment dreht sich der mit der Box zu uns um und ich erkenne ihn. Es ist einer der drei Typen aus dem Fitnessstudio, derjenige, der uns vorhin noch als „Missgeburten" beschimpft hat.

Im selben Moment erkennt er uns auch. „He, was glotzt ihr denn so, ihr drei Opfer!“, ruft er, und seine Kumpels lachen grölend. „Habt ihr ein Problem?“

Levi legt den Kopf zurück. „Nee, aber du vielleicht?“

„Mensch, Levi, lass“, sagt Skandi, aber es ist schon zu spät. Der Typ mit der Box macht ein paar Schritte auf uns zu. Seine Augen blitzen.

„Du willst echt Ärger, was, Missgeburt? Willst du? Kannst du haben!“

Die Mädchen sind jetzt aufgestanden und drängen sich zusammen wie ein paar verschreckte Rehkitze, und die beiden anderen Typen verschränken lachend die muskulösen Arme vor der Brust, während sie sich neben ihren Freund mit der Boombox stellen. Alle gucken zu uns rüber. Ich fühle mich furchtbar klein, wie ich da hocke, mit Angst im Bauch und ohne Idee, wie wir aus dieser Nummer wieder rauskommen sollen.

„Ihr Loser! Ihr Penner! Was seid ihr überhaupt, Weiber in Jungsklamotten oder was?“ Er kommt näher und schwingt seine Boombox jetzt wie einen Schlagstock.

„Hast du keine Augen im Kopf?“, fragt Levi und springt auf. Auch Skandi erhebt sich, und so stehe ich ebenfalls auf, mit zittrigen Beinen.

„Das sind Transen!“, ruft einer der anderen beiden. Alle drei lachen gehässig. Die Mädchen hinter ihnen stehen unschlüssig da, dann ziehen sie sich langsam zurück. Ich fange den Blick einer von ihnen auf. Sie sieht ängstlich aus, aber auch irgendwie mitleidig.

„Mann, ihr habt doch keine Ahnung!“, sagt Levi und ballt die Fäuste. „Transen! Weißt du überhaupt, was eine Transe ist? Soll ich es dir mal erklären?“

„Mensch, Levi!“, sagt Skandi leise. „Hör auf damit.“

Der Typ mit der Box kommt näher. „Na klar, erklär mal, du kleines Miststück!“ Er hebt die Box noch höher, und da passiert es: Im nächsten Moment rutscht sie ihm aus der Hand und knallt auf die Treppe. Augenblicklich verstummt die laute Musik, als die Box in zig Einzelteile zerspringt. Ihr Besitzer starrt schockiert auf die Trümmer.

„Scheiße! So eine Scheiße! Das gibt es doch gar nicht!“ Er hockt sich hin und nimmt das, was von seiner Box noch übrig ist, in beide Hände. „Fuck! Weißt du, wie teuer die war? Fuck, scheiße, so ein Dreck! Fuck!“

Offenbar hat er uns total vergessen. Seine beiden Kumpels gucken verdutzt von uns zu ihm, dann hocken sie sich neben ihn, und gemeinsam begutachten sie den Schaden.

So von oben sehen sie gar nicht mehr bedrohlich aus. Eher wie drei kleine Jungs, die ratlos überlegen, ob ihr kaputtes Spielzeug noch zu retten ist.

Und sie sind ja auch fast noch Jungs, fällt mir jetzt auf, kaum älter als wir selbst. Das wirkte gerade noch ganz anders.

Einen Augenblick später spüre ich, wie jemand an meinem Shirt zieht. Skandi. Er nickt mir zu, und dann gehen wir drei schweigend davon, quer über den Platz bis hinüber zur Bushaltestelle.

Einer der drei guckt uns noch kurz hinterher, aber das war's dann auch schon.

Levi zittert immer noch vor Zorn, als wir kurz darauf im Bus stehen. Skandi ist mit eingestiegen, obwohl er das kurze Stück bis zu sich nach Hause auch hätte laufen können. „Scheißkerle“, sagt Levi. „Ich hatte so richtig Lust, dem eine reinzubügeln.“

„Das solltest du lassen“, sagt Skandi ruhig. „Du provozierst einfach zu viel. Irgendwann kriegst du noch mal richtig derbe eins aufs Maul, wenn du so weitermachst.“

„Ich? Provoziere?“ Levi klingt so sauer, dass zwei ältere Damen ein paar Sitzreihen vor uns sich umdrehen und ihn argwöhnisch mustern. „Der hat doch angefangen!“

„Ja“, sagt Skandi ruhig und sieht aus dem Fenster. „Aber du steigst immer drauf ein. Das solltest du lassen.“ Er dreht sich um, reicht mir wie immer zum Abschied die Hand und dann Levi, der sie erst nicht nehmen will, dann aber doch. „Bis die

Tage." Und damit steigt er aus, kaum dass der Bus zum Halten gekommen ist.

Ich sehe ihm hinterher und spüre, wie aufgewühlt ich immer noch bin.

Transen. Damit fühle ich mich nun überhaupt gar nicht angesprochen. Aber wieso fallen wir eigentlich so dermaßen auf? Warum erkennen diese Typen überhaupt, dass wir keine cis-Männer sind? Ich meine, klar, bei mir ist das kein Wunder, ich nehme ja erst seit ein paar Wochen das Testogel. Und Skandi wirkt echt androgyn, aber man könnte ihn durchaus auch für eine langaufgeschossene junge Frau halten. Aber Levi geht doch echt als Typ durch, mit seinem kantigen Kinn, den breiten Schultern und der tiefen Stimme. Ich verstehe das nicht, woran merken die das?

Und warum haben sich die Mädchen einfach so verpisst?

Der ängstlich-mitleidige Blick des einen Mädchens hängt mir noch nach.

Ich will so nicht angesehen werden. Ich will kein Mitleid.

„Findest du auch, dass ich mich besser zurückhalten soll?", fragt Levi und guckt mich an, während er sich auf den freien Sitz hinter uns fallen lässt.

Ich zucke mit den Schultern.

Levi seufzt. „Aber wenn man alles schluckt, wird es nie besser", sagt er. „Wir können uns doch nicht alles einfach so gefallen lassen. Ich will nicht mit eingezogenem Kopf durch die Gegend laufen. So stelle ich mir mein Leben echt nicht vor!"

Ich mir auch nicht. Aber prügeln will ich mich auch nicht.

„Skandi ist immer so vernünftig", sagt Levi und drückt den Halteknopf. „Aber irgendwie auch ein Schisser. Kein Wunder, wenn man jahrelang von seinem Alten verdroschen worden ist. Aber hey, ich weiß nicht ..." Er fährt sich durch die Haare und steht auf. „Ist doch mega Bullshit. Ich will kein Duckmäuser sein. Dafür mach ich die ganze Scheiße doch auch."

Als er ausgestiegen ist, sehe ich auch ihm hinterher. Breitbeinig stiefelt er davon, mit geradem Rücken und leicht angewinkelten Armen. Ich kann ihm die Wut immer noch ansehen.

Man kann es drehen und wenden, wie man will – klar war Levi gerade nicht besonders besonnen und vernünftig, so wie Skandi, der immer die Ruhe behält, und wir hatten auch einfach Glück, dass die Boombox zerschellt ist.

Aber mutig ist Levi auf jeden Fall. Anders als ich.

Vielleicht bin ich nicht mutig genug. Für so was.

Und für alles andere vielleicht auch nicht?

* * *

Opa freut sich, als ich auftauche, wie meistens. Er sitzt an seinem Tisch und sortiert Papiere. Zu beiden Seiten des Tisches türmen sich Aktenordner und andere Unterlagen. Ein aufgeschlagenes Fotoalbum liegt neben Opa auf dem Boden. „Geht es dir gut?", fragt er und schlägt einen Ordner zu und einen anderen auf.

„Geht so."

Er guckt mich freundlich an, fragt aber nicht nach und wendet sich wieder seinem Aktenordner zu. Das mag ich echt gern an Opa: dass er nicht immer nachfragt, sondern die Dinge auch mal stehenlassen kann.

Ich kauere mich auf Opas Sofa zusammen und kraule Pippo, der neben mich gesprungen ist, den Hals. Pippo schnurrt und drückt sich an mich, dann lässt er sich an meiner Seite herunterrutschen und reibt seinen glatten Kopf an meinem Oberschenkel. „Pippo, du alter Halunke", sage ich und streiche ihm über die Brust. Pippo betrachtet mich weise aus seinen grünen Katzenaugen.

Ich schließe die Augen und lausche seinem Schnurren. Langsam werde ich ruhiger.

„Willst du mal gucken?" Opas Stimme reißt mich aus meinen Gedanken. Ich schiebe Pippo zur Seite und gehe zu Opa hinüber. „Hier, rate mal, wer ist das da?" Er tippt auf ein uralt wirkendes Foto und sieht mich erwartungsvoll an.

Nachdenklich betrachte ich die beiden jungen Leute, die dicht nebeneinanderstehen, ohne sich zu berühren, und strahlend in die Kamera grinsen. „Also, das bist du"; sage ich, und zeige auf den jungen Mann, der rechts steht und seine starken Geheimratsecken unter einer Schiebermütze zu verbergen sucht. „Und ist das Onkel Kalle?"

Kalle war Opas kleiner Bruder, den ich allerdings nie kennengelernt habe. Er ist mit 17 Jahren bei einem Fluchtversuch in der Oder ertrunken, im selben Jahr, in dem meine Mutter zur Welt kam. Auch sie hat Onkel Kalle nicht mehr kennengelernt.

„Nein! Das ist meine Schwester Lotte!", sagt Opa und klingt fast stolz.

„Echt?" Ich beuge mich vor. „Die hätte ich nie erkannt! War das zu Karneval oder was?" Tante Lotte ist ein Jahr älter als Opa und vor sechs oder sieben Jahren gestorben, an einem Herzinfarkt. Sie hat in Südfrankreich gelebt und kam ab und zu mal zu Besuch. Ich kann mich noch ganz gut an sie erinnern, aber die ältere, etwas gebückt gehende Frau mit den kurzen, rotgefärbten Haaren, die ich von damals in Erinnerung habe, bringe ich einfach nicht in Einklang mit der jungen Person in Tweedanzug und mit Strohhut auf den wilden Locken, die mich da schelmisch vom Foto angrinst.

„Nein!" Opa lacht vergnügt. „Nein, Lotte ist früher oft so mit mir ausgegangen, dann hat sie sich Sachen von mir ausgeliehen und einen Heidenspaß damit gehabt, die Leute an der Nase herumzuführen. Was meinst du, wie viele junge Damen ihr schöne Augen gemacht haben ... Da war ich manchmal ganz neidisch!" Opa betrachtet das Foto mit einem wehmütigen Ausdruck, dann schlägt er die Seite um und das nächste Foto auf, das ganz offenbar zur selben Serie gehört. Auf diesem Foto schwenken Lotte und Opa ihre Hüte und lachen fröhlich in die Kamera.

Diesmal erkenne ich Tante Lotte schon eher. Ohne Hut geht sie nicht so gut als Mann durch, und auch Opa scheint das zu beschäftigen. „Mit Hut war immer besser", sagt er und blickt zu mir auf.

„Hat Tante Lotte denn die Frauen ... also, mochte Tante Lotte denn Frauen oder eher Männer?", frage ich, und Opa zuckt mit den Schultern.

„Man kann den Menschen ja nur vor den Kopf gucken und nicht hinein“, sagt er rätselhaft und lächelt mich von der Seite an. „Auf jeden Fall liegt das Ganze da ja wohl bei uns in der Familie.“ Er blättert zum nächsten Foto, auf dem er sich mit freiem Oberkörper auf eine Schaufel stützt und in die Sonne blinzelt.

„Wie dünn du da bist!“, sage ich verwundert, und Opa muss lachen.

„Na ja, als junger Mann war ich schlank, aber mit den Jahren ist da ganz schön was dazugekommen“, überlegt er. „Die Haare hingegen sind immer weniger geworden. Hätte auch gern andersherum sein können!“ Er lächelt und zwinkert mir zu, bevor er umblättert.

Wir sehen uns noch eine ganze Weile zusammen Fotos an, bis Oma uns zum Abendessen ruft und Opa endgültig das Album zuklappt.

Als ich hinter ihm die Treppe hochsteige, frage ich mich, ob ich wohl auch so früh meine Haare verlieren werde wie er, wenn ich weiter meine Hormone nehmen. Hätte ich ja nicht so Lust drauf.

Aber eine Wahl hab ich dann ja wohl nicht.

* * *

Nach dem Abendessen, bei dem Oma sehr ausführlich von ihrer Fitness-Gruppe erzählt, der sie sich vor Kurzem angeschlossen hat und die in der Alten Mosterei trainiert, verziehe ich mich auf den Dachboden. Pippo kommt mit und macht sich wie so oft daran, auf leisen Pfoten die dunklen Ecken des Bodens zu inspizieren, während ich mich mit dem Mama-Buch in den Sessel fläze.

Nachdenklich betrachte ich den roten Stoffeinband, der in den wenigen Wochen, seit Mama es mir überreicht hat, ganz schön gelitten hat. Ungefähr ein Drittel des Heftes habe ich schon gelesen; Mama hat recht, viel steht nicht darin. Aber jeder einzelne Satz, den ich bislang gelesen habe, beschäftigt mich.

Dabei will ich das eigentlich gar nicht. Mich mit Mamas Sorgen und Gedanken auseinandersetzen. Oder beeinflussen lassen. Ich hab schon genug mit mir selbst zu tun, oder?

Nachdenklich wiege ich das Heft in der Hand.

Vielleicht sollte ich es weglegen und erst dann wieder aufschlagen, wenn ich mit meiner Transition durch bin.

Aber dann klappe ich es doch auf.

Seit Wochen gucke ich mir nun alle möglichen Filme über Transidentität an, lese so viel wie möglich darüber. Ich vermute, mehr als du …

Aber das ist sicher ein anderes Thema. Oder jetzt gerade nicht das Wichtigste. Auf jeden Fall kann ich es manchmal kaum glauben, was die Medizin heute alles hinbekommt. Mit der richtigen Dosierung, zeitgenau eingesetzten Pubertätsblockern wird aus einem kleinen Jungen ein vollkommenes Mädchen (jedenfalls von außen gesehen), wird aus einer jungen Frau ein gestanden wirkender Kerl. Total faszinierend. So wie bei Levi – er sieht wirklich richtig gut aus, wie ein junger Mann eben.

Bei ihm und vielen dieser jungen Leute würde ich im Leben nicht ahnen, dass sie im gegenteiligen Geschlecht auf die Welt gekommen sind. Manche wirken so extrem überzeugend, aber andere nicht. Gerade Transfrauen sind da im Nachteil, mit ihren tiefen Stimmen, den großen Händen und Füßen und oftmals auch der Körpergröße.

Und du, was wird aus dir werden? Ich meine, du wirst mit Hormonen sicher ein ganz hübscher Kerl, aber noch weiß doch kein Mensch, was die Hormone über Jahrzehnte bewirken werden. Niemand weiß, welches Krebsrisiko damit einhergeht. Meine Freundinnen und ich haben uns ewig gegen künstliche Hormone gewehrt, weil sie im Verdacht stehen, auf Dauer komplett gesundheitsgefährdend zu sein, aber euch jungen Leuten verschreiben die Endokrinologen dann Unmengen von Hormonen, die ihr euer ganzes Leben lang einnehmen sollt? Und gehst du später wirklich problemlos als Mann durch? Mit deinen breiten Hüften? Und besonders groß bist du auch nicht. Klar, es gibt auch kleine Männer, sogar sehr viele. Die Welt ist voller kleiner Männer. Aber wirst du überzeugen? Oder wirst du ein Wesen dazwischen bleiben? Vielleicht willst du das ja auch?

Du sagst, du musst dich noch lange nicht entscheiden, ob du später noch einen Penoidaufbau machen lassen möchtest oder deinen Unterleib doch so belässt, wie er ist. Als Erstes sind die Hormone dran. Dann die Mastektomie, dann die Eierstöcke und die Gebärmutter. Schon komisch: An dem Tag, an dem du das rausnehmen lassen wirst, steht dann auch fest, dass du niemals eigene Kinder bekommen wirst. Und irgendwie finde ich das unglaublich traurig.

Ja gut, ich kann auf Enkelkinder verzichten, und um mich geht es ja nicht. Aber diese Endgültigkeit, die macht mir Angst.

Ich wünsche dir nichts mehr, als dass du glücklich wirst.

Aber um jeden Preis?

Tja, Mama, denke ich, all das frage ich mich selbst auch. Ich muss schlucken, dann klappe ich das Heft wieder zu. Mamas Fragen sind wie Schlingen, die sich um meinen Hals legen. Wenn ich zu fest daran ziehe, schnüren sie sich nur weiter zu.

In einer Ecke des Dachbodens klappert es auf einmal, dann fällt etwas zu Boden und macht dabei ein raschelndes Geräusch. Pippo maunzt, dann kommt er im Katzengalopp zu mir rübergespurtet und hüpft auf meinen Schoß, um mich mit seinen grünen Augen intensiv zu mustern.

„Ganove", sage ich. „Was hast du denn da hinten angerichtet? Unordnung geschaffen, was? Oma denkt bestimmt, dass ich das war. Frechheit, Pippo!" Ich streiche ihm über den glatten Kopf, und er ringelt sich in meinem Schoß zusammen und fängt an zu schnurren.

Plötzlich muss ich an Tante Lotte denken, die offenbar Spaß dabei hatte, sich Männerklamotten anzuziehen und mit nichtsahnenden Frauen zu flirten. Tante Lotte war also so was wie ein früher Dragking, oder? Opas Bemerkung fällt mir ein: „Auf jeden Fall liegt das Ganze da ja wohl bei uns in der Familie." Was genau meint er wohl damit? Dass es bei uns in der Familie liegt, sich als Frau männlich zu kleiden? Auf Frauen zu stehen? Nonbinär zu sein? Oder gar trans?

Eigentlich sollte ich ihn fragen.

Aber nicht heute. Für heute reicht es mir mit all diesen Fragen.

* * *

„Möchtest du noch etwas?“, fragte Mama. „Ist noch genug da!“

„Nein, danke“, sagte Levi und lächelte sie freundlich an, bevor er seine Gabel ordentlich auf seinen Tellerrand legte. „Ich bin pappsatt, aber es war superlecker, vielen Dank!“

Mama schob Feli die Schüssel mit den Nudeln zu und dann noch die Soße, als sie sah, dass Feli sich noch einen ganzen Schwung auf den Teller legte. Levi grinste mich an, und ich lächelte zurück.

Papa streckte sich und stand auf. „Es tut mir leid, aber ich muss los. Mein Volleyballverein hat eine Versammlung.“

„Papa ist im Vorstand!“, rief Feli und schob sich eine große Gabelvoll Nudeln mit Soße in den Mund. „Und die machen da bald ein ganz großes Turnier, da spielt er mit!“, setzte sie undeutlich hinterher.

„Feli, nicht mit vollem Mund!“

„Echt, Sie spielen richtige Turniere?“ Levi sah Papa fast bewundernd an. „Kann man da zugucken?“

Papa lächelte schief. „Allerdings“, sagte er und nahm sein benutztes Geschirr hoch. „Dazu versuche ich Schnuff … Noni nun schon seit Wochen zu bewegen.“

Levi warf mir einen kurzen Blick zu, dann zuckte er mit den Schultern. „Vielleicht kommen wir dann ja mal zusammen zugucken. Wann ist denn das Turnier?“

„Anfang September“, sagte Papa und sah erst Levi, dann mich an. „Würde mich freuen. Aber jetzt muss ich los!“ Er ging zum Geschirrspüler und räumte seinen Teller und das Besteck sein, und ich musste fast über seinen verwunderten Gesichtsausdruck lachen. Als ich zu Mama sah, bemerkte ich, dass sie

Levi beobachtete. Aber ihren Gesichtsausdruck konnte ich nicht deuten.

„Tschüss, Papa!", rief Feli und winkte mit ihrer Gabel, so wie früher, als sie drei oder vier war. Papa fuhr ihr übers Haar, dann gab er Mama einen Abschiedskuss, winkte Levi und mir zu und verließ die Küche.

Mama beugte sich vor. „Und was habt ihr noch vor, ihr beiden?"

„Mit mir Fußball spielen, oder?", rief Feli und ließ ihre Gabel auf ihren leeren Teller fallen. „Levi, spielst du Fußball mit mir?"

Levi sah unschlüssig aus. „Ich ... also, ich dachte, wir ..." Hilfesuchend sah er mich an.

„Oder Skip-Bo!", rief Feli. „Kannst du Skip-Bo? Oder Mensch-ärgere-dich nicht?"

„Bloß nicht!" Levi schüttelte den Kopf. „Da ärgere ich mich immer so doll!" Er zwinkerte ihr zu. Feli kicherte, und es ging mir fast ein bisschen auf die Nerven, wie sehr sie Levi anhimmelte. Überhaupt schien meine ganze Familie ihn ganz toll zu finden. Auch Mama starrte ihn die ganze Zeit immerzu verstohlen an. Aber vielleicht war sie auch einfach nur neugierig. Verdenken konnte ich es ihr ja nun kaum.

„Hast du auch Geschwister?", fragte Mama ihn jetzt und stand auf, um das Geschirr zusammenzuräumen. Levi sprang sofort auf und half ihr dabei, und so blieb mir natürlich auch nichts anderes übrig.

„Nein", sagte Levi. „Leider nicht. Das heißt, ich habe zwei Halbbrüder, aber die hab ich nur einmal gesehen. Die sind von meinem Vater, und mit dem hab ich keinen Kontakt mehr."

Ich konnte genau sehen, wie Mama darauf ansprang. Sie musterte Levi eindringlich, so, als ob sie versuchte, herauszufinden, welchen Einfluss der fehlende Vater vielleicht auf seine Transidentität gehabt haben könnte. „Und mit deiner Mutter verstehst du dich gut?", fragte sie und klappte den Kühlschrank zu.

„Ja, super, jetzt mittlerweile", sagte Levi und lehnte sich an den Küchentresen. „Also, sie fand das erst mal nicht so toll, dass ich trans bin, aber jetzt hat sie sich dran gewöhnt und unterstützt mich total."

„Ah so", sagte Mama und warf mir einen kurzen, forschenden Blick zu. Ich wusste genau, was sie dachte: *„Das möchtest du auch von mir, richtig? Genau so soll ich mich auch verhalten?"*

Levi nickte und richtete den Kragen seines weißen Polo-Shirts. Dazu trug er enge helle Jeans, unter denen sich die kleine Beule in seinem Schritt deutlich abzeichnete. Er trug seinen neuen Silikonpenis statt – wie ich manchmal – einen Packer aus Sommersöckchen in einem zugeknoteten Kondom, aber das erzählte er mir erst am selben Abend, als ich ihn noch zum Bus begleitete. „Meine Mutter ist toll. Ohne sie wäre ich jetzt noch lange nicht da, wo ich bin. Aber sie auch nicht." Er grinste verschmitzt, und nach einem Moment lächelte meine Mutter zurück. Und dann kam Feli zurück in die Küche gerannt, einen Stapel Spiele in den Armen.

„Wir können auch puzzeln!", rief sie aufgeregt. „Oder ‚Das große Tierquiz' spielen! Da verliert Noni immer!" Sie lachte und lud den Spielehaufen auf dem leergeräumten Tisch ab, und Mama und ich verdrehten gleichzeitig die Augen.

Levi sah von mir zu Mama und dann zu Feli, dann zuckte er mit den Schultern und setzte sich wieder hin. „Na gut", sagte er. „Dann mal los. Du darfst aussuchen. Aber ich fange an, egal, was wir spielen!"

* * *

Feli ist schon im Bett, als ich nach Hause komme, und Papa liest ihr etwas vor. Ich gucke nur kurz rein und sage gute Nacht, dann werfe ich meinen Rucksack in mein Zimmer. Mama sitzt im Garten, das sehe ich durchs Fenster, und normalerweise würde ich mich jetzt vielleicht noch zu ihr setzen, aber irgendwie habe ich heute Hummeln im Hintern.

„Ich geh noch mal ein bisschen raus", sage ich an der Terrassentür. Mama blickt von ihrem Buch auf.

„Bist du verabredet?"

„Nee, ich lauf nur noch ein bisschen rum."

Sie nickt, aber dann ruft sie mich noch mal zurück. „Noni?"

„Ja?"

„Alles in Ordnung?"

Ich zögere. Nein, ist es nicht, schon lange nicht mehr, aber reden will ich jetzt auch nicht. „Doch, alles okay. Bis nachher!"

Und außerdem, denke ich, als ich das Gartentor hinter mir zuziehe und mir meine Jacke überwerfe, außerdem ist es ein bisschen, als würde ich jedes Mal mit Mama reden, wenn ich in ihrem Heft lese. Ich weiß immer noch nicht, ob ich es gut finde, dass sie es mir gegeben hat, aber was drinsteht, das schon, auf eine bestimmte Art jedenfalls. Vielleicht reden wir mal drüber, irgendwann, aber nicht jetzt.

Als ich an der nächsten Straßenecke ankomme, geht eine Nachricht auf meinem Handy ein. Levi fragt, was geht.

„Bin draußen", schreibe ich zurück.

„Wär ich gern dabei. Bin mit meiner Mutter unterwegs. Morgen sehen?"

Morgen ist Samstag. Ein weiterer warmer Sommerabend, hab ich in der Wetter-App gesehen. So wie heute.

„Klar. Viel Spaß noch."

Levi antwortet mit einem erhobenen Daumen, und ich stecke mein Handy wieder ein.

Levis erster Besuch damals war in jeder Hinsicht ein voller Erfolg. Das war ziemlich cool, denn danach entspannte Mama sich ein bisschen und sah mich nicht mehr ganz so skeptisch an, wenn sie glaubte, dass ich es nicht merkte. Aber ihre Zweifel blieben.

Und nicht nur ihre.

Langsam schlendere ich weiter. Eden liegt in der Abenddämmerung, alles um mich herum atmet Friedlichkeit und Freude aus. Auf den meisten Terrassen der hübschen Einfamilienhäuser wird gegrillt, durch die Luft zieht ein schwacher Duft nach Rauch und Grillwürstchen. Kinder lachen, irgendwo kläfft ein Hund, und ab und zu fährt ein Auto auf der Hauptstraße weiter hinten vorbei.

Was ich an Eden wirklich mag, ist diese ruhige Atmosphäre. Hier hat man echt nie das Gefühl, dass hinter der nächsten Ecke etwas Übles auf einen warten könnte. Und es ist ja auch so; in Eden gibt es so gut wie überhaupt keine Kriminalität, keine Überfälle und auch keinen Vandalismus. Dafür viele Augen, die genau aufpassen. Hat auch eine Kehrseite: Man ist nie unbeobachtet hier. Höchstens in den Büschen beim Sportplatz.

Vom Beachvolleyplatz her höre ich Rufe und Lachen, und als ich näherkomme, sehe ich eine ganze Gruppe von Leuten verschiedenen Alters spielen. Einer von Papas Kumpeln winkt mir zu, und ich winke zurück. Als ich mich noch mal umgucke, sehe ich, dass er und zwei andere Männer miteinander reden, während sie mir nachblicken.

Macht nichts.

Kenn ich ja schon.

Ich hab keine Ahnung, ob sie mit Papa mal über mich gesprochen haben, und wenn ja, was er ihnen gesagt hat. Könnte ich ihn ja auch mal fragen.

Nee, wirklich. Immer diese Fragen!

Hinterm Platz gehe ich nach rechts, die ruhige Straße weiter hinunter. Das Lachen und die Rufe hinter mir verklingen langsam, und auf einmal fühle ich mich allein.

Ich ziehe mein Handy raus und checke meine Nachrichten. Nichts Neues.

Wie auch, ich habe doch gerade erst nachgesehen.

Bin ich ja selbst schuld, dass ich hier so allein rumlaufe. Emil hat mich erst gestern in der Schule gefragt, ob wir nicht mal was machen wollen, aber ich hab gesagt, dass ich diese Woche so viel zu tun hab mit meiner Familie. Und Skandi hat mir auch schon zweimal vorgeschlagen, dass wir mal ins Kino gehen könnten. Auch zusammen mit Nasti und Kim.

Sollte ich vielleicht mal machen, gerade mit Skandi. Der ist wirklich total okay. Aber ich weiß immer nicht so richtig, was ich mit ihm reden soll.

Am Mittelweg biege ich rechts ein, dann an der nächsten Ecke wieder nach links. Weiter hinten gehen zwei Jugendliche mitten auf der Straße, wie wir es hier meistens machen. Hier kommt so gut wie nie ein Auto lang, auch einer der Vorteile unserer Siedlung.

Sie laufen in Richtung Ostweg, bleiben aber kurz an der Ecke stehen, um sich offenbar eine Zigarette zu teilen. Oder um zu kiffen, keine Ahnung. Jedenfalls will ich nicht an ihnen vorbei, deshalb bleibe ich auch stehen und drücke mich gegenüber von Schratzkes Privatparkplatz ein wenig zwischen die Bäume. Aus dem Augenwinkel beobachte ich die beiden, während ich kurz auf Insta gehe. Als sie ins Licht der Laterne treten, die jetzt eben angegangen ist, erkenne ich einen der beiden: Es ist der große, schlaksige Junge aus dem weißen Haus gegenüber vom Umspannwerk. Ich habe noch nie mit ihm geredet, kenne ihn aber schon vom Sehen, seit ich klein bin.

Der andere Junge ist kleiner und hat sehr kurze, offenbar schwarzgefärbte Haare. Er nimmt dem Großen die Kippe ab und zieht daran, und dann dreht auch er sich um, und als das Licht auf sein Gesicht fällt und ich das Septum sehe, zucke ich zusammen und ducke mich tiefer in den Schatten.

Es ist kein Typ, es ist ein Mädchen! Das Mädchen mit den blaurotgefärbten Haaren. Auch wenn sie jetzt schwarz sind.

Sie dreht sich wieder um und lacht, während sie den Rauch in den Abendhimmel bläst. Garantiert kiffen die beiden. Sie lacht wieder, und ihr Lachen steigt dem Rauch hinterher. Der Junge nimmt ihr die Zigarette wieder ab und sagt irgendetwas, und sie lacht wieder und knufft ihn in die Seite, und er fährt ihr übers Haar und nimmt ihre Hand und zieht sie zu sich heran. Für einen Moment erwarte ich, dass sie sich küssen werden, aber dann schwingt er seinen Arm nach oben, ohne sie loszulassen, und im nächsten Moment vollführen die beiden ein ziemlich perfekt aussehendes Tänzchen, da mitten auf der Straße, im dunkler werdenden Dämmerlicht des Sommerabends.

Sie lacht wieder, und auf einmal habe ich ein merkwürdiges Gefühl im Bauch. Und dann lassen sie sich los und klatschen sich ab. Der Große läuft los, in Richtung Ostweg, aber er dreht sich noch mal um, und diesmal kann ich seine Worte genau verstehen, als er ihr etwas zuruft.

„Du musst mitkommen, Mirna!", ruft er. „Ich verlass mich auf dich!" Er winkt ein letztes Mal, dann ist er um die Ecke gebogen und fort.

Mirna. So heißt sie also.

Plötzlich schallt ein lauter Klingelton durch die Sommernacht, und nach einer Millisekunde begreife ich, dass es mein eigenes Handy ist, das da klingelt. Mirna weiter vorn auf der Straße dreht sich um, und ich springe mit einem Satz noch tiefer zwischen die Bäume und schalte das Handy auf lautlos, während ich es gleichzeitig ans Ohr presse.

„Ja?", flüstere ich gedämpft und halte meine Hand vor den Mund.

„Was ist denn mit dir? Hast du eine dicke Backe oder was?" Levi lacht vergnügt, und ich ducke mich und luge vorsichtig hinter dem Baumstamm hervor.

Wo ist sie geblieben?

„Nein", flüstere ich heiser. „Ich kann nur gerade nicht richtig reden!"

„Hä, wieso nicht?"

„Mensch, Levi!"

Mein drängender Tonfall kommt jetzt offenbar bei ihm an, denn er seufzt. „Na gut, Mann. Pass mal auf, Pascal von der Schwulengruppe hat mich gerade dran erinnert, hatte ich ganz vergessen – ja, Mama, gleich!" Ich höre, wie seine Mutter im Hintergrund etwas sagt und Levi gedämpft antwortet. Vorsichtig schiebe ich den Kopf noch weiter vor. Mirna ist weg. Komisch. Wohnt sie etwa in dem grünen Haus neben Schratzkes?

„Okay, also …" Levi ist wieder zurück am Handy. „Übernächsten Samstag ist die queere Sommerparty im Begegnungszentrum, da gehen wir alle hin. Musst du dir vormerken!"

„Queere Sommerparty? Wer macht das denn?" Weiter vorn auf dem Ostweg ist sie auch nicht, so viel kann ich sehen.

„Na, die Schwulengruppe zusammen mit dem FrauenLesben-Treffen", sagt Levi. „Ja, Mama, ich komme!"

„Und da passen wir hin?“, frage ich unsicher, aber Levi lacht nur.

„Mann, und wie! Ja, Mama, ich komme!“ Er senkt die Stimme. „Ich muss zurück. Also, merk es dir vor! Ciao!“

Ich stecke das Handy wieder ein. Queeres Sommerfest. Na gut, ich weiß zwar echt nicht, ob ich da richtig bin, schließlich bin ich weder eine Frau noch eine Lesbe noch schwul, aber queer immerhin, das stimmt schon. Und es könnte Spaß machen, mit den anderen auszugehen. Ich war schon ewig nirgendwo mehr unterwegs.

Vorsichtig stehe ich auf und lehne mich unschlüssig an den Baum. Und jetzt, nach Hause?

„Darf man fragen, was du da so im Dunkeln zwischen den Bäumen machst?“

Ruckartig fahre ich herum. Mirna steht direkt hinter mir. Sie betrachtet mich neugierig und auch ein bisschen belustigt.

Das Blut schießt mir ins Gesicht, und ich weiß nicht, was ich sagen soll.

„He, hallo?“ Sie grinst. „Bist du stumm oder was?“ Plötzlich hört sie auf zu grinsen und schlägt sich die Hand vor den Mund. „Oh, Scheiße, vielleicht bist du wirklich … gehörlos oder was?“

Jetzt muss ich grinsen. „Nee“, sage ich schnell. „Nee, bin ich nicht. Ich hab nur … Ich bin nur …“ Wieder fällt mir nichts ein.

Sie betrachtet mich immer noch. Ein bisschen älter als ich dürfte sie sein, vielleicht ein oder zwei Jahre oder so. Ihre Augen sind blau, dunkelblau, soweit ich das im schwächer werdenden Licht erkennen kann. Ihr Mund ist ziemlich breit, und in der rechten Augenbraue trägt sie ein Piercing. Und das Septum natürlich. Und auf der Stirn, genau in der Mitte, hat sie eine senkrechte Falte, die ihrem Gesicht einen leicht grimmigen Ausdruck verleiht. Witzig finde ich das.

„So“, sagt sie und lächelt wieder. „Genug geguckt?“

„Äh, ach, also …“ Ich höre mich selbst stammeln und klappe den Mund wieder zu.

Sie lacht und schüttelt ganz leicht den Kopf. „Ich bin Mirna. Und wie heißt du?"

„Noni."

Sie runzelt die Stirn. Hinter ihr höre ich ein Auto in den Weg einbiegen und langsam näherkommen. „Noni? Okay, Noni. Ich hab dich schon ein paarmal gesehen. Wohnst du hier in Eden?"

„Ja", sage ich heiser. „Im Ostweg. Da vorne links." Ich zeige ihr die Richtung, aber sie guckt mich einfach weiter an.

Hinter ihr verlangsamt der Wagen und biegt auf Schratzkes Privatparkplatz ein. Schratzke höchstpersönlich. Er guckt misstrauisch zu uns rüber, nickt komischerweise, dann stellt er den Motor ab und öffnet die Tür. Ächzend steigt er aus und geht zum Haus hinüber, nicht ohne die niedrige Gartenpforte sorgsam hinter sich zu schließen.

Mirna und ich grinsen uns kurz an, dann atmet Mirna tief ein.

„Also", sagt sie. „Ich muss dann mal. Wir sehen uns!" Sie lächelt mich noch mal an, dann steckt sie die Hände in die Hosentaschen und geht langsam los. Mir bleibt nichts anderes übrig, ich gehe auch los, in Richtung Ostweg. Erst an der Straßenecke traue ich mich, mich noch mal umzusehen. Aber da ist sie schon weg.

Mirna.

Schöner Name eigentlich.

Und ich hab gestammelt wie ein Idiot!

Kapitel 5

„Leihst du mir mal deinen Kuli?“ Lotta beugt sich zu mir rüber. Vorne steht Schäfer an der Tafel und erklärt irgendeine Mathematikformel, aber ich habe schon längst abgeschaltet. Stattdessen denke ich darüber nach, wie es im September auf der neuen Schule sein wird und ob ich mich gleich outen oder erst mal abwarten soll. Jetzt schiebe ich meinen Kuli zu Lotta und nehme mir selbst einen angekauten Bleistift aus meinem Mäppchen.

„Danke!“, sagt Lotta und stützt sich auf beiden Ellbogen auf, ohne den Kuli zu benutzen. Keine Ahnung, warum sie ihn haben wollte. Sie hört Schäfer genauso wenig zu wie ich. „Bleibst du eigentlich hier auf der Schule in der Elften?“

„Nee. Ich wechsel aufs OSZ Menzel.“ Den Bescheid habe ich gerade gestern bekommen. Mama war total erleichtert. Sie ist heilfroh, dass ich nicht nach Berlin geh.

„Aufs was?“

„Na, das Oberstufenzentrum Sozialwesen.“

Lotta starrt mich an. „Echt jetzt? Ich dachte, du gehst auch hier in die Oberstufe!“

Ich schüttele den Kopf. Was juckt sie das denn? „Nee, ich mach lieber was Soziales. Fachhochschulreife reicht mir erst mal.“

„Aber notentechnisch wäre es doch drin gewesen, oder?“ Sie sieht richtig enttäuscht aus. Gibt's doch gar nicht. Da behandelt sie mich vier Jahre lang wie Luft und dann so was! Sie fährt sich durch die Haare und betrachtet mich schräg von der Seite. „Tja, dann eben nicht.“

„Und du machst hier Abi? Das tust du dir echt an?“

Sie lacht. Die Narbe auf ihrer Schläfe verzieht sich zu einem leichten Fragezeichen. So nett war sie noch nie zu mir. Und jetzt traue ich mich.

„Wo hast du die her? Also, deine Narbe?“

Es dauert nicht mal eine Sekunde. Ihr Gesicht verschließt sich. Und im selben Moment brüllt Schäfer los.

„Nina! Lotta! Jetzt reicht's aber! Ihr quatscht die ganze Zeit, so geht das nicht!"

„Jesus!", flüstert Lotta und sieht treuherzig zu Schäfer nach vorn. „Sorry, ich hab mir nur einen Kuli von Noni geliehen."

„Noni" sagt sie. Ist ja cool. Die anderen lachen. Vielleicht, weil sie „Noni" sagt und nicht „Nina". Vielleicht, weil Schäfer dumm dran ist. Er guckt Lotta streng an, dann zuckt er mit den Schultern und fährt mit seiner Laberei über die Formeln fort.

Lotta grinst mich verstohlen an, dann fährt sie sich durch die Haare und spitzt die Lippen, während sie mit meinem Kuli etwas notiert. Schließlich schiebt sie mir den Zettel rüber.

„Mein kleiner Bruder hatte ein Messer. War nur Spaß. Sieht scheiße aus."

Ich starre auf die Buchstaben hinunter, dann nehme ich meinen angekauten Bleistift und setze ein paar Wörter hinzu. „Nein, sieht super aus. Interessant."

Den Rest der Stunde sieht sie mich immer wieder von der Seite an. Aber sie sagt erst wieder was, als die Stunde vorbei ist und Svea und Emil schon ungeduldig hinter uns stehen und auf mich warten, weil wir zusammen noch in die Stadt wollen.

„Du bist echt komisch", sagt sie und nimmt ihre Tasche. „Ich werd echt nicht schlau aus dir. Echt nicht. *Sieht super aus*. Du spinnst ja." Und damit geht sie davon.

Emil und Svea gucken mich beide an, aber ich tue so, als wäre nichts und als hätten ihre Worte nicht mir gegolten.

„Ich hab echt krass Bock auf Falafel", sage ich. „Und ihr?"

Während wir zu dritt die Straße hinunterlaufen, muss ich über Lotta nachdenken. Früher habe ich sie immer aus der Ferne angebetet wie blöd, während sie mich behandelt hat wie den letzten Dreck. Und es ist nicht so, als hätte ich das jetzt auf einmal vergessen. Nein. Ich erinnere mich sehr gut.

* * *

„He, ihr Loser!“ Seine Stimme klang rau und ein bisschen überrascht über die eigene Kühnheit.

Svea drehte sich um und runzelte die Stirn. „Meint der uns?“

„Keine Ahnung“, sagte Emil und kickte eine leere Pet-Flasche aus dem Weg. „Schäfer ist echt übel, oder?“

Weder Svea noch ich antworteten. Ich, weil ich damit beschäftigt war, nach hinten zu horchen, und Svea vermutlich, weil sie sich noch nicht entschieden hatte, ob Angriff die bessere Verteidigung war als Sich-Wegducken.

Jamal stemmte die Arme in die Hüften. „Scheißlesbe!“, brüllte er. „Verpiss dich, du miese … miese …“ In der kurzen Pause, die er brauchte, um sich zu besinnen, drehte Lotta den Kopf und flüsterte Jamal etwas zu. Ich sah, wie er Luft holte, offenbar durch ihre Worte gestärkt, und sich aufrichtete. „Scheißfotze!“, schrie er. „Lesbe! Noch einmal, und du kannst was erleben!“

Svea hielt schockiert den Atem an, und Emil sah kurz zu mir rüber. Nur ganz kurz, aber ich begriff trotzdem, was sein Blick bedeutete. Er würde sich immer wegducken, immer. Jedes Mal. Ich würde nie auf ihn bauen, nie mit ihm rechnen können, jedenfalls nicht dann, wenn es gefährlich zu werden drohte.

Lotta lachte. Ich sah ihr leicht verzerrtes Gesicht wie einen sich zusehends mehr aufblähenden Ballon, auf dem eine Fratze aufgemalt war. Was ich ihr angetan hatte? Nichts, für meine Begriffe. Für ihre offenbar jedoch schon. Vorhin, auf dem Weg aus der Klasse, hatte ich sie versehentlich angerempelt, als ich selbst gestolpert war. Sie war sofort sauer geworden, hatte mich zurückgeschubst, mit bösem Gesicht. Als ich etwas später auf den Hof gekommen war, wo Svea und Emil auf mich warteten, hatte sie mit dem Finger auf mich gezeigt und Jamal und Rico etwas zugetuschelt. Rico war gegangen, achselzuckend, aber Jamal war geblieben. Hatte sich auf mich eingeschossen. Und Lotta war ebenfalls geblieben.

„Scheißlesbe!“, schrie Jamal, und dann zog Lotta ihn weg.

Aber ihr Gesichtsausdruck blieb an mir haften.

Und jetzt ist sie auf einmal total nett zu mir. Warum hat sie sich auf einmal so derart verändert?

Ich erkenne sie nicht wieder.

Aber das Komische ist: Ich finde sie nicht mehr so gut. Auch, wenn ich jetzt über das Messer Bescheid weiß.

Als ob es keine Rolle mehr spielte, dass ich mehr über sie weiß. Komisch ist das.

* * *

„Herr Grimme?“ Die Sprechstundenhilfe nickt mir zu. „Zimmer 2 bitte, Sie können dann reingehen.“

Ich springe auf und laufe zum Sprechzimmer hinüber. Ich spüre die Blicke des älteren Transmannes, der mit mir im Wartezimmer gesessen hat, in meinem Rücken. Jedenfalls glaube ich, dass er ein Transmann ist, den kleinen Füßen und Händen nach zu urteilen. Und weil er mich die ganze Zeit schräg von der Seite gemustert hat.

„Noni!“ Doktor Schreiber lächelt mir freundlich entgegen und zeigt auf den Freischwinger gegenüber dem Tisch. „Setz dich doch.“

Während ich Platz nehme, studiert er den Bildschirm seines PCs, dann lehnt er sich zurück und betrachtet mich über den Tisch hinweg. „Wie geht es dir?“

„Gut“, sage ich. „Also, alles okay. So weit.“

„Das hör ich gern. Kommst du gut zurecht mit dem Gel?“

„Ja, klar.“ Ich muss schlucken.

Doktor Schreiber beobachtet mich, oder vielmehr fühle ich mich beobachtet. Als ob er in mich hineinsehen könnte. Als ob er sehen kann, was ich ihm nicht erzähle.

Er blickt wieder auf den Bildschirm. „Deine Blutwerte sind völlig in Ordnung. Allerdings könnten wir das Testosteron etwas erhöhen, glaube ich. Hautprobleme hast du ja nicht, und deine Leberwerte sind prima. Du trinkst wohl nicht so viel?“

„Nein“, sage ich. „Also, nur manchmal. Ich steh nicht so auf Alkohol.“ Dass ich eigentlich sehr wohl gern mal mehr trinken würde, mir aber immer so schnell schlecht davon wird, verschweige ich lieber. Schließlich ist Doktor Schreiber ja nicht mein Psychiater, sondern mein Endokrinologe.

Warum er wohl Endokrinologe geworden ist? Ein ziemlich interessantes, aber sehr komplexes Fachgebiet muss das sein. In seinem Wartezimmer hab ich schon einige echt schräge Leute gesehen. Menschen, die total seltsam wirkten. Nicht definierbar. Einen winzigen Mann, bei dem ich mich die ganze Zeit fragte, was mit ihm nicht stimmte. Eine extrem große, dünne Frau. Einen kleinen Jungen, der im Gesicht aussah wie vier oder fünf, der aber fast so groß war wie ich. Und dazu jede Menge Leute, bei denen ich mir nicht sicher war, welchem Geschlecht sie angehören oder eben nicht.

Plötzlich merke ich, dass Doktor Schreiber mich offenbar etwas gefragt hat, denn er sieht mich fragend und dabei fast belustigt an. „Oh, Entschuldigung, was haben Sie gesagt?"

Er lächelt. „Hast du schon irgendwelche Veränderungen bemerkt?"

Ich schüttele den Kopf. „Nein, eigentlich noch gar nichts. Leider."

Doktor Schreiber nickt. „Das ist normal, kein Grund zur Sorge. Die Veränderungen setzen meist erst nach zwei, drei Monaten Hormongabe ein, und so lange nimmst du das Testosteron ja noch nicht. Die Stimme lässt sich oft mehrere Monate Zeit, die Haut reagiert zwar etwas schneller, jedoch auch nicht unbedingt im Bereich Bartwuchs, die Menstruation ist ebenfalls nicht über Nacht verschwunden. Aber die Stimmung bessert sich in der Regel rasch. Wie sieht es da bei dir aus?"

Ich zucke mit den Schultern. „Also … geht so. Ich weiß nicht, ich … aber besser fühl ich mich eigentlich noch nicht. Nur manchmal."

„Keine leichte Zeit, klar. Mach dir mal keine Sorgen, das wird schon." Doktor Schreiber klickt mit der Maus und studiert seinen Bildschirm, dann sieht er mich wieder an. „Nimmst du das Gel denn auch regelmäßig?"

Ich nicke rasch und spüre, dass ich rot anlaufe. Passiert mir selten. Sehr selten.

Doktor Schreiber hebt ganz kurz die Brauen. „Das ist wichtig, weißt du. Immer schön regelmäßig auftragen, und am besten zur selben Zeit jeden Tag. Denn andernfalls kann es Probleme geben, vor allem im Hinblick auf Stimmungsschwankungen und depressive Episoden. Und das wollen wir ja nicht, oder?“

„Nee“, sage ich. „Das wollen wir nicht, auf gar keinen Fall.“

„Gehst du denn auch weiterhin regelmäßig zu deiner Psychiaterin? Doktor Frehner?“

„Ja“, sage ich, und jetzt klingt meine Stimme wieder klarer. Und fester. „Ja, absolut.“

„Dann ist es ja gut“, sagt Doktor Schreiber. „Du wirst sehen, das wird schon! Hab einfach ein bisschen Geduld. “

* * *

„Huha! Das Warten hat bald ein Ende! Ein Ende! Juhu, juhu!“ Levi tanzt durch den Raum, während seine Stimme sich fast überschlägt. „Im September habe ich meine OP! Im September kommt der ganze Mist raus, Eierstöcke ade! Gebärmutter good-bye!“

Nasti springt auf und hängt sich bei ihm ein, und dann hopsen beide mehr oder minder elegant nebeneinander bis zur Tür und wieder zurück.

„Danach solltest du aber mal üben, ein bisschen tiefer zu singen“, knurrt Skandi, während er Cola in Gläser füllt.

„Los, Alter, komm, trau dich!“ Levi geht vor ihm in Stellung und hebt beide Fäuste. „Los, komm, prügel dich mit mir!“

„Lass stecken, Alter“, sagt Skandi und schüttelt den Kopf, während er das nächste Glas füllt.

Ich muss lachen. Levi sieht ganz schön beeindruckend aus, wie er da so steht. In dem Dreivierteljahr, das wir uns nun kennen, hat er sich ziemlich verändert. Nicht nur, dass seine Stimme um einiges tiefer geworden ist, nein, sein Gesicht und seine Statur haben sich ebenfalls verändert. Er wirkt breiter und kräftiger, sein Kinn kantiger. Und der Dreitagebart, den er sich seit Neuestem wachsen lässt, unterstreicht das nur noch.

„Schade“, sagt Levi mit blitzenden Augen. „Dann muss ich eben …“ Er sieht sich suchend um und springt dann zu Dino, unserem Neuzugang, auf die Sitzgruppe. „Dann bist du jetzt eben dran. Pech gehabt!“ Und schon stürzt er sich auf Dino und fängt an, ihn durchzukitzeln. Dino kreischt auf, und im nächsten Moment wälzen die beiden sich quer über die Sitzgruppe und wieder zurück, so dass sie gegen Kim stoßen, die sich im einzigen noch freien Sessel mit Hingabe die Nägel feilt.

„Mensch, passt doch auf!“, ruft sie und muss aber dann doch lachen, als Levi und Dino über sie hinwegkugeln und lachend und kichernd auf den Boden fallen. Nasti springt zur Seite, und Kim rückt ihren Sessel weiter nach hinten und bearbeitet seelenruhig weiter ihre langen, mit glitzerndem Lack überzogenen Nägel, während sie hin und wieder einen Blick zu den beiden sich balgenden Kerlen wirft, die weiter über den Boden kegeln und sich vor Lachen gar nicht mehr einkriegen.

Locke pustet den Pony nach oben und verdreht die Augen. „Kindisch seid ihr, total kindisch! Kein Wunder, dass Bo nicht mehr kommt.“ They lehnt sich neben Skandi an den Tresen.

„Nein, Bo kommt nicht mehr, weil Bo nicht mehr trans ist, sondern einfach nur schwul“, sagt Nasti nüchtern und spreizt ihre Finger, um ihre Nägel zu begutachten. „Hach, das ist krass gut geworden, oder?“ Sie hält mir erwartungsvoll die Finger hin. „Na, was sagst du?“

Ich zucke mit den Schultern. „Ja, ist okay“, sage ich und versuche, zur Seite zu springen, weil Levi jetzt nach meinem Hosenbein greift. „Aber ich bin auch kein Fachmann … Lass los, Levi!“

„Auf keinen Fall!“ Levi, der mit einer Hand Dino im Schwitzkasten hält, zerrt an meinem Bein, und ich halte mich an der Rücklehne des Sofas fest. Ich muss lachen, aber gleichzeitig spüre ich, wie kräftig ich durch das Training in den letzten Wochen geworden bin. Ein gutes Gefühl. Noch vor ein paar Wochen hätte ich mit Levi absolut nicht mithalten können, aber jetzt gelingt es mir mühelos.

Plötzlich aber gibt die Rückenlehne nach, und mit einem Rumms lande ich auf dem Boden. Levi zieht mich näher an sich heran und grapscht nach meinem Arm, und ich drücke Levi nach hinten, so dass er auf Dino rollt, der aufbrüllt wie ein Löwe und so wild mit den Beinen strampelt, dass er Nastis Sessel erwischt, der mit einem Ruck nach hinten rutscht. Nasti kreischt erschrocken, und im nächsten Moment kippt sie mitsamt dem Sessel nach hinten um. Ihr verblüffter Aufschrei geht im tosenden Gelächter unter.

Als wir uns schließlich alle wieder aufgerappelt und Nasti mit vereinten Kräften samt dem Sessel wieder aufgerichtet haben, wischt Kim sich die Lachtränen aus den Augen.

„Goodness me!", sagt sie. „Was für ein alberner Haufen! Und ihr mit euren Mackerspielen!"

Da hat sie recht. Es sind wirklich Mackerspiele, aber genau das finde ich ja so super. Hier, in dieser Runde, bin ich so, wie ich sein will. Hier bin ich frei. Und das fühlt sich verdammt gut an.

Kim nimmt die Cola entgegen, die Skandi ihr reicht, und sieht zu, wie er aus einem der oberen Fächer des Tresens ein weiteres Glas fischt. „Ha, sag mal, was ist das denn?" Kim tippt ihm auf den Arm, und Skandi weicht zurück und zieht sich hastig den hochgerutschten Ärmel wieder nach unten.

„Nichts. Hau ab", sagt er mit rauer Stimme.

„Ist ja schon gut!" Kim hebt beide Hände. Levi, der sich gerade die Klamotten gerichtet hat, runzelt die Stirn.

„Was ist los?"

Kim sieht von ihm zu Skandi, der sich umgedreht hat und uns den Rücken zukehrt. „Skandis Arm", sagt sie leise. „Sieht übel aus."

Levi zieht die Brauen runter. „Skandi. He. War das wieder dein Alter?"

„Halt die Fresse", sagt Skandi. „Da ist nichts."

Ich habe es auch gesehen. Der ganze Arm ist überzogen von knallroten Striemen, die Haut darunter ist teilweise aufgeplatzt.

„Ej, Alter, du musst dich wehren! Wenn du es nicht tust, dann mache ich es“, sagt Levi böse. „Am besten, du hältst dich von ihm fern.“

„Lass mich in Ruhe.“ Skandi dreht sich weg und hantiert weiter mit der Colaflasche herum. Aber die ausgelassene Stimmung, die gerade noch geherrscht hat, die ist vorbei.

Ich weiß von Levi, dass Skandi vor einiger Zeit von zu Hause ausgezogen ist und in einer Art Wohnheim wohnt, eins ohne Betreuung, obwohl er noch nicht volljährig ist, aber mehr weiß ich nicht. Skandi redet nicht viel.

Ich setze mich neben Dino, der verwundert von einem zum anderen blickt, aufs Sofa, und Nasti schiebt den Sessel näher heran. Kim hockt sich zu ihr auf die Lehne und legt den Arm um Nasti. Einen Moment lang sitzen wir alle ruhig da, dann fragt Locke:

„Und, wer kommt jetzt mit zum queeren Sommerfest?“

„Na, alle“, sagt Levi, der immer noch an der Theke lehnt. „Wir gehen alle zusammen, oder? Bo ist doch auch da, oder, Locke?“

„Sicher.“ Locke bläst den Pony hoch. „Der ist doch jetzt mit Arvid zusammen, der die Schwulengruppe leitet.“

„War er vorher denn nicht schwul?“, erkundigt sich Dino, und alle müssen lachen.

„Nee“, sagt Locke. „War er nicht. Vorher dachte er, dass er trans ist oder auch nonbinär, aber auf jeden Fall kein Typ. Und schon gar kein schwuler Typ.“

„Und was ist dann passiert?“, fragt Dino und fährt sich über den frisch rasierten Schädel. Dino ist erst vierzehn, der Jüngste von uns allen, und sich total sicher, dass er kein Mädchen ist, sondern schon immer ein Junge war. So wie Levi. Ich hätte was drum gegeben, wenn ich mir in seinem Alter auch schon so sicher gewesen wäre.

Oder überhaupt je so sicher wäre.

Mein zweiter Vorname könnte auch „Unsicher“ heißen.

„Na ja, dann ist passiert, dass Bo klar geworden ist, dass er vielleicht einfach doch ein Mann ist, und dann eben ein schwuler Mann. Oder vielleicht ein bisschen nonbinär und schwul." Locke lächelt und kratzt sich am Ohr. Dann streckt er die langen Beine aus und räkelt sich.

Nein, nicht er. They. Nicht immer einfach, mir das zu merken. Aber ich finde, ich kriege es ganz gut hin. They für Locke. Sie für Kim und Nasti. Er für Levi, Skandi, Dino und mich.

„Geht das?", fragt Dino. „Also, erst so und dann so …"

„Alles geht", sagt Levi. „Ist deine Entscheidung. Immer."

Dino sieht nachdenklich aus, und dann stupst Skandi, jetzt wieder mit unbewegter Miene, ihn von hinten an und reicht ihm ein Glas Cola, und Dino nimmt es und bedankt sich. Aber er denkt immer noch nach, das sehe ich an seiner gerunzelten Stirn.

Ist auch alles echt nicht so einfach. Aber andererseits eben doch.

„Schon schräg", sagt Kim nachdenklich und rasselt mit ihren Armreifen, während sie sich mit beiden Händen durchs Haar fährt. „Ich will dein Geschlecht, und du meins." Sie sieht Levi an, der mit den Schultern zuckt und sich von hinten auf die wackelige Sofalehne stützt. Ich kann seinen Atem in meinem Nacken spüren.

„Hätten wir auch einfacher haben können", sagt Levi. „Schade, dass wir uns das nicht schon bei der Zeugung bestellen können, unser Wunschgeschlecht. Wäre echt einfacher."

Wir müssen alle lachen. Und dann legt Levi mir die Arme um die Schultern und gibt mir einen Kuss auf die Wange. „Aber dann …", sagt er. „Dann hätte ich euch wohl gar nicht kennengelernt. Und das wäre doch zu schade, oder?"

Finde ich auch. Denn nirgendwo fühle ich mich so wohl und aufgehoben wie hier. So zugehörig. Angekommen. Noch nicht mal in meiner eigenen Familie. Denn auch da bin ich irgendwie ein Alien.

Nur hier nicht.

Hoffentlich bleibt das auch so.

* * *

Auf der Fahrt nach Hause mit dem Bus schlage ich das Mama-Buch auf, obwohl ich ein komisches Gefühl habe, es in der Öffentlichkeit zu lesen. Aber außer dem mürrischen Busfahrer und einer jungen Frau mit Kopftuch ganz vorn hinter ihm sitzt nur noch eine alte Dame mit ihrem Chihuahua auf dem Schoß im Bus, da kann ich es also ruhig wagen.

Wir haben die letzten Tage vorrangig mit der Suche nach einem Psychologen oder einer Psychiaterin verbracht, die dich ernst nimmt und unterstützt und dir deine Geschlechtsdysphorie bescheinigt. Und rausfindet, ob es sich vielleicht um etwas anderes handeln könnte, andere Probleme, die sich dahinter verbergen. Eine dysmorphe Körperstörung. Depressionen. Bulimie. Magersucht. Schizophrenie. Irgendwas.

Ich ertappe mich dabei, dass ich mir wünsche, es wäre so – du hättest ein psychisches Problem, das man behandeln könnte. Dann schäme ich mich. Wäre es mir wirklich lieber, du wärest krank als trans?

Nein, natürlich nicht. Aber mir wäre lieber, dein „Problem" könnte behandelt werden. Und dadurch eben irgendwann verschwinden.

Ob du dir das wohl selbst manchmal wünschst – dass all das einfach wieder verschwindet?

Manchmal hoffe ich, dass du nicht unter einer Geschlechtsdysphorie leidest, die dadurch entstanden ist, dass dein Geschlechtsbewusstsein nicht mit deinen körperlichen Merkmalen übereinstimmt, sondern unter einer körperdysmorphen Störung. Das wäre therapierbar, es würde bedeuten, dass du eine verzerrte Wahrnehmung deines Körpers hast, die dadurch beeinflusst worden ist, dass du deine Art zu sein nicht mit dem vorherrschenden Rollenbild eines Mädchens übereinbringen kannst. Oder, einfach gesagt: Du bist kein „normales Mädchen", und deshalb kommst du mit deinem Körper nicht klar und möchtest lieber ein Junge sein.

Und ich frage mich natürlich auch, welche Rolle ich und Arndt bei all dem spielen. Nicht, dass wir Schuld hätten oder so, das glaube ich nicht, aber ich frage mich, ob es einen Punkt gibt, an dem ich nicht aufgepasst habe. Auf dich.

Ob ich das jemals herausfinden werde?

Ich schlage das Heft zu. Für mein Gefühl liegt Mama da falsch. Ich glaube nicht, dass sie irgendwas damit zu tun hat, dass ich trans bin. Das ist irgendwas in mir drin, etwas, das unabhängig ist von außen, von familiären Einflüssen, von meiner Geschichte und der meiner Familie.

Glaube ich jedenfalls.

* * *

„Haben Sie denn vielleicht eine Warteliste?" Mama guckte genervt auf ihren Block runter, dann warf sie mir einen kurzen Blick zu. „Nein? Okay. Gut … nein, dann rufe ich wieder an. Danke. Auf Wiederhören!" Sie legte auf und seufzte leise in sich hinein. „Herrjemine. Das ist jetzt heute der fünfte Anruf, und keiner von denen hat einen Termin in den nächsten drei Monaten frei. Und dann führen die noch nicht mal eine Warteliste! Gibt es doch gar nicht." Sie schüttelte den Kopf und schob ihr Handy von sich weg. „Ich brauch jetzt erst mal einen Kaffee."

Ich sprang auf. „Ich mache ihn dir."

Während Mama den Kopf in eine Hand stützte, ihr Handy wieder zu sich heranzog und darauf herumtippte, schüttete ich neue Kaffeebohnen in die Maschine und stellte Mamas Lieblingsgetränk ein: Cappuccino, 150 ml, Stärke 3. Ich fühlte mich ein bisschen schuldig, weil Mama zusehends gestresster war von der Suche nach einem geeigneten Psychologen. Seit zwei Tagen telefonierte sie herum, ohne Erfolg. Jetzt blickte sie nachdenklich zu mir auf.

„Vielleicht sollten wir doch einen Termin in drei Monaten nehmen", überlegte sie. „Immerhin besser als nichts."

Nun war ich es, der seufzte. „Aber das ist so spät, das dauert doch noch ewig!", sagte ich und drückte auf die Starttaste.

„Dann ist ja schon bald Sommer, und dann dauert es noch mal Monate, bis ich … bis es endlich weitergeht."

Ich sprach nicht aus, was ich meinte, aber Mama wusste es auch so. Wir hatten in den letzten Wochen seit meinem Outing oft darüber gesprochen, wie es weitergehen sollte: Je eher ich eine psychiatrische oder psychologische Fachkraft fand, der oder die mir eine Geschlechtsdysphorie bescheinigte, desto eher würde ich Hormone bekommen. Und desto eher würde meine körperliche Angleichung an das Geschlecht beginnen, das ich so sehr herbeisehnte.

Die Kaffeemaschine rumpelte, gurgelte und zischte, dann schoss heißer Milchschaum in die Tasse.

„Na ja, Sommer ist dann noch nicht. Wir haben jetzt gerade mal Anfang Januar, in drei Monaten ist es April", sagte Mama. „Also gerade mal Frühling. Aber na gut, dann suchen wir weiter. Aber jetzt habe ich hier am Ort alle durch. Dann versuche ich es mal in Berlin." Sie kratzte sich am Kopf und nickte dankbar, als ich den Cappuccino vor ihr abstellte. „Hat denn keiner von deinen neuen Freund*innen da noch einen Tipp?"

Sie kriegte es echt gut hin, das Sternchen mitzusprechen, das musste ich ihr lassen.

„Na ja, die Psychologin von Levi, die haben wir ja schon angerufen, die hat ja keinen Platz", sagte ich achselzuckend. „Und Nastis Psychologen auch, aber den findet sie ja nicht so gut." Dass Kim mir niemanden empfehlen konnte, weil sie erst mal nicht vorhatte, überhaupt Hormone zu nehmen, erwähnte ich nicht. Und Skandi fand Psychologen einfach nur bescheuert, wie die meisten anderen auch. „Scheiß-Gatekeeper!", hatte er gebrummt, als ich ihn danach gefragt hatte. „Wie kommen die überhaupt dazu, in meinem Leben herumschnüffeln zu wollen? Das ist doch alles meine Sache!" Fand ich ja eigentlich auch. Aber Mama bestand ohnehin darauf, dass ich mit einem Psychologen sprach, selbst wenn ich keine Hormone hätte nehmen wollen. Das war unser Deal. „Aber vielleicht sollte ich einfach direkt zu Levis Endokrinologen gehen. Er meint, der sei gut!"

Mama schüttelte den Kopf. „Das bringt ja nichts. Erst mal musst du doch sowieso zum Kinder- und Jugendpsychotherapeuten oder Psychiater, damit die Krankenkasse das alles übernimmt. Dann hast du mindestens fünf Sitzungen zum Kennenlernen, dann eine Begleittherapie, und die dauert allein schon ein paar Monate. Und danach kommt dann erst die Begutachtung vom Medizinischen Dienst. Das müssen dann gleich zwei Gutachter bestätigen, die mit der Sache vertraut sind. Und erst dann kannst du zum Endokrinologen gehen. Es sei denn, wir finden jemanden, der die Sache in die Hand nimmt und beschleunigt." Sie seufzte und schüttelte den Kopf. „Mannomann!"

Ich musste schon sagen, Mama kannte sich echt gut aus. Dafür, dass sie erst zwei Wochen mit dem Thema zu tun hatte, war sie bestens informiert. Eine Welle der Zuneigung schoss in mir hoch. Das machte sie alles für mich. Echt lieb von ihr.

Die Tür ging auf, und Papa guckte zu uns herein. „Na, wie sieht es aus?"

Mama lehnte sich zurück. „Nicht so besonders. Nur Absagen, keine Kapazitäten, keine Warteliste. Wir sind noch keinen Schritt weiter. Willst du vielleicht mal weitermachen?"

Papa zog die Brauen herunter und rieb sich den Nacken. „Och nö, lieber nicht. Du weißt doch, ich bin nicht so ein großer Telefonierer! Nee, macht ihr das mal lieber. Ihr seid ja auch schon eingearbeitet. Ich geh mal gucken, was Feli macht." Und damit verschwand er im Flur und zog die Tür zu.

Mama seufzte. „Ach, Mensch, der Drückeberger", murmelte sie. „Typisch. Mit den unangenehmen Sachen lässt er mich lieber allein." Ich sah genau, wie erschöpft und traurig sie war, und auf einmal fühlte ich mich echt übel. Die warme Welle der Zuneigung hatte sich in Windeseile in eine Flut schlechten Gewissens verwandelt.

„Ich telefoniere schließlich auch nicht so gern", brummte Mama und schüttelte den Kopf.

Ich musste lächeln. „Also, wenn du mich fragst, ich finde, ihr telefoniert beide eigentlich ziemlich gern. Papa quatscht doch oft stundenlang mit Till am Telefon, und wenn du deine Freundinnen anrufst, dann geht das auch manchmal ewig", sagte ich.

Mama guckte ertappt hoch, und dann verzog sich ihr Gesicht zu einem schiefen Grinsen. „Das hättest du jetzt aber einfach auch mal so stehenlassen können", sagte sie und nahm das Handy wieder auf.

„Du, Mama, ich kann das auch selbst machen. Du musst das nicht tun!"

Sie blickte mich an, dann streckte sie die Hand aus und streichelte mir über die Wange. „Doch", sagte sie. „Ich hab gesagt, ich mach das mit dir, und dann mache ich es auch mit dir! Und jetzt sag mir mal die nächste Nummer an. Los!"

* * *

Abends scheint der Mond durchs Fenster, fast Vollmond. Ich mag das, wenn das Licht einen silbrigen Schatten in mein Zimmer wirft. Und ich hab Glück, ich kann den Mond von meinem Bett aus sehen. Ist nicht immer so; ich muss noch mal nachgucken, wie das eigentlich ist mit der Erdumdrehung und den Mondphasen und so.

Im Bad höre ich Papa, der irgendetwas zu Mama sagt, die ihm aus dem Schlafzimmer antwortet. Dann klappt eine Tür, und es wird still.

Langsam strecke ich mich in meinem Bett aus und verschränke die Arme hinter dem Kopf. Aus dem Augenwinkel kann ich die Geltube sehen, die unter der Nachttischplatte liegt. In den letzten beiden Wochen habe ich dreimal vergessen, das Testosteron aufzutragen. Und dann gab es noch zwei Tage, an denen ich es einfach gelassen habe. Ich weiß selbst nicht, warum. Irgendwie hatte ich auf einmal einen Widerwillen dagegen. Zeitgleich mit dem Einsetzen meiner Menstruation. Ob es damit zu tun hatte? Und wieso hab ich die überhaupt noch?

Ich muss an Doktor Schreiber denken, meinen Endokrinologen. „Die Menstruation ist nicht über Nacht verschwunden. Aber die Stimmung bessert sich in der Regel rasch", hat er gesagt.

Die Stimmung. Ich weiß nicht. Bin ich selbst schuld, weil ich das Gel nicht regelmäßig genug genommen habe?

Genau in diesem Moment geht eine Nachricht auf meinem Handy ein. Ich seufze und fische es zu mir herüber.

„Hi, alles gut bei dir? Gehen wir mal nächste Woche ins Kino? *The Kids Are All Right* läuft im *Space* am Bahnhof, den wolltest du doch sehen."

Skandi. Ich muss lächeln. Aber an den Film kann ich mich null erinnern und schon gar nicht daran, dass ich ihn sehen wollte.

Schadet aber bestimmt nicht.

„Klar, können wir machen. Gute Nacht!"

Ich warte noch einen Moment, aber Skandi antwortet nicht mehr. Also lege ich das Handy weg und sehe zum Fenster hinaus in den Himmel.

Skandi. Nasti. Kim. Levi. Eine coole Truppe, zu der ich jetzt gehöre. Ich freue mich schon aufs Ausgehen nächste Woche. Das erste Mal seit ewigen Zeiten. Und das erste Mal zu einem queeren Sommerfest.

Vielleicht lern ich da ja jemanden kennen?

Obwohl, wer könnte das sein?

Nachdenklich befühle ich mein Kinn. Ich meine, dass es ein bisschen kantiger geworden ist, aber vielleicht bilde ich mir das auch nur ein? Ich streiche vorsichtig über meine Brust, dann über meinen Oberarm. Meine Muskeln sind auf jeden Fall schon gewachsen. Aber kein Wunder, so oft, wie ich in letzter Zeit trainiere.

Ich drehe mich auf die Seite, und wie von selbst rutscht meine Hand tiefer, über meinen Bauch hinunter zwischen die Beine.

Ein warmes Gefühl flackert in mir auf, als mein Finger zwischen meine Schamlippen gleitet. Ist meine Klit schon etwas größer geworden? Wie wird sich das da unten später anfühlen?

Vorsichtig befühle ich meine Klitoris und versuche, das immer wärmer werdende Gefühl zu ignorieren.

Dann fällt mir diese blöde Psychologin ein, bei der Mama und ich als Nächstes nach diesem Reinfall mit dem Mulberger oder Mollberger waren, und schlagartig ist das warme Gefühl verschwunden.

* * *

„Wie sieht es bei dir mit sexueller Erfahrung aus?" Sie lehnte sich zurück und betrachtete mich mit einem leicht kühlen, aber nicht uninteressierten Blick. Vielleicht lag es auch an ihren stahlblauen Augen, auf jeden Fall fühlte ich mich ein bisschen wie ein Kaninchen vor der Schlange.

„Äh", sagte ich. „Also, ich … also nein, nicht direkt."

Sie nickte und sah kurz auf ihren Notizblock herunter, dann verschränkte sie die Hände auf dem Tisch. „Schließt das denn auch Selbstbefriedigung mit ein? Ich meine, hast du damit schon Erfahrung gemacht?"

Ich spürte, wie ich rot anlief. Nur gut, dass Mama jetzt draußen wartete. Zu Anfang hatte die Psychologin uns beide hereingebeten, eine Weile mit uns geplaudert und Mama dann gebeten, draußen Platz zu nehmen. Erst fand ich das nicht so gut, aber jetzt war ich heilfroh darüber. „Schon", sagte ich zögernd. Hoffentlich fragte sie jetzt nicht weiter nach!

„Und wie hat sich das angefühlt?"

„Na, gut natürlich", sagte ich rasch. Was für eine saudoofe Frage! Als ob Selbstbefriedigung sich jemals schlecht anfühlen würde. Obwohl … plötzlich kam ich innerlich ins Schleudern. Wenn ich ehrlich war, dann hatte es sich nämlich tatsächlich nicht richtig gut angefühlt. Irgendwie falsch. Als würde ich was Verbotenes machen. Aber das war doch bestimmt auch normal, oder nicht? Früher galt Selbstbefriedigung schließlich ja auch wirklich als verboten. Und ein Tabu war es immer noch. Kein Wunder, dass es sich für mich so anfühlte.

„Und denkst du dabei an jemand Bestimmtes oder an eine bestimmte Art von Körpern? Mädchen, Jungen, jemanden, den du kennst vielleicht?"

Ich spürte, wie ich erstarrte. Peinlich war das hier. Superpeinlich. „Muss ich darauf denn antworten?“, fragte ich mit rauer Stimme.

Die Psychologin lächelte kurz und schüttelte den Kopf. „Nein. Du musst hier auf gar nichts antworten. Aber weißt du, ich versuche nur, mir ein Bild von dir zu machen und von dem, was dich bewegt.“

Ich schwieg, und sie schwieg auch einen Moment, während sie sich eine Notiz machte und dann den Stift hinlegte.

„Das wäre es erst mal“, sagte sie und stand auf. „Ich bitte noch mal deine Mutter dazu, ja?“ Immerhin wartete sie auf mein Nicken, dann ging sie zur Tür. „Frau Grimme? Kommen Sie bitte kurz?“

Mama lächelte mich an, als sie hereinkam, und setzte sich dicht neben mich. Normalerweise wäre es mir zu dicht gewesen, aber jetzt war ich froh darüber, sie in meiner Nähe zu haben. Irgendwie ahnte ich nämlich schon, was jetzt kam.

Und so war es dann auch.

„Frau Grimme, Noni, ich muss leider sagen, dass mich das, was ich jetzt von Ihnen gehört habe“, die Psychologin sah erst Mama und dann mich an, „nicht überzeugt. Für meine Begriffe gehört zu einem derart folgenschweren Entschluss, das Geschlecht zu wechseln oder dem inneren Empfinden anzupassen, mehr Reflexion und mehr gewachsene Lebenserfahrung, auch sexuelle Erfahrung. Ich will dir deine Gefühle nicht absprechen, Noni, aber ich kann deinen Wunsch nicht unterstützen. Es tut mir leid.“

Das saß. Einen Moment lang saßen Mama und ich beide stumm da, dann stand ich auf.

„Okay“, sagte ich. „Dann nicht. Danke.“ Und schon war ich an der Tür.

Nach einem Augenblick stand Mama ebenfalls auf. „Danke. Auf Wiedersehen“, sagte sie und folgte mir.

Als sie die Tür hinter uns beiden schloss, war ich für einen Moment erleichtert, dieser unangenehmen Situation entronnen zu sein. Aber dann kroch die Angst in mir hoch. Was, wenn es genauso weiterginge? Wenn kein Arzt, keine Psychologin, wenn einfach niemand sonst mich in meinem Bedürfnis unterstützte?

Und was, wenn Mama sich bequatschen ließ und auch damit aufhörte?

Ich spürte, wie mir die Tränen in die Augen schossen. Fast blind stapfte ich durchs Wartezimmer zur Tür und riss sie auf. Und dann fühlte ich, wie Mama mir den Arm um die Schulter legte.

„Wir schaffen das schon", sagte sie. „Keine Sorge, wir schaffen das schon."

* * *

„Und das ist deine Oma in jungen Jahren!", sagt Opa mit hörbarem Stolz in der Stimme. Ich muss grinsen.

„Mann, Opa, das sehe ich doch! Klar ist das Oma." Ich betrachte das Foto, auf dem Oma vielleicht 20 Jahre alt ist, einen dicken Zopf über die Schulter geworfen hat und einen Blumenstrauß in die Kamera hält.

„Na, weiß man ja nie, ob du sie erkennst." Opa fährt mir durchs Haar und verzieht das Gesicht. „Also, was ist denn das für eine Schmiere da in deinem Haar?"

„Opa! Das ist Haargel, hab ich dir doch schon ein paarmal erklärt!"

Opa schüttelt den Kopf und schnalzt mit der Zunge. „Na ja, früher habe ich auch Pomade benutzt, aber das hat man auch sofort gesehen! Was ich für schöne Frisuren hatte, wie gelackt nach hinten gekämmt!"

„Das ist aber lange her, Opa. Viel Haar ist bei dir ja nun nicht mehr gerade übrig", sage ich und werfe einen schiefen Blick auf seine Glatze. Opa schmunzelt und streichelt Pippo, der gerade auf seinen Schoß gesprungen ist, über den Rücken.

„Freches Ding!", sagt er. „Aber ich halte mich wohl besser an Pippo. Der hat jedenfalls keine Pomade in seinem Fell!"

Ich klappe das Album zu und schiebe es zurück ins Regal. Dann stehe ich auf. „Also, Opa, ich geh dann mal. Mach's gut!"

„Mach's gut, Schätzchen!" Opa gibt mir einen Klaps auf den Po und winkt mir kurz zu, dann vergräbt er die Nase in Pippos weichem Fell. Der Kater sieht mir mit seinem unergründlichen Katzenblick hinterher, als ich die Tür hinter mir anlehne.

„Gehst du schon, Nina?" Oma blickt erstaunt von ihrem PC auf, als ich oben den Kopf durch die Tür stecke, um mich zu verabschieden.

„Ja, ist doch schon nach neun, Oma. Gute Nacht!"

„Gute Nacht, mein Liebes. Die letzte Schulwoche vor den Ferien fängt morgen an, oder?"

„Ja. Und, Oma?"

„Ja?"

„Ich heiße doch jetzt Noni", sage ich, schicke ihr einen Kuss durch die Luft zu und mache die Tür hinter mir zu.

* * *

Draußen ist es immer noch sehr warm, und die Sonne steht schräg über mir am Himmel und wirft einen weichen Glanz auf die Straße. Irgendwo in der Nähe bellt ein Hund, und auf der Hauptstraße fahren zwei Autos hintereinander vorbei, dann wird es wieder ruhig. Ich kann die üblichen Eden-an-einem-Sommerabend-Geräusche hören: leise Stimmen, Lachen, Rufe, das satte Klatschen, wenn ein Ball getreten wird, vergnügtes Kindergeschrei und hie und da eine zuschlagende Tür.

Einen Moment stehe ich unschlüssig mitten auf der Straße, dann laufe ich los. Den Weg zum Gemeindehaus lasse ich diesmal rechts liegen und gehe weiter den Ostweg entlang. Die Kreuzung liegt ruhig da, und als ich sie erreiche und nach rechts blicke, ist auch dort kein Mensch zu sehen. Schratzkes Auto steht auf seinem Privatparkplatz, die Bäume auf der gegenüberliegenden Straßenseite stehen still im langsam abnehmenden Licht.

Ich atme tief ein und wundere mich selbst, wie enttäuscht ich auf einmal bin.

In welchem Haus sie wohl wohnt?

Aber die ganze Straße langsam rauf- und runtergehen, das kann ich nicht bringen. Viel zu auffällig.

Plötzlich wird mir bewusst, dass ich Stimmen und Rufe vom Sportplatz höre. Wer weiß, vielleicht hab ich ja Glück?

Langsam schlendere ich zwischen den Büschen entlang, bis der Sportplatz in Sicht kommt, und mit ihm ein paar Jugendliche, die mehr oder minder gekonnt, aber mit viel Spaß zusammen Fußball spielen. Auf der Bank an der Seite sitzen zwei Mädchen und gucken zu, während sie sich eine Kippe teilen. Ich gehe zu ihnen rüber, setze mich ebenfalls hin und strecke die Beine aus. Die beiden Mädchen gucken mich kurz an, dann tuscheln sie weiter, während sie zu den Jungs rübersehen.

Drei sind es, und zwei davon kenne ich vom Sehen. Der dritte ist Timo aus der Achten. Mit einem lauten Schrei kickt er den Ball einen Tick zu schwungvoll zu einem der anderen herüber und landet auf dem Hintern.

Alle drei lachen, und ich muss ebenfalls grinsen. Eines der Mädchen tippt sich an die Stirn.

„Loser!", ruft sie laut, und ihre Freundin kichert und erstickt dann ihr Kichern mit einem hastigen Zug an der Zigarette.

Timo zeigt ihr lachend den Mittelfinger, dann entdeckt er mich und winkt. „He, komm, spielst du mit?"

„Nee, lass mal", rufe ich, aber schon kommt er zu mir rübergelaufen.

„Los, spiel mit, wir brauchen noch einen vierten Mann! Komm, das macht Spaß!" Er sieht ein bisschen verschwitzt und sehr vergnügt aus. Ich will schon erneut abwinken, aber plötzlich bekomme ich doch Lust.

„Na gut", sage ich und stehe auf. „Aber ich hab ewig nicht gespielt!"

„Ist doch egal", ruft Timo und rennt zurück auf den Platz. Im nächsten Moment schon kickt einer der anderen beiden mir den Ball zu, und ich schieße ihn passgenau zum anderen hinüber, der ihn annimmt und wieder zurückspielt. Ich lass den Ball gegen meine Brust prallen und kicke ihn zu Timo rüber, der ihn leider verfehlt. Johlend rennt er der Kugel hinterher, während die beiden anderen Jungs und ich uns mit Handschlag begrüßen.

Kaum habe ich mich wieder umgedreht, kommt der Ball auch schon wieder auf mich zugeflogen, und ich fange ihn ab, drehe mich einmal um die eigene Achse und knalle ihn mit Schwung ins Tor.

Die Mädchen auf der Bank jubeln, Timo klatscht mich ab und einer der Jungs reckt anerkennend den Daumen in die Höhe.

Ich bin selbst überrascht, mit welcher Leichtigkeit ich wieder ins Spiel reingekommen bin. Das letzte Mal habe ich ungefähr vor einem Jahr gespielt, mit Till und Papa – von ein paar kleineren Ballwechseln mit Feli mal abgesehen, aber die haben diese Bezeichnung eigentlich gar nicht verdient.

Wie im Flug vergeht die Zeit, und von Minute zu Minute macht mir das Spiel mehr Spaß. Timo, das zeigt sich schnell, hat null Ahnung und null Talent, aber viel Spaß am Fußballspielen, aber die beiden Jungs – die ungefähr in meinem Alter sein dürften – sind ziemlich gut, vor allem der Blonde.

Er ist flink und schießt mehrere Tore hintereinander, bei denen ich zu spät abblocke, und jedes Mal grinst er vergnügt und hebt den Daumen. Der andere aber wirkt immer finsterer, je besser der Blonde und ich uns aufeinander einschießen. Schließlich, als ich ihn zum zweiten Mal umrunde und tunnele, tritt er den Ball mit Wucht gegen den Pfosten.

„Mann!“, ruft er wütend. „Das nervt!“

Der Blonde sieht ihn verdutzt an. „Hä? Was'n jetzt?“

„Ihr spielt scheiße!“, sagt der Dunkelhaarige, nimmt den Ball an, den Timo ihm rübergeschossen hat, und klemmt ihn sich unter den Arm. „Vor allem du.“ Er blitzt mich böse an. „Du spielst voll unfair. Wie ein Mädchen eben.“ Wütend spuckt er auf den Boden.

„Hoho!“, ruft eins der Mädchen von der Bank. „Voll das Girl-Shaming, Elias!“

„Was?“ Ich starre ihn an, während es in mir arbeitet. Jetzt bloß die Nerven behalten.

Er starrt zurück. „Du gehst doch auf Timos Schule, oder? In die Zehnte?“

„Ja, und?“

Der Blonde und Timo sehen verdutzt vom Dunkelhaarigen zu mir und wieder zurück. Sie haben keine Ahnung, wovon der Dunkelhaarige eigentlich redet. Ich schon.

„Was hast du denn jetzt auf einmal für ein Problem?“, frage ich ruhig. Der Dunkelhaarige weicht meinem Blick aus. Dann spuckt er wieder aus.

„Scheißlesbe“, sagt er leise.

„Spinnst du, Elias?“ Der Blonde schüttelt den Kopf und nimmt Elias den Ball ab. „Los, kommt, lass uns weiterspielen!“ Er dribbelt davon und kickt den Ball gekonnt vor sich her.

Timo steht unschlüssig da. Elias senkt den Kopf und spuckt noch mal in den Sand.

„Scheißlesbe“, sagt er leise.

Ich spüre, dass Timo mich verwirrt anstarrt. Aber ich kann ihn nicht ansehen, sondern Elias, auch wenn der meinem Blick ausweicht.

Für einen winzigen Moment muss ich an Levi denken. Mutig sein, genau. „Ich bin keine Lesbe“, sage ich laut und deutlich. „Aber du bist ein Idiot.“ Und damit drehe ich mich um und gehe.

Hinter mir bleibt es still. Nur das Antippen des Balls ist zu hören, und dann das satte Klatschen, als der Ball ins Tor rauscht.

* * *

Da ist es wieder, dieses beklemmende Gefühl, das mich immer dann überkommt, wenn mich jemand in eine Schublade pressen möchte. Eine, in der ich aber absolut nicht stecken will. Die Mädchenschublade.

Jeder sieht was anderes in mir. Die einen die Lesbe, die anderen eine kranke Missgeburt, Mama ihr Kind. Oma ihre Enkeltochter.

Opa sieht einfach mich. Jedenfalls hab ich das Gefühl. Und Papa und Feli, denen ist es irgendwie egal.

Warum kann es nicht einfach allen egal sein?

Aber dann müsste es mir ja auch egal sein. Und das ist es nicht. Ich fühle mich nicht als Mädchen. Und ich möchte auch nicht als Mädchen gesehen oder gelesen werden.

Das bin ich einfach nicht.

Das bin ich nicht.

Kapitel 6

„He, warte mal!“

Emil zieht die Stirn kraus und wirft Svea einen fragenden Blick zu. Ich drehe mich um. Lotta steht da, ihre Tasche über der Schulter, und sieht mich an.

„Gehst du mit rüber zum Falafelladen?“, fragt sie. So als hätte sie mich das schon zigmal gefragt. Jamal, der neben ihr steht, öffnet den Mund.

„Hä, was willst du denn jetzt mit …“, beginnt er, aber Lotta winkt ab, und er klappt den Mund wieder zu.

„Was ist denn?“, fragt sie mich noch mal. „Kommst du mit, oder willst du lieber mit deinen beiden Loserfreunden chillen?“

Ich spüre, wie Emil neben mir in sich zusammensackt und Svea Luft holt. Vor ein paar Wochen noch hätte ich jetzt überlegt, wie ich diese Einladung annehmen könnte, ohne Emil und Svea zu dissen, aber die Zeiten sind vorbei. „Genau das“, sage ich, winke Lotta kurz zu, drehe mich um und marschiere los.

Svea und Emil traben wortlos hinter mir her. Erst an der großen Glastür zum Schulhof findet Emil die Sprache wieder.

„Seit wann ist die denn so freundlich zu dir?“, fragt er und schüttelt den Kopf.

„Ach, ist doch egal“, sage ich und trete ins Sonnenlicht hinaus.

Aber auch Svea bewegt das Thema noch weiter, auch, als wir schon längst in der Sonne auf einer Bank am Markt sitzen, unsere Wraps aufgegessen haben und das Eis zum Nachtisch fast auch. „Das ist schon schräg“, sagt sie und leckt an ihrem Eis, von dem aber schon fast nichts mehr da ist. „Jetzt, wo du von der Schule abgehst, ist Lotta voll nett zu dir, aber Emil und ich dürfen uns dann weiter mit ihr rumschlagen. Echt ungerecht.“

„Selbst schuld“, sage ich und muss lachen. „Wenn ihr so blöd seid und unbedingt auf der Schule bleiben wollt, um euer Abi zu machen!“

Emil boxt mir spielerisch gegen den Arm und steckt sich den Rest seiner Waffel in den Mund, und Svea wirft mir einen schrägen Blick zu. Sie weiß oft nicht, ob ich Spaß mache oder nicht.

„Du bist komisch in letzter Zeit", sagte sie und rückte ihre Brille gerade. „So anti irgendwie."

„In Finnland ist das ein Vorname", antworte ich und drehe mich zur Seite, um meine Waffel in den Mülleimer zu werfen.

„Hä?", macht Svea verdutzt, und ich muss schon wieder lachen. Emil gluckst auch in sich hinein.

„Mensch, Svea, das war ein Spaß!"

Svea guckt mich ein wenig vorsichtig an, dann lächelt sie zaghaft. „Ich muss los!" Sie rutscht von der Bank und steckt sich den Rest ihrer Waffel in den Mund. „Tschüssi!" Und damit marschiert sie davon.

Ich gucke ihr nach. Ach, Mensch, die alte Svea mit der dicken Brille und den X-Beinen. Ich werde sie vermissen. Auch, wenn wir nicht wirklich viel miteinander geredet haben und schon gar nicht über die Sachen, die mir wichtig sind – sie war immer voll lieb zu mir und hat immer zu mir gestanden, auch und gerade in der Zeit, als ich begonnen habe, mich auch äußerlich zu verändern. Svea war die Einzige, die null Problem damit hatte, mich Noni zu nennen. Sogar Emil brauchte dafür echt Anlauf.

Jetzt sitzt er neben mir, fingert sein angelulltes Tabakpäckchen heraus und beginnt, sich eine zu drehen, während er in die Sonne blinzelt. „Nur noch eine Woche, ist das nicht krass?"

„Ja, stimmt schon", sage ich. Der Marktplatz ist gut gefüllt, überall laufen Leute mit ihren Einkäufen herum, und auf den Bänken und Blumenkästen sitzen hauptsächlich Schüler*innen und essen irgendwelches Fastfood, das sie sich an den umliegenden Imbissbuden ober bei Netto geholt haben. Es liegt eine lockere, fast heitere Stimmung in der Luft, aber vielleicht bilde ich mir das auch nur ein. Vielleicht bin ich es, der sich so fühlt. Weil Sommer ist. Etwas in Bewegung geraten ist. Weil bald ein neuer Lebensabschnitt für mich beginnt.

Das macht mir zwar auch Angst, aber eigentlich finde ich es cool.

Plötzlich sehe ich eine große, dünne Gestalt direkt vor mir über den Platz laufen, die mir bekannt vorkommt. Ich muss die Hand über die Augen legen, dann erkenne ich ihn.

„Skandi, he, Skandi!"

Ich winke wie verrückt, und Skandi bleibt stehen. Für einen Moment sieht er sich suchend um, als würde er nach einem Ausweg suchen, aber dann kommt er doch zu mir herüber.

„Mensch, Skandi! Was machst du denn hier?"

Skandi lächelt schief. „Könnte ich dich auch fragen." Er trägt eine zerschlissene, weißkarierte Hose, dazu verlatschte Sneakers und ein weißes Shirt mit ausgeleiertem Kragen. Es ist das erste Mal, dass ich ihn mit kurzen Ärmeln sehe, und als würde auch ihm das bewusst, reibt er sich den Arm und drückt ihn dann unbehaglich an sich. „Ich jedenfalls muss was holen, für meinen Betrieb." Wie zum Beweis hebt er eine große Stofftasche an. „Muss gleich weiter. Wir sehen uns, oder?" Er nickt mir zu und dann auch Emil und geht eilig davon.

„Wer war das denn?", fragt Emil und sieht Skandi verwundert hinterher.

„Skandi. Der … den kenn ich aus so einer Gruppe, in der ich jetzt bin", sage ich und gucke Skandi ebenfalls hinterher.

Seine ganze dürre Gestalt drückt äußerstes Unbehagen aus, und auf einmal tut er mir leid. Diese dünnen Arme und Beine, und dazu noch die blauen Flecken auf seinen Armen … Plötzlich fällt mir ein, dass ich gar nicht weiß, wo genau er eigentlich arbeitet. Ich hab ihn nie richtig gefragt, Levi hat erzählt, dass er bei einem Bäcker angestellt ist, aber ob das eine Ausbildung ist oder ein Minijob oder sonst was, keine Ahnung. Eigentlich scheiße von mir.

Und auf seine Frage, ob wir mal ins Kino gehen, habe ich eigentlich auch nicht richtig geantwortet. Auch scheiße von mir.

„Du kennst Leute!", sagt Emil und grinst. „Was für eine Gruppe denn?"

Ich hole tief Luft. „Eine Gruppe für Transleute", sage ich. „Da bin ich jetzt seit Oktober. Ist ziemlich cool."

Emil starrt mich an. „Transleute? Bist du jetzt trans oder was?" Er sieht aufrichtig verblüfft aus. Als wäre das das Letzte, was er mit mir in Verbindung bringt.

„Ja", sage ich. „Was hast du denn gedacht?"

Emil denkt kurz nach und kratzt sich am Hals. Dann zuckt er mit den Schultern. „Na ja, ich hab gedacht … ich weiß nicht, ich dachte einfach, du bist eben … du bist eben so, wie du bist. Einfach Noni. Keine Ahnung. Ehrlich gesagt, ich hab überhaupt gar nicht drüber nachgedacht. War irgendwie kein Thema für mich." Er grinst verlegen, und ich grinse zurück.

Kein Thema. Eigentlich auch mal schön.

* * *

In den letzten Wochen habe ich noch viel mehr gelesen zum Thema. Manchmal schwirrt mir der Kopf von all den Begriffen und den Theorien. Und ich frage mich, wie es sein kann, dass ich einfach nie darauf gekommen bin, dass es das ist, was dich in den letzten Jahren so sehr beschäftigt hat.

Für mich warst du ja immer genau gut so, wie du warst. Klar, du warst immer ziemlich wild als Kind und hast es gehasst, Röcke anzuziehen, aber wir haben dich ja auch nie dazu gezwungen. Ich hatte selber nie Röcke oder Kleider an als Kind, aber mein Geburtsgeschlecht habe ich nie infrage gestellt.

Warum war ich so blind?

*Vielleicht, weil ich nie vorher Berührungspunkte mit dem Thema in meiner näheren Umgebung hatte. Als hätte ich in einer Blase gelebt, die jetzt geplatzt ist. Oder leben wir jetzt in einer Blase, gemeinsam, du und ich und deine Freund*innen?*

Aber ich kann mich auch nicht mit allem anfreunden, vor allem nicht mit vielen Begriffen. Warum heißt es „das bei der Geburt zugewiesene Geschlecht", zum Beispiel? Die Hebammen und das medizinische Personal weisen doch nichts zu, sondern notieren einfach, was sie sehen – und das nach jahrtausendealten Gewohnheiten. Sicher, Gewohnheiten kann man auch ändern … Und warum soll es jetzt nicht mehr Frauen, sondern „Menschen mit Uterus" heißen? Ich kenne zahlreiche Frauen, gerade ältere, die keine Gebärmutter mehr haben, sind das also keine Frauen und auch keine Menschen mit Uterus? Was dann? Und was ist mit den XY-Frauen, die ohne Uterus und Eierstöcke geboren wurden?

Und wieso gibt es das nur für Frauen, diese Umbenennungen? Ich hab noch nie gehört, das jemand fordert, es solle in Zukunft nicht mehr Männer, sondern Menschen mit Penis heißen oder so. Das ist doch mal wieder wirklich sexistisch!

Und dann das Wort TERF, das grob gesagt biologische Frauen bezeichnet, die Transpersonen grundsätzlich nicht als Frauen ansehen. Dich betrifft das ja wiederum nicht, denn du willst ja ausdrücklich keine Frau sein. Aber würdest du deinen Körper vielleicht doch genau so behalten, wie er jetzt ist, wenn du dich kleiden, nennen und verhalten könntest, wie du willst, ohne in eine Schublade gepresst zu werden?

Das Thema ist für mich jetzt allgegenwärtig. Oder besser, die Themen, denn es ist ja nicht nur eins. Es sind so viele Themen und Dinge und Aspekte, die damit zusammenhängen, so unübersichtlich viel. Ich habe das Gefühl, nur den Zipfel einer Decke beiseitegezogen zu haben. Aber die Decke ist riesig groß, und es gibt noch unendlich viel darunter zu entdecken. Und ich habe immer Angst, dass mir etwas Wichtiges entgeht.

Und ich frage mich, ob du das alles eigentlich selbst überblickst.

Ich klappe das Heft zu. Schon wieder bin ich irgendwie sauer, wie so oft, wenn ich im Mama-Buch lese. All diese Fragen, die sie sich stellt und nicht beantworten kann. Und auch diese vielen Fragen, die Mama mir stellt und die ich auch nicht beantworten kann.

Mit Schwung ziehe ich die Schreibtischschublade auf, stopfe das Heft hinein und knalle sie zu.

„Was machst du da?"

Ich fahre herum. Feli steht hinter mir in der Tür und sieht mich verwundert an.

„Nichts", sage ich. „Jedenfalls nichts, was dich was anginge."

Feli verzieht den Mund, dann fängt sie an zu weinen. Ich verdrehe die Augen. Nicht das auch noch!

„Feli", sage ich, stehe auf und nehme sie in den Arm. „Mensch, Feli, echt jetzt. Ist doch nicht so schlimm!"

„Du bist aber manchmal so fies zu mir!", schluchzt Feli und weint noch heftiger. Zu allem Überfluss höre ich von unten Mamas Stimme.

„Was ist denn da oben los?"

„Nichts!", rufe ich, während ich versuche, meine immer noch am ganzen Körper zitternde und heftig schluchzende kleine Schwester zu beruhigen. Manchmal ist sie echt eine Dramaqueen, die Feli. So war ich nie. Aber ich war ja im Grunde auch nie ein kleines Mädchen.

„Na ja, für nichts wird da oben aber ganz schön heftig geweint", sagt Mama und kommt die Treppe heraufgestapft, ihren Lieblingsfüller in der einen und ein Heft in der anderen Hand.

Schreibt sie etwa noch ein weiteres Buch? Bitte nicht!

„Was ist denn los, Feli?" Mama hockt sich hin, und Feli, von so viel Aufmerksamkeit umhüllt, beruhigt sich allmählich. Sie schnieft vor sich hin und reibt sich mit ihren kleinen Fäusten die Augen, während sie mir einen schiefen Blick zuwirft und sich dann von Mama in die Arme nehmen lässt. Über ihre Schulter hinweg sieht Mama mich forschend an, und ich zucke mit den Achseln.

„Feli, was ist denn?", fragt Mama noch mal.

„Noni war doof zu mir", sagt Feli leise, und ich stehe auf und gehe in mein Zimmer. Mit Nachdruck mache ich die Tür hinter mir zu, und es ist mir auch egal, dass Mama mir hinterherruft.

Sollen sie mich doch in Ruhe lassen. Alle!

Aber natürlich klopft es kurz darauf an meiner Tür, und natürlich macht Mama sie auf und kommt zu mir herüber, setzt sich aufs Bett neben mich und legt mir die Hand auf die Schulter, so lange, bis ich mir das Kissen wieder vom Kopf ziehe.

„Was ist denn los, mein Schnuff?", fragt sie, und ich spüre, wie mir die Tränen in die Augen schießen.

Wüsste ich selbst gern.

„Nichts“, sage ich rau. „Aber mich kotzt das alles einfach manchmal an. Ich will einfach meine Ruhe!“

Mama sieht mich mit ihrem typisch ernsten Blick an, als könnte sie in mich hineingucken. Sie braucht gar nichts zu sagen.

Wenn ich meine Ruhe hätte haben wollen, dann hätte ich diesen Weg auf gar keinen Fall einschlagen dürfen.

Meine Ruhe werde ich sehr lange nicht haben.

Und vielleicht nie.

Mama beugt sich vor und nimmt mich in den Arm, und nach einem langen Moment des Sträubens lasse ich es zu.

„Noni“, sagt Mama. „Das wird schon alles. Und vielleicht machst du jetzt einfach mal was Schönes. Zum Beispiel, mit Feli im Planschbecken planschen. Wie wäre es denn mal damit?“

* * *

Feli ist so glücklich, als ich ihr verkünde, dass ich tatsächlich mit ihr ins Planschbecken gehe, dass sie sich gar nicht mehr einkriegt. „Mama, Noni und ich baden! Mama, Noni geht mit mir ins Planschbecken!“, ruft sie ein ums andere Mal und rennt wie ein Flummi durchs Wohnzimmer in den Vorraum und wieder zurück. Dann braucht sie noch eine Weile, bis sie die beiden aufblasbaren Bälle und ihre bescheuerte Quietscheente gefunden hat, und dann noch mal ein paar Minuten, um ihren rosa Bikini, den sie zum Geburtstag bekommen hat, anzuziehen.

Währenddessen hocke ich in meinem Badeanzug, über den ich meine Boardshorts und ein weites, schwarzes T-Shirt gezogen habe, schon am Becken und fülle es mit dem Schlauch aus der Wassertonne auf.

Die Tonne steht unter der Eiche, und natürlich ist das Wasser durch die hohen Temperaturen der letzten Wochen eine ziemlich warme Plörre, aber es tut trotzdem gut, als Feli und ich uns schließlich gleichzeitig hineinstürzen und um die Quietscheente zu kämpfen beginnen.

„Meine!“, kreischt Feli und grapscht nach der Ente, aber ich halte sie höher und spritze Feli gleichzeitig einen Schwall Wasser ins Gesicht. Sie kreischt auf und stürzt sich auf mich, und ich verliere das Gleichgewicht und falle nach hinten. Feli juchzt auf und klettert auf meinen Bauch, und tatsächlich kriegt sie die Ente zu fassen, die mir aus den glitschigen Fingern rutscht, und jubelt lauthals los.

Ich fasse nach ihr, und als ich an meinen Armen heruntersehe, fällt mir auf, dass sie kräftiger aussehen. Klar, ich trainiere ja auch jetzt regelmäßig, aber ich habe den Eindruck, dass die Muskeln selbst sich auch verändert haben. Irgendwie sehen meine Arme viel konturierter aus als vorher. Oder bilde ich mir das nur ein?

„Weitermachen!“, quengelt Feli, und ich hole tief Luft, stoße ein böses, lautes Grummeln aus und lange mit beiden Händen nach ihr. Feli kichert so doll, dass sie sich verschluckt, und dann hüpft sie auch schon aus dem Becken und quer durch den Garten und ich im nächsten Moment hinter ihr her. Hintereinanderher toben wir quer über den Rasen, um die Hausecke herum zu den Gemüsebeeten, daran vorbei und einmal in der Runde herum und dann wieder rüber zum Gartenzaun, und Feli kreischt und kichert und jubelt so laut, dass ich mein eigenes Brummen und Grölen fast nicht mehr hören kann.

Am Zaun packe ich sie schließlich und hebe sie hoch in die Abendluft, und Feli japst nach Luft.

„Gibst du auf?“, rufe ich drohend.

„Nein!“, schreit Feli. „Niemals!“

Aber dann hebt sie doch beide Hände. „Ich kann nicht mehr!“, lacht sie, und ich lasse sie herunter, nicht ohne ihr noch einen dicken Kuss auf die feuchte Kinderwange gedrückt zu haben. Feli nutzt ihre Chance, kaum dass ihre nackten Füße den Boden berührt haben. „Fang mich doch!“, ruft sie und jagt davon. Ich will ihr hinterher, als ich plötzlich die Gestalt entdecke, die hinter dem Gartenzaun steht.

Mein Herz setzt einen Moment aus.

„Na, ihr habt ja Spaß!“, sagt Mirna und grinst mich an. „Ist das deine kleine Schwester?“

Ich stehe wie angeschraubt da und starre sie an. Erst nach einem Moment finde ich die Sprache wieder. „Äh, ja, das ist … das ist Felice“, sage ich und spüre, dass ich knallrot anlaufe.

Mirna betrachtet mich. Die Abendsonne steht schräg hinter ihr und blendet mich, so dass ich ihr Gesicht nicht richtig erkennen kann. Aber ihre Haare, so viel kann ich erkennen, sind nicht mehr schwarz und auch nicht wieder blau, sondern blond und superkurz, wie rasiert. Sieht natürlich aus. Also, die Farbe.

„Ist ja süß“, sagt sie. „Ich hätte auch gern eine kleine Schwester.“

„Ich kann sie dir gern mal ausleihen“, sage ich und räuspere mich. Dann verschränke ich die Oberarme vor der Brust. Mein Badeanzug, den ich unter dem T-Shirt trage, ist zwar total eng, so gut wie ein Binder, aber man weiß ja nie.

Mirna lacht. „Klar, können wir machen.“ Sie hebt eine Hand und fährt sich über die Wange, dann wechselt sie das Standbein. Irgendwie sieht sie anders aus, aber ich weiß nicht genau, warum. Jedenfalls nicht wegen der Haarfarbe. Hinter ihr kommt ein Auto die Straße entlang und wird langsamer. „Ich hab dich lange nicht gesehen, warst du weg?“

„Ich?“ Ich bin so verdutzt, dass es mir die Sprache verschlägt. „Nein, ich … nee, ich war nicht weg. Ich war hier. Und … äh, waren doch nur ein paar Tage, oder?“

Mirna grinst schon wieder, dann holt sie ihr Handy raus. Das Auto fährt an ihr vorbei und setzt den Blinker. „Sag mal deine Nummer an“, sagt sie. „Dann können wir mal zusammen chillen oder so. Wenn du willst.“

In diesem Moment kommt Feli wieder um die Ecke gewetzt, einen der beiden großen aufblasbaren Bälle im Arm. „Noni, komm, komm mit!“ Als sie Mirna sieht, wird sie für einen Moment still, dann strahlt sie Mirna an. „Spielst du mit? Wir sind im Planschbecken!“

Mir rutscht das Herz in die Hose. Wenn Mirna da jetzt drauf einsteigt, fall ich tot um. Das geht gar nicht!

Aber Mirna lacht nur und schüttelt den Kopf. „Nee. Das nun jetzt gerade nicht, aber vielleicht ein andermal. Ich muss weiter. Was ist denn jetzt, sagst du mir deine Nummer, Noni?“

Ich stammele meine Nummer heraus, während Feli eine Flunsch zieht und Mirna ungeniert anstarrt, während sie meine Nummer eingibt. Als sie das Handy wieder einsteckt, lächelt Feli breit, und ihre Augen blitzen.

„Du siehst toll aus so fast ohne Haare!“, sagt sie. „Noni, willst du nicht auch mal so Haare haben?“

„Ach, also, ich ...“ Dann hole ich Luft. „Nee, erst mal nicht“, sage ich. „Und wenn, dann sehe ich bestimmt nicht so gut aus damit wie Mirna.“

„Danke!“, sagt Mirna, zwinkert mir zu und streckt eine Hand über den Zaun, um Feli durchs nasse Haar zu wuscheln. „Tschüss, ihr zwei, bis bald! Und viel Spaß noch!“

Und damit geht sie los. Ich drehe mich rasch um, damit ich gar nicht erst in Versuchung komme, ihr hinterherzustarren, aber Feli glotzt ihr ungeniert nach.

„Die ist nett!“, sagt sie. Und dann hebt sie den Ball. „Los jetzt!“

Und plötzlich weiß ich, was an Mirna so anders ausgesehen hat. Das Septum ist weg.

* * *

Lange dauert es aber nicht mehr, dann ruft Mama Feli rein, damit sie sich bettfertig macht. Feli murrt und bettelt, aber es hilft nichts, Mama bleibt hartnäckig. Schließlich schlendert sie im Schneckentempo ins Haus, und ich lasse die Luft aus den Bällen und klemme sie unters Becken, damit sie nicht wegfliegen. Die Quietscheente setze ich auf den Beckenrand, dann hocke ich mich auf den Rasen vors kleine, hölzerne Fußballtor, das Papa vor Jahren selbst gezimmert hat, schiebe den alten Lederfußball zur Seite und lehne mich dagegen.

Gestern war es wärmer, aber es ist immer noch heiß genug, um die warme Abendluft zu genießen.

Ich schließe die Augen.

Ihr Lachen ist echt süß. Und die abrasierten Haare stehen ihr wirklich gut.

„Na, war das deine Freundin?" Eine Stimme reißt mich aus meinen Gedanken. Ich mache die Augen auf. Heute ist offenbar der Tag der Überraschungen. Till steht drüben an der Terrasse, die Hände in den Hosentaschen. Langsam kommt er näher und hockt sich neben mich. „Ist ja ganz süß, die Kleine."

Sofort steigt der Ärger in mir hoch. „Die ist nicht klein", sage ich, obwohl ich natürlich weiß, dass er darüber lachen wird, was er auch tut. „Und außerdem ist das nicht meine Freundin!"

„Sondern?" Er hebt die Brauen und sieht mich forschend an.

„EINE Freundin", sage ich trotzig, ziehe die Beine an und verschränke die Arme um die Knie.

„Na dann." Ich spüre, wie er mich mustert. Und obwohl ich ja gleich zwei Schichten Kleidung anhabe, fühle ich mich auf einmal nackt. Seine Gegenwart ist mir unangenehm.

„Und sonst so?", frage ich trotzig zurück. Till lächelt, dann steht er wieder auf und streckt sich, dass die Gelenke knacken.

„Alles gut", sagt er. „Und bei dir? Julia sagt, dass du die Schulzusage bekommen hast? Glückwunsch."

„Ja, danke."

Er betrachtet mich kurz von oben herab, dann zieht er mit einem Fuß den Fußball zu sich heran und kickt ihn gekonnt in die Luft, um ihn gleich darauf wieder aufzufangen. „Na, bisschen bolzen?"

Ist das ein Friedensangebot? Einen Moment zögere ich, dann springe ich auf. Till lässt den Ball zu mir herüberrollen, dann läuft er auf mich zu. Ich drehe mich einmal im Kreis, wobei ich den Ball mitnehme, setze zurück und tunnele ihn. Wie der Blitz bin ich auf der anderen Seite und umrunde Till, der mir aber gekonnt dazwischengrätscht und den Ball abnimmt. Ich muss lachen und hetze hinter ihm her, und Till schreit auf und rennt los, verliert aber den Ball. Ich schnappe ihn mir und mache kehrt, aber schon ist Till wieder hinter mir, zupft mich am Shirt und kickt den Ball sofort wieder zur Seite, als ich kurz stolpere.

„Das ist unfair! Foul!“, rufe ich, aber Till läuft lachend zur anderen Seite des Gartens hinüber, zielt und knallt den Ball dicht neben mir ins Tor. Ich flitze los, und als ich den Ball hochnehme und mit einem satten Schuss an Till vorbei in den hinteren Teil des Gartens befördere, da ist es für einen kurzen Moment wieder so wie früher. Wie früher, als ich noch jünger war und Till und ich ein total enges, gutes Verhältnis hatten, als wir immerzu zusammen getobt und gespielt und einfach mega viel Spaß miteinander gehabt hatten.

Till rennt hinter mir her, zupft mich wieder am Shirt und befördert mich diesmal damit unsanft auf den Boden.

„Foul!“, brülle ich erneut und springe auf, leider genau in die Richtung, in die Till gerade eben den Ball geschossen hat. Es knallt, dann sehe ich Sternchen und liege schon wieder auf dem Boden.

Einen Moment später kniet Till über mir. „Oh, Scheiße“, sagt er und runzelt die Stirn. „Alles gut bei dir?“

Ich blase die Backen auf und setze mich auf. Mir ist echt schummrig, kein Wunder. Tills harten Antritt kenne ich ja schließlich. „Ist schon okay“, sage ich und atme aus. Es klingelt mir in den Ohren, aber das will ich mir natürlich nicht anmerken lassen.

„Na dann, steh auf! Oder bist du ein Mädchen?“ Till grinst mich an, aber etwas an diesem Grinsen gefällt mir überhaupt nicht. Ich rappele mich auf und schwanke ein wenig, dann lasse ich ihn einfach stehen und gehe zur Terrasse hinüber.

„He, war's das schon?“, ruft Till mir nach.

Ich antworte nicht. Papa taucht in der Küchentür auf, als ich langsam zur Treppe rübergehe.

„Na, Schnuff, hast du Hunger? Gibt gleich Abendessen.“ Er wischt sich die Hände an einem Geschirrtuch ab, aber ich kriege es einfach nicht hin zu antworten. Stattdessen gehe ich die

Treppe hoch und beiße dabei die Zähne zusammen, um nicht plötzlich loszuheulen.

„Was ist denn mit Noni los?", fragt Papa unten verwundert, aber ich will Tills Antwort gar nicht hören. Mit festem Griff ziehe ich meine Zimmertür hinter mir zu und atme tief aus.

Was für ein beschissener Tag!

* * *

Oder bist du ein Mädchen? Natürlich hat er das extra gefragt, um mich zu provozieren.

Dabei war es auch echt nicht immer übel, als Mädchen zu leben. Ich kann mich an viele gute Situationen erinnern, in denen ich mich völlig okay gefühlt habe: Wenn Papa mich auf den Schoß nahm und mit mir kuschelte, während wir zusammen einen albernen Film im Fernsehen anguckten. Oder wenn ich mit den Mädchen aus meiner Kitagruppe zusammen Blumenkränze flocht oder Mandala malte. Oder meinen Puppenwagen mit Felix, meiner Jungenpuppe, durch die Gegend schob. Oder mich von Till durchkitzeln ließ.

Aber lag das damals daran, dass ich mich als Mädchen fühlte? Bestimmt nicht. Ich glaube, es war eher so, dass ich mich in diesen Situationen einfach wohlfühlte, egal, welches Geschlecht ich auch immer haben mochte.

Hängt ja auch nicht alles davon ab.

Und vielleicht bin ich auch nichts von beidem. Vielleicht bin ich ja nonbinär, etwas ganz Eigenes. Eins von über 60 Geschlechtern, die es ja angeblich gibt.

Andere Leute sagen, es gäbe nur zwei Geschlechter, weil nur sie diese beiden Keimdrüsen besitzen und sich fortpflanzen können. Alles andere sei eine Zwischenstufe, im Prinzip eine Form von Intersexualität.

Das lässt sich ja biologisch überprüfen, aber bei mir trifft es nicht zu. Äußerlich und biologisch bin ich tatsächlich weiblich angelegt. Aber das heißt ja nichts. Das sagt nichts darüber aus, wie ich mich innerlich fühle.

Und dass ich mich nicht wie ein Mädchen fühle, das weiß ich genau.

Und daran ändert auch die Frage nichts, die ab und zu klammheimlich in meinem Hinterkopf auftaucht: Woher will ich denn eigentlich wissen, wie ein Mädchen sich fühlt, wenn ich selber keins war?

* * *

„Noni, jetzt haben wir uns ja ein bisschen kennengelernt. Was denkst du, sollen wir jetzt mal gemeinsam überlegen, wie es weitergehen kann?“ Frau Doktor Frehner sah mich an, ernst und freundlich zugleich.

„Klar“, sagte ich nervös und sah zu dem lebensgroßen Plastikskelett in der Ecke des Raumes, dem jemand eine Baseballkappe der New York Yankees aufgesetzt hatte. Dahinter stand, halb verdeckt, eine Waage mit Maßeinheit. Wie beim Arzt.

Aber Frau Doktor Frehner war ja auch nicht nur Kinder- und Jugendpsychiaterin, sondern Medizinerin. Spezialisiert auf Geschlechtsdysphorie im Kindes- und Jugendalter. Also auf Leute wie mich.

Vorausgesetzt, sie fand, dass ich dazugehörte. Was ich jetzt gleich hören würde. Oder eben nicht.

„Wie ist es denn bei dir, was denkst du? Könntest du dir vorstellen, den Weg, der vor dir liegt, gemeinsam mit mir zu beschreiten?“

Ich drehte ruckartig den Kopf und sah sie an. War das ein Angebot? Oder wie? „Äh, also, meinen Sie jetzt, ob ich gern weiter zu Ihnen kommen würde?“

„Ganz genau. Würde dir das gefallen?“

Komisch, irgendwie hatte ich mir eine Psychiaterin insgeheim ganz anders vorgestellt, nicht so klein, rundlich und entspannt wie diese Frau Doktor Frehner, die sich jetzt zurücklehnte und mich offen anlächelte.

„Öh, also“, sagte ich. „Also, das wär … das wär schon cool.“ Wieso in aller Welt kriegte ich nicht einfach ein „ja“ raus? Mann, ich hatte echt ein Talent für dämliche Antworten.

Doktor Frehner lächelte. „Das nehme ich jetzt mal als ja, richtig?"

Ich nickte und spürte, dass ich rot anlief.

Keine Ahnung, wo Mama am Ende diese Adresse aufgetan hatte. Ich hatte die Hoffnung schon fast aufgegeben gehabt, im nächsten halben Jahr einen Termin bei einer geeigneten Psychologin oder einem Psychiater zu finden. Aber dann war Mama mit einem Ersttermin bei Frau Doktor Frehner um die Ecke gekommen. Ihre Praxis lag zwar nicht gerade in der Nähe, und Mama oder Papa mussten mich zu jedem Termin extra fahren, weil ich sonst fast eineinhalb Stunden unterwegs wäre. Aber Frau Doktor Frehner hatte mir auf Anhieb echt gut gefallen, und das nicht nur beim ersten Termin, sondern auch beim zweiten und eben heute. Sie stellte nicht nur die richtigen Fragen, sondern sie war einfach cool.

„Ich würde sagen, dann sind wir uns einig, Noni. Ich werde dich gern als Patienten aufnehmen und würde nun erst mal ein halbes Jahr veranschlagen mit wöchentlichen Sitzungen, und dann sehen wir weiter, okay?" Frau Doktor Frehner sah mich abwartend an, und als ich nickte, lächelte sie und tippte etwas in ihr Tablet.

„Cool", sagte ich. „Danke."

Sie blickte auf, und ihre weißblondgefärbten Haare fielen ihr in die Stirn. „Gerne. Weißt du, viele Leute sagen, man solle doch in einer Situation wie der deinen erst mal nichts tun und abwarten. Aber weißt du, was ich dazu denke?"

„Nein?" Ich hob die Brauen.

„Ich denke, nichts zu tun ist nicht normal. Denn die Pubertät schreitet weiter voran. Und damit auch der Leidensdruck. Mein Job ist, dir zu helfen. Und das möchte ich gern tun, dein Einverständnis vorausgesetzt."

Wieder blickte sie mich forschend an, und dann, ganz langsam, sah ich, wie sich ein Lächeln auf ihrem Gesicht ausbreitete. Ein Lächeln wie ein Widerschein. Denn ich lächelte auch.

* * *

„Ha, krass, oder?“ Levi sieht mich erwartungsvoll an. „Das ist ein so cooles Teil, das merkt kein Mensch mehr, dass ich da unten rum eigentlich eine Luftnummer bin. Noch!“ Er lacht vergnügt und setzt sich breitbeinig auf sein Bett. Auf der flachen Hand hält er mir seinen Silikonpenis hin. Aber nicht etwa, damit ich ihn nehme, sondern nur, damit ich ihn bestaune.

„Sehr cool“, sage ich und hocke mich neben Levi. Sein Gesichtsausdruck ist geradezu ehrfürchtig, als er das orangefarbene Silikongebilde betrachtet, das einem richtigen Penis mit Hoden nur so ungefähr nachempfunden ist.

„Na ja, so betrachtet sieht es natürlich beknackt aus“, sagt Levi und grinst mich mit verschwörerischer Miene an. „Aber in der Hose überzeugt es voll. Oder?“ Er steckt sich den Penisersatz mit einer flüssigen Bewegung in die Hose, schiebt ihn zurecht und steht auf, um mir das Ergebnis zu präsentieren.

„Ja, doch, echt echt“, sage ich und muss über die dämliche Formulierung lachen. Levi lacht auch und dreht sich ein wenig in den Hüften, dann lässt er sich neben mich fallen und verschränkt die Arme hinter dem Kopf.

„Aber weißt du, Noni, wenn ich dann erst mal meinen eigenen habe …“ Einen Moment lang ist er ruhig, dann schlägt er ein Bein übers andere. „Ich bin total gespannt drauf. Dann kann ich sogar in der Männerumkleide duschen gehen.“

„Gehen die Narben auf der Brust denn noch weg?“, frage ich. Denn die bei der Mastektomie, der Brustabnahme, entstandenen sind ziemlich gut sichtbar, finde ich.

„Na, das hoffe ich“, sagt Levi und setzt sich wieder aufrecht hin. Ich gucke unauffällig auf mein Handy, aber da tut sich nichts.

Seine Mutter hat in der Küche das Radio eingeschaltet, für einen Moment ist die Stimme eines Moderators zu hören, dann setzt Musik ein, ein alter Hit aus den 70ern, den sie fröhlich mitsingt. Sie kocht heute für Levi und mich, zum zweiten Mal. Pasta mit Champignonsoße und Salat. Kann sie echt gut.

„Weißt du, die Narben sind nicht das Problem“, fährt Levi fort und knüllt sein Kuschelkissen in seinem Schoß zusammen.

„Und der Penoidaufbau auch nicht. Ich werde eine riesige Narbe haben, hier am Unterarm“ – er hält mir seinen Arm hin und fährt mit einem Finger leicht über die weiche Haut auf der Innenseite –, „daraus, also aus diesen Hautlappen hier, formen sie das Ding ja dann. Und hier, den Unterarm, füllen sie dann wiederum mit Haut aus dem Bauch auf. Also hab ich dann zwei Riesennarben, was soll's. Aber dass ich vielleicht nie mehr einen Orgasmus kriege, das finde ich schon … schräg. Also, die Vorstellung.“

„Wie hoch ist denn die Wahrscheinlichkeit?“, frage ich vorsichtig. Wir haben schon ein paarmal darüber geredet, aber eher in Andeutungen, noch nie so richtig konkret.

Levi zuckt mit den Schultern und springt auf, wobei er das Kissen aufs Bett wirft. „Na ja, keine Ahnung. Hoch, glaube ich.“ Er blickt aus dem Fenster. Ich weiß genau, was er da sieht: den vierstöckigen Wohnblock gegenüber mit den weißgestrichenen Balkonen, auf denen jetzt jede Menge Sonnenschirme aufgespannt sind. „Aber weißt du, ich kenn das ja schon eigentlich. Seit ich die gegengeschlechtlichen Hormone nehme, ist damit sowieso schon nicht mehr viel los. Also, ich fühl noch was, aber nicht mehr so … so richtig.“

Ich muss schlucken. Das wusste ich nicht.

Levi scheint meine Betroffenheit zu spüren, denn er dreht sich zu mir um und mustert mich nachdenklich. „Ist das bei dir nicht so?“, fragt er.

Ich schüttele den Kopf. Sagen kann ich gerade nichts. Meine Kehle ist auf einmal wie zugeschnürt. Klar, ich weiß, dass man unter Umständen einen hohen Preis dafür zahlen muss, Hormone zu nehmen und sich geschlechtsangleichenden Operationen zu unterziehen. Außerdem haben sowohl Frau Doktor Frehner als auch Doktor Schreiber mich gründlich über die Risiken aufgeklärt. Aber trotzdem – bislang war das für mich nur Theorie, am eigenen Leib habe ich davon ja noch nichts gespürt.

Levi aber offenbar schon.

Er betrachtet mich nachdenklich, dann setzt er sich wieder neben mich und legt mir den Arm um die Schulter. „He, keine

Angst, das muss ja auch nicht so kommen. Bei Leuten, die Pubertätsblocker nehmen, passiert das viel öfter, dass die sexuelle Empfindsamkeit futsch geht. Oder vermindert ist", sagt er. „Aber was mich angeht – mir ist meine Identität wichtiger als der Sex. Und man kann ja auch auf total viele Arten Sex haben."

„Klar." Aber dazu, setze ich im Stillen hinzu, muss man auch überhaupt erst mal Sex haben.

Levi ruckelt an meiner Schulter, dann steht er auf. „Aber weißt du, ich bin echt froh, wenn das alles durch ist. Ich meine, ich wusste schon immer, dass ich mal ein erwachsener Mann sein würde und keine erwachsene Frau. Und dann komme ich garantiert mit diesen ganzen beschissenen Fragen besser klar – bist du schon operiert, kannst du eigentlich noch kommen?"

„Was, so was fragen dich Leute?" Ich muss ziemlich entgeistert aussehen, denn Levi kann sich ein Grinsen nicht verkneifen.

„Und ob, was meinst du denn! Klar. Aber hey, die Leute sind eben einfach neugierig. Auch, wenn es sie nicht die Bohne angeht. Da musst du mit rechnen." Er zuckt mit den Achseln. „Aber dafür hast du ja mich, dass ich dich dahingehend berate." Er zwinkert mir zu und steht auf. „Los, komm, wollen wir mal gucken, wie weit meine Ma mit der Pasta ist? Und dann mal gucken, was ich am Samstag zum queeren Sommerfest anziehen soll? Da musst du mich dann wiederum beraten, ja, Alter?"

„Mach ich doch gern", sage ich und stehe ebenfalls auf. Aber meine Laune ist ziemlich im Keller.

Auf einmal habe ich Angst.

Und das nicht zum ersten Mal.

* * *

„Wie schön, dass du uns auch mal wieder beehrst, mein Herzchen!", sagt Oma und stellt mir die Käseplatte hin. „Hast du Hunger?"

„Ehrlich gesagt, nein. Ich hab schon gegessen, bei Levi." Ich schiebe die Platte zu Feli rüber, die sich sofort eine Scheibe greift und auf ihre Stulle legt.

„Levis Mama hat Nudeln gekocht!", verkündet sie dabei und nimmt noch eine Scheibe. „Für Levi und Noni! Und ich durfte nicht mit!"

Opa lacht und fährt Feli übers Haar. „Das ist kein Wunder, du hättest den beiden bestimmt alles weggegessen!"

Feli kichert, und Opa zwinkert mir zu, während er sich selbst einen großen Rollmops aus dem Glas fischt.

„Aber ich hätte Noni ein kleines bisschen übriggelassen", sagt Feli und klappt ihre Scheibe zu einem handlichen Format zusammen. „Und wisst ihr was, nächste Woche, am letzten Schultag, da gehen wir mit der ganzen Klasse noch in so einen Kletterpark! Und ich kann …" Sie plaudert munter weiter, und ich höre nur noch mit halbem Ohr zu, während ich heimlich mein Handy inspiziere – aber nur so lange, bis ich Mamas scharfen Blick auffange und es wieder wegstecke.

Es ist jetzt schon vier Tage her, dass wir uns am Gartenzaun gesehen haben. Ob ich ihr mal schreiben sollte? Und wenn ja, was?

Pippo hüpft auf meinen Schoß und schnurrt, während er das Nahrungsangebot auf dem Tisch unauffällig beäugt.

„Also, Pippo!", sagt Opa und schüttelt den Kopf. „Du ungezogener Kater!" Aber ich sehe genau, wie er ein Stückchen Mortadella von seiner zweiten Stulle abzweigt. Pippo sieht es auch und springt wieder von meinem Schoß herunter.

„Papa kommt heute später", erklärt Feli und trinkt einen Schluck von Omas selbstgemachter Limonade. „Und kommt Till denn auch, Mama? Den habe ich schon sooo lange nicht gesehen!"

„Stimmt doch gar nicht, Till war doch erst vor ein paar Tagen da", sagt Mama. „Und nein, heute kommt er nicht, er muss arbeiten."

Ich lehne mich erleichtert zurück. Mama wirft mir einen scharfen Blick zu, den ich mit einem Lächeln pariere. In diesem

Moment geht eine Nachricht auf meinem Handy ein. Ich sehe aufs Display, und für einen Moment wird mir ganz schummrig.

Hi, was geht? Nächste Woche mal chillen?

„Nina?"

Verwirrt hebe ich den Kopf. Oma sieht mich an und hält mir den Brotkorb hin. „Willst du nicht doch eine Scheibe Brot?"

„Noni", sagt Mama. „Noni, nicht Nina, Mutter." Und dann lächelt sie mich quer über den Tisch hinweg an.

Opa guckt mich an und blinzelt mir zu.

Und Pippo schnappt sich das Stück Wurst aus seiner Hand und spaziert damit gemütlich davon, mit aufreizend erhobenem Schwanz.

* * *

Über der Tür, die in den Hof zum Begegnungszentrum führt, hängt eine riesige Girlande in Regenbogenfarben, darunter ein Plakat: Herzlich willkommen zum queeren Sommerfest!

„Na, die haben Nerven", sagt Skandi beunruhigt und schüttelt den Kopf.

„Wieso?" Dino, der heute zur Feier des Tages einen Bart und Koteletten angemalt hat, sieht ihn fragend an. Skandi zuckt mit den Schultern.

„Na, das ist doch echt eine Einladung für die ganzen Idioten hier in der Gegend, Terror zu machen." Er seufzt und zieht die Tür auf. Dino wirft ihm einen ängstlichen Blick zu, aber Levi legt ihm die Hand auf die Schulter.

„Keine Sorge, wird schon nichts passieren. Wir sind doch viele! Und darunter jede Menge Brecher wie mich und dich!"

Dino lacht, aber ich sehe Skandis Miene an, dass er das ganz anders einschätzt.

Doch meine Bedenken verfliegen sofort, als ich die fröhliche Menge betrachte, die den Innenhof vorm Begegnungszentrum bevölkert. Es sind wirklich mega viele Leute gekommen, kaum ein Eckchen ist noch frei. Überall stehen Gruppen von schwulen Jungs herum, die Drinks in den Händen halten, dazwischen lachende Mädchen, junge und alte Trans*personen, auch ein paar Kinder und Hunde wuseln herum. Hinter der provisorischen Bar, die mit Regenbogenflaggen geschmückt ist, stehen zwei Typen in rosa T-Shirts mit aufgedruckten Herzen, auf einer kleinen Bühne schwitzt eine DJane mit raspelkurzen Haaren, und der Grill in der Ecke, der von einem sehr dicken, gutgelaunten Typen mit Kochmütze bedient wird, ist von einer Menge hungriger Leute belagert.

Der Duft von Grillwürstchen zieht zu uns herüber, und ein leiser, dezenter Elektrosound wabert durch die heiße Abendluft.

„Ist ja krass hier!“, sagt Dino staunend und bleibt so abrupt vor mir stehen, dass ich fast mit ihm zusammenstoße. „Mann, so viele queere Leute gibt es hier in der Stadt?“

„Und den Dörfern drumrum“, sagt Levi und schiebt ihn vorwärts. „Los, komm jetzt, lass uns Kim und Locke begrüßen!“

Kim und Locke haben sich derart in Schale geschmissen, dass ich mir in meiner abgeschnittenen Jeans und dem an den Ärmeln aufgekrempelten T-Shirt mit „Harley-Davidson“-Aufdruck etwas underdressed vorkomme. Aber Levi trägt ja ähnliche Klamotten wie ich, und das, nachdem wir bestimmt eine Stunde lang alles Mögliche anprobiert haben. Kann also nicht ganz falsch sein.

Allerdings, der Silikoneinsatz in seiner Hose kommt ziemlich echt rüber und garantiert besser als mein Socken-Stuffer, das muss ich neidlos anerkennen, als ich sehe, wie Levi auf Kim zugeht und sie in die Arme nimmt.

Locke klopft Dino liebevoll auf den Hinterkopf und klatscht mich ab. „Na, hab ich zu viel versprochen?“

„Nee“, sage ich anerkennend und sehe mich um. Levi blinzelt mir zu und nickt dann zu einer Gruppe junger Frauen hinüber, die unsere Truppe ganz offensichtlich in Augenschein genommen haben.

Ich spüre, wie ich rot anlaufe. Zu viel Aufmerksamkeit kann ich echt nicht gut vertragen, und so drehe ich mich wieder zu Locke. „Ich muss erst mal was trinken. Du auch?“

„Hab noch“, sagt Locke und hebt theyne Bierflasche. „Aber ich komm mit und stell dir mal Bo und seinen Lover vor, okay?

Und Jack, den legendären Gründer der *Tranxkidz*, wenn er noch da ist!“

Skandi nickt, als ich ihm anbiete, etwas mitzubringen. Dino trabt mit großen Augen hinter uns her, und als wir am Tresen ankommen, zwängt sich Locke zwischen zwei älteren Damen hindurch und tippt einem der Barjungs auf den Arm.

„He, Bo, ich will dir mal Noni und Dino vorstellen! Und gibst du uns gleich drei … nee, vier Bier?“

Bo, der ein freundliches Gesicht hat und die Haare fast kahlgeschoren trägt, nickt mir lächelnd zu und dann Dino. „Noni und Dino …“, ruft er und lacht vergnügt, während er vier Bierflaschen öffnet. „Passt ja super.“

Ich weiß nicht recht, wie das gemeint ist, und Dino auch nicht, was ich an seinem verlegenen Gesichtsausdruck ablesen kann. „Hi“, sage ich deshalb nur und versuche, Bos schlanken, langen Körper kurz abzuscannen. Wie war das noch gleich, war Bo überhaupt trans? Oder nicht?

Manchmal verwirrt mich all das ganz schön. Aber ehe ich mir weiter Gedanken darüber machen kann, reicht Bo mir zwei der Bierflaschen und nimmt meinen Zehner entgegen. Als er mir das Wechselgeld gibt, tippt er dem anderen Barmann auf die Schulter, und der dreht sich zu uns um.

Ich erstarre und lasse meine Flaschen fast fallen.

„Das ist Arvid“, sagt Bo und drückt seinem Freund einen Kuss auf die Wange. „Guck mal, Noni und Dino. Die neuen Tranxkidz. Meine Nachfolger, sozusagen.“

Arvid. Der im weißen Haus gegenüber vom Umspannwerk wohnt und ins Gymnasium geht. Dessen Namen ich ewig nicht wusste.

Der mit Mirna befreundet ist.

Arvid lächelt mir zu und beugt sich vor. „He, du bist Noni? Du wohnst doch auch in Eden, richtig? Von dir hab ich schon viel gehört.“

Einen Moment lang kriege ich kein Wort heraus, dann lächele ich zurück und krächze die allerlahmste Antwort, die man auf diesen Spruch nur bringen kann. „Ach ja? Ich hoffe, nur Gutes.“

Arvid grinst und reicht einem jungen Typen neben mir eine Weißweinschorle und eine Cola. „Klar", sagt er. „Mirna redet in den höchsten Tönen von dir. He, und was darf es für dich sein?"

Die Frage gilt nicht mir, sondern einem älteren Mann mit Schnurrbart, der sofort eine Großbestellung aufgibt. Ich weiche zurück und gehe auf wackeligen Beinen zu Levi, Skandi und Dino rüber, die schweigend dastehen und das Geschehen beobachten. Dino hat schon von seinem Bier getrunken, aber Skandi, Levi und ich prosten uns zu.

„Alles gut?", fragt Skandi.

Ich nicke und trinke die Hälfte der Flasche auf einen Zug aus. Mirna redet von mir? War das ein Spaß, oder hat Arvid das ernst gemeint?

Die nächste Stunde vergeht wie im Fluge. Jack, der vor zwei Jahren die Tranxkidz gegründet hat und letztes Frühjahr zum Studieren nach Tarttu in Estland gezogen ist, lerne ich zwar nicht mehr kennen, weil er schon wieder weg ist, aber sonst haben wir echt viel Spaß. Kim zieht erst Skandi, der sich heftig und erfolgreich sträubt, und dann mich auf die provisorische Tanzfläche, als die DJane ein richtig cooles Lied auflegt, und nach einem Moment lasse ich meine Scheu fallen und lege los. Levi macht sofort mit, und sogar Dino ziert sich nicht lange.

Es ist immer noch so heiß, dass wir alle binnen Minuten komplett durchgeschwitzt sind, aber das macht überhaupt nichts. Das nächste Lied ist noch besser, und Skandi, der uns vom Rand aus regungslos zusieht, holt uns allen neue Getränke.

Levi äugt immerzu zu einer Gruppe Mädels rüber. „Wer nicht wagt, der nicht gewinnt!", flüstert er mir zu. „Nice, oder?" Eins der Mädels, eine schmale Kleine mit Nasenpiercing und wilder roter Mähne, grinst ihm zu, und schließlich gesellt sie sich ebenfalls auf die Tanzfläche. Aus dem Augenwinkel sehe ich, wie Levi und die Rothaarige einander lächelnd umkreisen, dann verliere ich sie aus den Augen, weil Kim mich ausgelassen herumschwenkt und dazu so laut johlt, dass die Musik kaum noch zu hören ist.

Um kurz nach halb zehn verabschiedet sich Dino, der mit seinen vierzehn Jahren um zehn zu Hause sein muss, und ich stelle mich neben Skandi, der mir mein drittes Bier überreicht und nur mit den Schultern zuckt, als ich ihm Geld dafür geben will.

Kim kommt völlig außer Atem zu uns rüber und drückt erst mir und dann Skandi einen Kuss auf die Wange. „Danke fürs Tanzen!", ruft sie vergnügt. „Puh, Jungs, das hab ich aber auch mal gebraucht! Die DJane hat echt einen Orden verdient!" Sie wischt sich mit dem Handrücken über die Stirn und betrachtet mich amüsiert. „He, du hast echt gute Chancen, Noni."

„Was?", frage ich verdutzt. „Wovon redest du?"

„Na, von den ganzen Girls, die dich anschmachten." Sie deutet zur Tanzfläche rüber, wo gerade tatsächlich ein paar junge Mädchen tuschelnd zu uns herübersehen und dann kichernd die Köpfe zusammenstecken. „Aber jetzt brauche ich dringend was zu essen!" Und schon eilt sie zum Grill.

Ich sehe verstohlen zur Bar hinüber, wo Arvid und Bo gerade wild knutschen, und nuckele an meinem Bier. Es schmeckt mir nicht besonders, und das nicht nur, weil es lauwarm ist.

Vorausgesetzt, es stimmt, dass Mirna gut über mich gesprochen hat – was bedeutet das denn?

Wenn ich nur wüsste, was ich ihr schreiben sollte.

„Dino steht auf dich, oder?"

„Hä?" Ruckartig drehe ich mich zu Skandi um.

„Na, Dino. Der steht auf dich, oder?"

„Keine Ahnung", sage ich und schüttele den Kopf. „Nicht, dass ich wüsste."

Skandi nickt, dann lehnt er sich mit dem Rücken gegen die Wand und stemmt einen Fuß dagegen. „Worauf stehst du denn eigentlich?", fragt er wie beiläufig. „Frauen, Männer, was dazwischen?"

Ich zucke mit den Schultern. „Kann ich dir nicht beantworten", sage ich und betrachte Kim, die jetzt mit dem dicken Kerl am Grill schäkert und wilde Tanzbewegungen macht.

„Kannst du nicht oder willst du nicht?“ Skandis Augen sind dunkel.

„Ich war mal in ein Mädchen verliebt“, sage ich nach einem Moment. „Aber ich bin da nicht so festgelegt. Und du?“

Aber bevor Skandi antworten kann, schieben sich plötzlich drei aufgepumpte Typen an uns vorbei und rempeln mich dabei unsanft an, so dass ich das Gleichgewicht verliere. Skandi greift nach meinem Arm und hält mich fest, dann schüttelt er den Kopf. „Oh, Mann“, sagt er. „Wusst ich's doch!“

Ich drehe mich um und sehe zu, wie die drei Typen sich breit grinsend grob durch die Menge schieben. Ganz offensichtlich suchen sie Ärger, und ganz offensichtlich sind sie auf Drogen, vielleicht Speed oder Liquid Ectasy oder so was, keine Ahnung. Auf jeden Fall irgendwas, das aufputscht und aggressiv macht.

Rücksichtslos rempeln sie mehrere Leute an, dann bleiben sie mitten auf der Tanzfläche vor ein paar jungen Mädchen mit buntgefärbten Haaren stehen und hauen ein paar dämliche Sprüche raus, den Gesichtern der Mädchen nach zu urteilen. Bei den Umstehenden verdunkeln sich die Gesichter, aber niemand sagt etwas.

Skandis Hand ist jetzt wie ein Schraubstock um meinen Arm gepresst, so fest, dass es wehtut. Ich bewege den Arm, und Skandi lässt locker. „Scheiße“, sagt er, und ich sehe Angst in seinen Augen. Und nicht nur Angst. Es wirkt fast, als würde Skandi eine Panikattacke nur mühsam unterdrücken.

„He, alles gut, Skandi“, sage ich, aber er hört mich gar nicht. In seinem schmalen Gesicht zuckt jeder einzelne Muskel, jedenfalls kommt es mir so vor.

Als ich mich wieder umdrehe, sehe ich die drei Typen auf den Grill zusteuern. Einer von ihnen, ein großer, kräftiger mit Basecap, kickt einen Barhocker zur Seite und lacht hämisch, als der zu Boden kracht.

Einen Moment später stehen Locke und Arvid hinter ihnen. Ich sehe, wie auch Levi zum Grill läuft, und setze mich auch in Bewegung.

„Nein, bleib lieber hier!“, flüstert Skandi und versucht, mich festzuhalten, aber ich winde mich aus seinem Griff, gehe rüber und stelle mich dicht neben Levi.

„He, Jungs!“, sagt Arvid laut, und die drei Typen drehen sich um und verziehen geringschätzig das Gesicht.

„Was willst du denn, du Sackgesicht?“ Der mit dem Basecap ist offenbar der Anführer und noch dazu ein bisschen älter als die beiden anderen Jungs, die nicht viel älter als ich sein dürften.

„Was ich will? Dass ihr hier keinen Ärger macht.“ Arvid steht ganz ruhig da. Und obwohl er ein rosa Shirt mit Herzchen drauf trägt, wirkt er total selbstsicher und cool.

„Hä, wieso? Wir stehen doch hier nur rum und wollen eine Wurst essen, ej. Wer macht hier Ärger, hä, wer?“ Basecap hebt die Stimme und ballt die Fäuste.

„Noch macht ihr keinen. Aber wir wollen auch gar nicht, dass es so weit kommt“, mischt Locke sich ein. „Also verzieht euch lieber, ja?“

„Was hast du denn hier zu melden, Dummfresse?“ Basecap ist jetzt richtig sauer.

Auf einmal steht der dicke Grillmeister neben Arvid. „Hausrecht, mein Lieber“, sagt er. „Und von mir bekommt ihr sowieso keine Wurst. Also, wie wäre es, wenn ihr euch jetzt mal davonmacht?“

Basecap guckt immer noch wütend und macht einen Schritt auf den Grillmeister zu, aber der wirkt wenig beeindruckt. Sogar ein Lächeln hat er noch drauf. Echt cool, der Typ!

„Ist nicht eure Liga hier, Jungs, und das wisst ihr auch“, sagt Arvid ruhig und lächelt ebenfalls. „Hier könnt ihr sowieso nicht landen. Ist Zeitverschwendung.“

„Wieso? Wir sind auch schwul!“, sagt Basecap, was garantiert gelogen ist, dem dümmlichen Grinsen seiner Kumpels nach zu urteilen. Aber er erntet ohnehin nur ein müdes Lächeln von Arvid.

Nach einem Blick zu seinen Kumpels, die jetzt etwas betreten aussehen, spuckt er schließlich auf den Boden, zieht sein Basecap nach hinten, und die drei ziehen ab, allerdings nicht, ohne dass Basecap dem umgefallenen Hocker noch einen Tritt versetzt. Die Menge bildet wie von selbst eine Gasse, und einen Moment später sind die drei Störenfriede verschwunden.

„Puh", sagt Levi und atmet erleichtert aus. Dann zwinkert er mir zu. „Ich geh mal wieder zu der Sweeten dahinten. Kommst du mit?"

„Ich komm nach", sage ich. Levi schlendert wieder zu der Rothaarigen rüber, die ihm ein strahlendes Lächeln zuwirft, der Grillmeister geht zum Grill, wo seine Kundschaft ihn mit Klatschen und Johlen empfängt, und Arvid nickt mir zu.

„Danke, dass du dazugekommen bist."

„Aber ich hab doch gar nichts gemacht", sage ich verblüfft.

„Doch. Du hast dich dazugestellt. Das hilft. Solche Typen müssen sehen, dass wir zusammenhalten. Die Eden-Fraktion." Er grinst schief, dann klopft er mir auf die Schulter. „Schade, dass Mirna heute nicht kommen kann."

Ich spüre, wie ich rot anlaufe. „Nee?", frage ich doof.

„Nee, die musste mit ihrer Sippe zur Oma nach Stralsund, feiern deren 75." Arvid betrachtet mich forschend.

„Ja, äh, schade", sage ich und bin total verwirrt. Mirna, hier, beim queren Sommerfest?

„Ja, sehr schade. Aber ich muss wieder zur Bar. Wir sehen uns!" Arvid winkt mir zu und läuft los. Ich stehe einen Moment da wie ein begossener Pudel, dann sehe ich zu Skandi, der immer noch in der Ecke steht, wo ich ihn zurückgelassen habe. Er sieht nicht mehr so panisch aus, aber trotzdem ist sein Blick seltsam.

Etwas stimmt nicht mit ihm.

Aber mit mir ja irgendwie auch nicht.

Kapitel 7

„Noni, Noni, hier!"

Ich drehe mich um. Im ersten Moment erkenne ich Emil gar nicht, so fein hat er sich herausgeputzt mit seinem weißen Hemd und den zurückgegelten Haaren. Svea neben ihm sieht auch krass elegant aus, sie trägt ein grünes Kleid und eine Spange in ihren leicht gelockten Haaren, und ihre Brille ist auch neu.

„Seid ihr irre, so schick hier aufzukreuzen?" Ich knuffe Emil in die Seite und muss über seinen verunsicherten Blick lachen. „Nein, war ein Spaß, ihr seht beide total cool aus!"

Emil lächelt erleichtert, und Svea fällt mir um den Hals und drückt mich fest an sich.

„Du siehst auch toll aus!", sagt sie und seufzt ein bisschen. „Ist das nicht verrückt? Letzter Schultag! Ein paar von den Leuten hier werden wir niemals wiedersehen!"

„Und bei ein paar von den Leuten hier finde ich das auch gar nicht schade", sage ich und grinse Svea vergnügt an. Dann stecke ich die Hände in die Taschen meiner nagelneuen Jeans, die Mama mir gestern extra noch gekauft hat, und sehe mich um.

Vier Jahre habe ich hier mit den Leuten an dieser Schule verbracht, das ist schon schräg. Als wir in der Siebten hier anfingen, waren die Jungs alle noch winzig und die Mädchen schon voll in der Pubertät. Jetzt sind fast alle Jungs in die Höhe geschossen und überragen die Mädchen um mindestens einen Kopf, und die meisten Mädchen wiederum sehen aus wie erwachsene Frauen.

Kann aber auch an den Klamotten liegen; für den Abschlusstag haben sich alle ziemlich fein angezogen, viele der Jungs tragen – wie ich auch – ein Hemd zu ihren Jeans, manche einen Anzug, einige sogar eine Krawatte. Die Mädchen wiederum haben sich reihenweise in enge Kleider und Pumps gezwängt, fast alle sind heftig geschminkt, auch Lotta, die in einem engen schwarzen Abendkleid neben Jamal auf der anderen Seite der Halle steht und sich mit Devin, einem Typ aus der 10b, unterhält, der mir die ganzen Jahre über mit seinem Mackergetue unangenehm aufgefallen ist.

Genau, als ich hinsehe, fangen die beiden an zu knutschen, und ich drehe mich wieder zu Emil und Svea.

Nicht, weil es mir etwas ausmacht, stelle ich fest. Aber angucken muss ich mir das auch nicht gerade.

„Aber wir sehen uns doch weiter, oder?", fragt Svea und rückt ihre neue Brille gerade. „Ich mein, wir können uns doch trotzdem immer mal treffen, findet ihr nicht?"

„Klar", sagt Emil und zuckt mit den Schultern. „Könn' wir machen, klar." Er wechselt nach den Sommerferien aufs Strittmatter-Gymnasium, Svea hingegen beginnt im September ihre Ausbildung zur Bankfachangestellten. Ich kann mir nichts Öderes vorstellen, außer Steuerfachgehilfin vielleicht, aber für Svea, die ein Mathe-Ass ist, scheint das genau die richtige Wahl zu sein. Jedenfalls freut sie sich tierisch drauf.

„Und was meinst du dazu, Noni?", fragt Svea und winkt Janine und Mischa zu, die jetzt auf uns zusteuern. „Oder bist du jetzt dann nur noch mit deinen queeren Leuten zusammen?"

„Quatsch", sage ich. „Wie kommst du denn darauf?"

Janine, die ihren blauen Lidschatten ein bisschen zu dick aufgetragen hat, wirft Unmengen von Küsschen in die Luft, und Mischa begrüßt Emil und mich mit Handschlag.

„Hi, alles klar? Guck mal, geht gleich los", sagt er und deutet zur Stirnseite der Halle, wo sich gerade die Schulleitung versammelt. Özdemir, der heute ausnahmsweise keinen Trainingsanzug trägt, sondern Cordhosen und ein Kurzarmhemd, versucht sich als Antreiber und gestikuliert wild herum, um die Schülerschaft dazu zu bewegen, sich hinzusetzen.

Wir nehmen auf den Bänken Platz, die wir gestern nach dem Sportunterricht in der Halle aufgestellt haben, und genau in dem Moment, als der Schulleiter ans Mikro tritt und die ersten Worte spricht, geht auf meinem Handy eine Nachricht ein.

Der Klingelton ist anscheinend auch ganz vorne gut zu vernehmen, denn Mathe-Schäfer guckt böse in unsere Richtung. Ich ziehe das Handy raus und stelle es auf lautlos, während ich gleichzeitig den Nachrichteneingang checke.

He, hast du morgen Nachmittag Zeit? Bisschen chillen in der Stadt?

Mein Herz rutscht mir in die Hose.

Also war meine kurze Antwort auf ihre Nachricht, die ich ihr dann schließlich nach mehreren Tagen und tausend Versuchen geschickt hab, doch gar nicht so übel gewesen.

Geht klar, schreibe ich.

Sie antwortet fast sofort: *Um drei am Markt.*

„Handy weg", flüstert Mischa neben mir. „Özdemir im Anmarsch!"

Ich stecke das Handy gerade noch rechtzeitig wieder ein, um mit angemessen beflissenem Gesichtsausdruck nach vorn zu starren, wo der Schulleiter immer noch seine salbungsvollen Worte loswird, in denen von „besonderen Herausforderungen" und „schwierigen Zeiten, denen ihr euch stellen müsst" die Rede ist. Özdemir tigert nervös um unsere Bank herum, dann schleicht er wieder nach vorn.

Morgen Nachmittag also. Wie cool ist das denn?

Nervös sehe ich mich um. Svea sieht richtig ergriffen aus, und auch Emil wirkt irgendwie beeindruckt, stelle ich amüsiert fest. An mir perlen die Worte des Schulleiters allerdings ab. Sicher, ein wichtiger Abschnitt meines Lebens geht jetzt zu Ende. Aber dafür hat ein anderer, viel wichtigerer schon angefangen.

Die Reden vorn ziehen sich endlos dahin, und dann werden endlich die Abschlusszeugnisse verteilt. Wir werden in Fünfergruppen nach vorn gerufen, alphabetisch geordnet, und so kommt es, dass ich schließlich mit Jamal, Mervin, Mischa und Luisa aus der 10c nach vorne gehe und mein Zeugnis in Empfang nehme.

Der Schulleiter hat echt Mühe, Mervins und Jamals Nachnamen halbwegs korrekt auszusprechen, und als ich dran bin, guckt er zweimal auf seine Liste, ganz offensichtlich irritiert.

„Nina ….“, sagt er und reicht mir mein Zeugnis. „Gratuliere. Und alles Gute!“

„Danke“, murmele ich und nehme das Zeugnis und die Rose, die mir unsere Geschichtslehrerin, Frau Vanderlucht, überreicht.

Nina. Wie oft ich wohl noch mit diesem Namen, der so gar nicht mehr zu mir passt, angesprochen werde?

Aber das hab ich ja auch selbst mit in der Hand. Ich muss einfach offensiver auftreten, wenn ich wirklich als Mann leben will.

„Nina, würdest du bitte …“ Die Stimme des Schulleiters reißt mich aus meinen Gedanken. Mit gequälter Miene weist er nach hinten, und erst nach einem Moment kapiere ich, dass Mischa, Jamal, Mervin und Luisa bereits wieder zurückgegangen sind und sich auf ihre Plätze gesetzt haben und die nächste Gruppe schon neben mir steht, bereit, ihre Zeugnisse in Empfang zu nehmen. Hastig ziehe ich ab, und der halbe Saal beginnt zu lachen. Aber das macht mir nichts aus. Was soll's, dann lachen sie eben!

Als die leidige Zeremonie endlich vorbei ist und wir alle uns von den Lehrkräften verabschiedet haben und draußen vor der Halle stehen, ist mir trotzdem ein bisschen komisch zu Mute. Nicht, dass ich mich in den vergangenen Jahren hier an der Schule besonders wohlgefühlt habe, aber dennoch ist es ein Abschied.

Emil, Svea und ich beschließen, noch mit Mischa und ein paar anderen eine Flasche Sekt zu köpfen, die Mischa aus seinem Rucksack gezogen hat.

„Wollen wir los?“, fragt er und legt Janine den Arm um die Schulter. Hab ich's mir doch gedacht, dass da was läuft mit den beiden.

„Ich bin so weit!“, sagt Emil, und ich nicke ebenfalls. Mein Handy brennt mir in der Tasche, und ich greife danach, da fange ich Sveas Blick auf und drehe mich um.

Lotta steht genau hinter mir, ihre Tasche über der Schulter, einen merkwürdigen Ausdruck im Gesicht. Ihre Augen leuchten im Sonnenlicht, die Narbe auf ihrer Schläfe ist deutlich sichtbar, und für einen winzigen Moment versetzt mir ihr Anblick einen Stich. Dann ist der Moment auch schon wieder vorbei.

„Tschüss, Noni", sagt sie. „Mach's gut."

„Du auch", sage ich, und dann streckt Lotta die Arme aus und drückt sich an mich. Für einen Moment stehe ich da wie erstarrt, dann erwidere ich ihre Umarmung.

Als wir uns loslassen, kann sie mich nicht ansehen.

Aber Jamal, der plötzlich neben ihr steht, sieht mir direkt in die Augen. „Mann, warst du gerade verpennt da bei der Zeugnisausgabe!", sagt er und grinst breit. Dann boxt er mir gegen den Arm. „Hau rein, Alter. Aber eins noch: Ich fand dich als Mädchen schon scheiße. Aber als Junge auch, dass das mal klar ist." Er grinst wieder, und aus dem Augenwinkel sehe ich, wie Emil die Kinnlade runterkippt, und ich muss lachen.

„Alles klar", sage ich. „Und weißt du was? Ich find dich auch scheiße. Und zwar als Jamal." Und damit drehe ich mich um und gehe los.

Hinter mir höre ich, wie Jamal anfängt zu lachen. Aber komischerweise ist es ein freundliches Lachen.

Egal. Dieses Kapitel ist jetzt endgültig vorbei. Und morgen treffe ich Mirna.

* * *

„Igitt, das schmeckt ja total ekelhaft! Wie kannst du das Zeug nur essen?" Mirna rümpft die Nase und sieht angewidert auf das Halloumi-Sandwich in meiner Hand. „Wie Gummi schmeckt das! Und quietscht auch genauso, wenn man draufbeißt, pfui!"

„Quatsch, das ist total lecker! Du hast ja keine Ahnung!", sage ich und beiße noch mal in mein Sandwich. Genießerisch verdrehe ich die Augen und seufze vor Wohlbehagen. Mirna lacht und schüttelt den Kopf. Dann pikst sie mich unverhofft in den Bauch und springt auf, als ich mich fast verschlucke.

„Ha!", ruft sie. „Siehst du, das eklige Zeug kommt dir gleich hoch! Kein Wunder!"

Ich stopfe mir das restliche Sandwich in den Mund und springe ebenfalls auf, um ihr nachzujagen. Aber Mirna ist schon lachend halb über den Platz und hinter den großen Blumenkübeln vor der Apotheke verschwunden.

Kichernd rennt sie weiter, setzt die Treppenstufen hinauf und düst an zwei alten Damen vorbei, die mürrisch die Köpfe schütteln. Drei Jungs in unserem Alter pfeifen Mirna hinterher, aber sie zeigt ihnen nur den Mittelfinger und hüpft mit Schwung die Treppen wieder herunter und flitzt quer über den Marktplatz, ich immer dicht hinter ihr her.

„Warte!", brülle ich, als ich endlich den letzten Bissen geschluckt habe, was im Laufen gar nicht so einfach ist. „Ich krieg dich doch sowieso!"

Mirna zeigt auch mir den Finger und rast weiter, noch einmal um die Blumenkübel herum und die Treppenstufen hinauf. Dort oben bleibt sie abrupt stehen, dreht sich zu mir um und breitet die Arme aus, und ich fliege wie von selbst hinein. Mein Herz bleibt stehen, und ich weiß gar nicht, wie mir geschieht.

Einen Moment umarmt Mirna mich, dann lässt sie mich wieder los, und wir beide bleiben schnaufend stehen und stützen die Hände auf den Knien ab. Ich bin total verlegen, aber Mirna sieht gar nicht so aus.

„Mensch, du bist echt schnell!", sage ich schließlich, als ich wieder zu Atem gekommen bin. Nur, um etwas zu sagen.

„Du aber auch!" Mirna hockt sich an Ort und Stelle hin, und ich setze mich neben sie. Zum Glück im Schatten, denn es ist heute ganz schön heiß, wie auch in den letzten Tagen schon.

Mirna zieht eine Trinkflasche aus ihrem Rucksack und nimmt ein paar Schlucke, bevor sie mir etwas anbietet.

Ich zögere nur kurz, dann nehme ich auch einen großen Schluck und reiche ihr die Flasche zurück.

Mirna lächelt mich an. „Cool, dass du Zeit hattest", sagt sie. „Und, wie war dein letzter Schultag?"

„Ganz okay. Und bei dir?"

Sie zuckt mit den Schultern. „Nichts Besonderes. Ich hab ja noch zwei Jahre, also bei uns machen wir nach dreizehn Jahren Abi. Finde ich gut, hab ich noch länger Zeit.“ Die drei Jungs schlendern auffällig dicht an uns vorbei und taxieren uns beide. Mirna blickt kurz zu ihnen auf, dann schmiegt sie sich plötzlich an mich, legt den Arm um mich und küsst mich auf den Mund.

Ich erstarre zu Eis, und mein Herz fängt an zu stolpern. *Was ist das denn jetzt?*

Mirnas Gesicht ist dicht vor mir, als sie mich wieder loslässt. Ihre Augen sind wirklich phänomenal. Krass blau. Und groß! „He, krieg keinen Schock, ich wollte nur mal gucken, ob wir als Liebespärchen durchgehen“, sagt sie und nickt zu den drei Jungs rüber, die sich jetzt wortlos entfernen. „Gerade haben sie mir noch hinterhergepfiffen, aber jetzt sind sie mucksmäuschenstill, weil sie denken, dass ich schon einen Freund hab“, fügt sie hinzu.

Ich bin vollkommen verwirrt. „Äh“, brumme ich. „Wie?“

Mirna schmunzelt. „Kann natürlich auch sein, dass die schon so cool sind und ein Frauenpaar genauso akzeptieren. Aber irgendwie kann ich mir das schlecht vorstellen. Oder was meinst du?“

Ich weiß überhaupt nicht, was ich sagen soll. Meint sie, dass ich mittlerweile echt als Typ durchgehe? Oder doch nicht? Und hat sie mich nur deshalb gerade geküsst, um das rauszufinden?

Weiche Lippen hat sie.

Wenn ich nur wüsste, worauf sie eigentlich steht.

Mirna streckt die Beine aus, wirft mir einen letzten, nachdenklichen Blick zu und lehnt sich zurück, wobei sie sich auf den Ellbogen aufstützt.

„Wo ist denn dein Septum geblieben?“, frage ich.

„Hab ich rausgemacht. Die Dinger machen einem die Schneidezähne kaputt, hab ich gehört. Will ich lieber nicht riskieren.“ Sie lächelt. „Wie war es denn eigentlich beim queeren Sommerfest? Arvid hat erzählt, es gab Stress?“

„Nur ein bisschen“, sage ich. „Hat sich schnell gelegt. Hat er gut hingekriegt, ziemlich entspannt.“

„Aber du warst doch auch dabei. Die queere Eden-Fraktion weiß eben, wie es geht!“ Sie lacht und zieht ihre kurze Jeans ein bisschen runter. Darunter trägt sie eine Netzstrumpfhose, original aus den 80ern von ihrer älteren Cousine, hat sie mir vorhin erzählt.

„Arvid ist nett“, sage ich. „Ich wusste gar nicht, dass er schwul ist.“

„Na, woher auch? Er läuft ja nicht mit einem Schild vor der Stirn rum, wo's draufsteht.“ Sie seufzt und lehnt den Kopf zurück. „Wie cool, endlich Ferien!“

Jetzt wäre die Gelegenheit, sie zu fragen. Aber ich trau mich nicht. Vielleicht, weil ich Schiss vor der Antwort hab. Was, wenn sie mir nicht gefällt?

„Was hast du denn vor in den Ferien?“, erkundigt sie sich.

„Nicht viel. Rumhängen, chillen mit meinem besten Freund, mal sehen. Und ganz vielleicht fahre ich mit meiner Familie noch nach Dänemark, aber das ist noch nicht sicher.“

„Dein bester Freund, das ist doch dieser Levi, oder?“

Ich starre sie verdutzt an. „Woher weißt du das denn?“

Mirna lacht wieder und wischt sich den Schweiß von der Stirn. Schatten oder nicht, es ist tierisch heiß hier unter den Arkaden. Und der Marktplatz vor uns scheint in der Sonne richtig zu glühen.

„Na, ich hab euch schon ein paarmal zusammen gesehen. Und Arvid kennt doch sowieso alle.“

„Ah, okay.“ Jetzt wische ich mir den Schweiß von der Stirn. „Und wie war es bei deiner Oma?“ Vor uns läuft eine Kleinfamilie vorbei, das Mädchen ist ungefähr so alt wie Felice und sieht schlecht gelaunt aus. Aber die Eltern scheinen auch nicht gerade viel bessere Laune zu haben.

„Ganz gut, meine Oma ist super“, sagt Mirna und betrachtet mich von der Seite. „Ich werde in den Ferien wieder hinfahren, ist toll, sie wohnt direkt am Meer. Willst du mit?“

„Ich?“ Schon wieder starre ich sie verdutzt an. Mirna hat echt ein Talent, mich komplett zu überraschen. „Du kennst mich doch aber eigentlich gar nicht?“

„Na und?“, sagt sie. Nur diese zwei Worte. Dann setzt sie sich gerade hin. „Meine Oma findet das bestimmt cool, dich kennenzulernen. Die lernt supergern neue Leute kennen. Und ich glaube, sie kennt noch niemanden, der trans ist. Du bist doch trans, oder?“

Schon wieder bleibt mir die Spucke weg. Ich weiß auch nicht, warum. „Ja“, sage ich. „Doch, ja.“

„Oder nicht?“ Sie mustert mich eindringlich. Was soll diese Frage denn jetzt?

„Doch“, sage ich mit Nachdruck. „Na klar. Hab ich doch gerade gesagt.“

„Brauchst nicht gleich sauer werden. Ich mein ja nur.“

„Du meinst was?“, frage ich.

Sie zuckt mit den Schultern und steht auf. „Kann man ja nicht wissen. Vielleicht bist du einfach nur so, wie du bist, und nicht trans oder sonst was.“

„Und was wäre dann sonst was?“, frage ich nach und stehe ebenfalls auf.

„Nonbinär. Lesbisch. Oder einfach nur Noni“, sagt sie und schultert ihren Rucksack. „Wollen wir ein Eis essen? Ich schmelze sonst noch dahin.“

* * *

Im Eiscafé ist trotz der brütenden Hitze nicht allzu viel los, wahrscheinlich sind die Leute schon alle in Urlaub gefahren. Hinter der Kühltheke langweilt sich ein junger Typ in meinem Alter, draußen sitzen ein paar Leute dichtgedrängt im Schatten, die meisten Tische aber, die in der Sonne stehen, sind leer. Mirna bestellt sich ein Megaeis mit vier Kugeln, Sahne und Schokostreuseln, ich nehme nur zwei Kugeln Mangoeis, das hier besonders gut schmeckt.

Draußen sind wir unschlüssig, wohin, dann nickt Mirna zu einem Vorsprung neben dem Eingang eines aufgegebenen Ladens hinüber. „Komm, dahin!“

„Aber da ist doch gar kein Platz für uns beide!“

„Und ob!“, sagt Mirna und zieht mich mit.

Der Platz ist echt knapp, aber tatsächlich schaffen wir es, uns dichtgedrängt nebeneinander zu quetschen.

Während Mirna hingebungsvoll an ihrem Eis schleckt – eigentlich isst sie es eher, denn sie schaufelt sich mit dem kleinen Plastiklöffel eine Portion nach der anderen in den Mund –, sitze ich da und lehne mich notgedrungen halb an sie, halb an die schmutzige Glastür hinter uns. Mein Eis hab ich längst aufgegessen. Irgendwie ist es schön, so dicht neben Mirna zu sitzen. Das ist ungewöhnlich für mich, bis auf Feli lasse ich im Grunde nie gern jemanden allzu dicht an mich ran. Aber jetzt, so mit Mirna an meiner Seite, fühle ich mich eigentlich ganz wohl.

„Kannst ja mal überlegen mit Stralsund“, sagt sie auf einmal aus heiterem Himmel und stößt mir ihren Ellenbogen in die Seite.

„Aua!“ Ich drücke sie mit meiner Hüfte gegen die Wand, und Mirna lacht und hüpft hoch und robbt einfach auf meinen Schoß.

„Da hast du!“

„Na, ihr habt ja Spaß! Darf man da mitmachen?“

Ich drehe den Kopf, während ich versuche, an Mirnas Eistüte vorbeizusehen. Vor uns stehen Nasti und Skandi. Nasti grinst breit und winkt fröhlich wie immer, aber Skandi sieht irgendwie finster aus. Sein Blick gleitet von mir zu Mirna, die immer noch auf meinem Schoß sitzt, und wieder zurück.

„Klar, wenn du noch mit raufpasst!“ Mirna lächelt Nasti an, und Nasti lacht auf.

„Na ja, ich bin zwar schlank, aber so schlank nun auch wieder nicht!“

Die beiden necken sich weiter, als wären sie schon ewig miteinander bekannt, und schließlich finde ich einen Moment, um alle einander vorzustellen – auch wenn es eine komische Situation ist, denn Mirna hockt immer noch auf meinem Schoß. Anders geht es auch gerade nicht, es ist einfach kein Platz.

Mirna und Nasti begrüßen sich freundlich, aber Skandi nickt nur knapp und sieht dann weg.

Er trägt wieder seine Arbeitsklamotten, aber Nasti hat sich in einen engen Rock geschmissen und trägt einen riesigen Strohhut. Und ein Trägertop. Zum allerersten Mal sehe ich auch sie ohne lange Ärmel, und die vielen feinen, hellen Narben auf ihren Handgelenken und Unterarmen heben sich deutlich von der leicht gebräunten Haut ab.

Ich weiß, dass Nasti sich früher viel geritzt hat, aber für mein Gefühl sehen einige der Narben echt frisch aus.

„Also, ihr beiden Turteltäubchen", sagt Nasti schließlich, „wir müssen weiter. Skandi muss zur Arbeit zurück, und ich muss einkaufen. Meine Ma will Kirschkuchen backen und braucht dringend Backpulver!"

„Backen, bei der Hitze?" Mirna schüttelt sich und isst einen weiteren Löffel Eis. „Ich halt mich lieber ans Eis!"

„Und an Noni!", lacht Nasti, zwinkert uns zu und folgt Skandi, der schon losgezogen ist, ohne sich zu verabschieden. Am Durchgang zur Passage dreht sie sich um und winkt uns theatralisch zu, und Mirna winkt zurück.

„Die mag ich", sagt sie und nimmt den letzten Löffel Eis. „Freunde von dir, ja?"

„Ja. Und sag mal, willst du nicht langsam mal wieder woanders sitzen? Sooo leicht bist du nun auch wieder nicht …"

Mirna sieht mich aus halbgeschlossenen Lidern hervor an und ruckelt ein bisschen herum. „Och, nö! Ist eigentlich ganz bequem!"

Sie grinst mich an, und ich grinse zurück. Und dann steht sie doch auf und reckt sich, und ich strecke meine leicht lädierten Knie aus.

Witzig ist das mit ihr. Und schräg irgendwie auch. Und seltsam.

Turteltäubchen. So ein Quatsch!

* * *

Abends grillen wir, und als Feli und Mama, die heute total müde ist, schon ins Bett gegangen sind, räumen Papa und ich gemeinsam auf und tragen die Sitzpolster rein.

Im Garten sind allmählich nach und nach alle Amseln verstummt, und der letzte rote Schimmer des Sonnenuntergangs ist nur noch leicht am Horizont zu erahnen. Papa nimmt den Grillrost herunter und prüft nach, ob die Glut schon erloschen ist, während ich noch auf der Holzbank sitze und ihm dabei zusehe.

Schließlich stellt Papa den Rost ab und wirft einen Blick zu mir herüber. „Alles gut bei dir, Schnuff?"

Ich nicke. Papa kommt zu mir und setzt sich neben mich, während er nach der Bierflasche greift, die er noch nicht ganz ausgetrunken hat. Gemeinsam betrachten wir den Garten, über dem die Dämmerung langsam hereinbricht.

„Guten Tag gehabt?", fragt Papa.

„Ja, war okay. Und du?"

Papa trinkt einen Schluck und nickt. „Doch, ja. Aber weißt du was, mir tun wirklich die Beine weh. Fußballspielen ist nicht so ganz mein Ding, nein, das muss ich schon sagen." Er wirft mir wieder einen Blick zu. „Du spielst auch nicht mehr so gern, oder? Mit Till hast du früher andauernd gekickt."

Ich zucke mit den Schultern. „Ja, früher. Aber jetzt …"

„Ist eigentlich was vorgefallen zwischen Till und dir?", fragt Papa. „Früher wart ihr doch so dicke!"

Dass ihm das aufgefallen ist! Hätte ich gar nicht gedacht. Bei Papa weiß ich eigentlich nie so richtig, was er mitkriegt und was nicht. Ganz anders als bei Mama. Die bekommt sowieso alles mit.

„Ja, früher. Aber ich glaube, Till … der kommt nicht mehr klar mit mir."

Papa nickt und trinkt wieder einen Schluck Bier. Aber er sagt nichts. Und seinen Blick kann ich auch nicht deuten.

„Papa? Wie findest du das eigentlich wirklich, dass ich trans bin?" Ich weiß selbst gar nicht, woher diese Frage auf einmal aufgetaucht ist. Aber jetzt ist sie draußen und hängt zwischen uns beiden in der warmen Abendluft.

Papa holt tief Luft, stellt seine Flasche ab und dreht sich zu mir. Er ist ganz schön verschwitzt, stelle ich fest. Die Hitze setzt ihm zu, aber da ist er ja nicht der Einzige. „Also“, sagt er. „Ich finde das völlig in Ordnung. Du bist und bleibst sowieso mein Kind, da kannst du machen oder sein, was du willst.“

„Aber findest du mich denn ...“ Ich stocke. Papa und ich reden höchst selten mal über wichtigen Kram, es ist echt ungewohnt für mich. Und irgendwie auch peinlich. „Hättest du mich denn eigentlich lieber wieder als Tochter?“, wage ich mich weiter vor.

Papa sieht in den Garten hinaus, ein paar zähe Sekunden lang. Dann blickt er mich an. „Ich hätte dich am liebsten so, dass du glücklich bist. Alles andere ist mir ziemlich egal“, sagt er. „Und jetzt komm, lass uns reingehen, die Mücken kommen.“

* * *

Später stehe ich lange unter der Dusche und lasse das warme Wasser über mich laufen.

Gut, dass Mama schon schläft, denn sie hat es gar nicht gern, wenn wir so viel Wasser verbrauchen. Finde ich ja eigentlich auch nicht so gut, aber heute muss es einfach sein.

Ich muss an Mirna denken, an den Tag heute. Ob ich echt mit ihr nach Stralsund fahren sollte? Oh, Mann.

Was hat sie noch mal vorhin gesagt? „Einfach nur Noni?“

Ich drehe mich vorsichtig zur Seite und wieder zurück, so dass das warme Wasser über meine Schultern und meine Brüste herunterläuft. Schemenhaft kann ich mein Gesicht in der Duschscheibe sehen, meine Silhouette, die Hand, in der ich den Waschlappen halte. Mein Blick gleitet schnell über meine Brüste hinweg, hinunter zum Bauch. Aber den kann ich nicht mehr erkennen, der heiße Wasserdampf verhüllt langsam alles.

Ich schließe die Augen und wasche mich zwischen den Beinen, dann, auf einmal, mache ich die Augen wieder auf und sehe hinunter.

Zum ersten Mal seit Monaten betrachte ich meine Brüste.

Ein ganz seltsames Gefühl.

Ich vermeide es seit Langem, sie anzusehen oder gar zu berühren. Nur, wenn ich muss, wenn ich mich abbinde, wenn es unbedingt nötig ist. Es ist ein bisschen, als würden sie nicht mehr zu mir gehören. Genauso wie das, was ich zwischen den Beinen trage. Als würde ich nur noch darauf warten, dass ich all das, diese ungeliebten Körperteile, endlich los bin.

Aber noch gehören sie zu mir.

Ich stehe still da, lasse das Wasser über mich rauschen, und sehe auf meine Brüste hinunter. Groß sind sie nicht, zum Glück, eher klein und fest, mit rosigen Nippeln, die sich jetzt unter der Hitze des Wassers zusammengezogen haben.

Und plötzlich habe ich einen Kloß im Hals.

* * *

„Nathalie ist sooo nice, so süß, echt, du glaubst es nicht!" Levi kickt einen kleinen Stein aus dem Weg und hüpft in die Luft, dann springt er auf den kleinen Vorsprung und hält mir die Hand hin. „Ich werde sie tierisch vermissen, wenn ich jetzt wegfahre. Zehn Tage Mallorca mit Muttern, puh!" Er verdreht die Augen. „Aber Nathalie hat mir einen Schlüsselanhänger geschenkt, so einen alten, ein Retro-Teil mit ihrem Foto drin! Los, komm!" Er zieht mich hoch, und hintereinander klettern wir die Leiter hoch aufs Dach des Supermarktes. Ich sehe mich nach allen Seiten um, bevor ich Levi nach vorn zur Dachkante folge, wo er sich hinsetzt und die Beine baumeln lässt.

Links von uns sitzen schon zwei andere Jugendliche, einer von ihnen steckt sich gerade eine Zigarette an, der andere nickt uns zu und nimmt seinem Kumpel die Kippe aus der Hand, kaum, dass er gezogen hat.

Ich hocke mich neben Levi und zögere ein bisschen, bevor ich ebenfalls die Beine ausstrecke und über die Kante baumeln lasse. Vor uns hängt die Sonne schon tief über den Baumwipfeln. Unten schiebt ein älterer Herr einen Einkaufswagen zu seinem Auto, und ein gelangweilter Angestellter klaubt mit einem Greifer ein paar Papierfetzen auf und lässt sie in eine

Mülltüte fallen. Noch eine Stunde, dann macht der Laden zu. Und die Sonne ist dann auch untergegangen.

„Willst du mal sehen?“ Levi reicht mir seinen Schlüsselbund, und ich betrachte das Foto in seiner Plastikumhüllung.

Das dunkelhaarige Mädchen mit Pagenschnitt, das mir mit gespielt bösem Gesichtsausdruck entgegenblickt, würde ich ohne das Nasenpiercing garantiert nicht wiedererkennen. „Hat sie keine roten Haare mehr?“

„Nee“, sagt Levi. „Die sind jetzt blond. Aber ich glaub, dunkel finde ich am besten!“ Er nimmt mir den Schlüsselbund wieder ab und betrachtet das Foto verliebt.

Von unseren Sitznachbarn weht ein leichter Geruch nach Gras zu uns herüber. Als ich rübergucke, hält mir einer der beiden die Zigarette entgegen, aber ich winke freundlich ab.

Levi steckt den Schlüsselbund ein und schlackert mit den Beinen. „Das ist der beste Sommer meines Lebens. Endlich geht alles voran! Und jetzt auch noch Nathalie! Und Anfang September werde ich achtzehn. Und am 24. September hab ich die OP. Wie geil ist das denn?“

„Dann bin ich siebzehn“, sage ich nachdenklich und betrachte die Sonne, die sich jetzt schon halb hinter die Baumwipfel gesenkt hat. Dies hier ist der allerbeste Platz in der ganzen Stadt, um den Sonnenuntergang zu sehen. Das finden auch andere, denn genau jetzt kommen noch ein paar weitere Jugendliche die Treppe hinauf und setzen sich ein Stück entfernt auf die Kante, um eine Weinflasche kreisen zu lassen.

„Ich kann's kaum erwarten“, sagt Levi und holt zwei Flaschen Bier aus seinem Rucksack. Er öffnet beide und reicht mir eine davon, und wir stoßen an.

„Was sagt eigentlich Nathalie dazu?“, frage ich, als ich den ersten Schluck getrunken habe.

Levi stutzt. „Wie, was die sagt?“

„Na ja, hast du ihr erzählt, dass du trans bist? Sehen kann man das ja nicht mehr unbedingt“, sage ich und klopfe ihm aufs Bein.

Levi wackelt spielerisch mit den Hüften, um die Beule in seiner Hose besser zur Geltung zu bringen. Dann wird er ernst.

„Sie wusste es schon", sagt er. „Und sie hat nur Schiss, dass ich Schmerzen hab oder so. Aber sonst … so groß haben wir darüber jetzt auch nicht geredet. Ich mein, sie weiß ja Bescheid. Wenn sie damit nicht klarkäme, würde sie sich ja wohl kaum mit mir einlassen, oder?"

„Nee. Bestechende Logik, da hast du recht." Die Sonne ist jetzt fast schon hinter den Bäumen verschwunden, und schlagartig wird es kühler.

Levi sieht mich von der Seite an. „Was ist denn mit dir?"

„Nichts."

„Bist du eifersüchtig?" Levi lacht. „Oder neidisch?"

„Nee, Quatsch!" Ich ziehe die Beine an und schlinge die Arme darum. Die drei Kids neben uns lachen laut, und einer springt auf und fängt an herumzuhampeln. Ganz schön nah am Abgrund; von hier oben sind es bestimmt fünf, sechs Meter bis zum Boden, wenn nicht mehr.

„Musst du auch nicht", sagt Levi.

Eine Nachricht geht auf seinem Handy ein, und er sieht sofort nach und lächelt so selig, dass ich gar nicht nachfragen muss, wer ihm die geschickt hat. Ich nutze die Gelegenheit und ziehe mein Handy ebenfalls raus.

Ich hab auch eine Nachricht. Von Mirna.

„War richtig schön gestern mit dir. Und, hast du schon überlegt?" Ich muss lachen und stecke mein Handy schnell wieder ein.

Die meint das doch wohl nicht wirklich ernst, oder?

Levi tippt noch etwas und schickt die Nachricht ab, dann sieht er zu mir rüber.

„Alles gut bei dir?"

„Ja, alles super", sage ich und sehe der untergegangen Sonne hinterher. Ob jetzt der Moment ist, ihn mal zu fragen? „Sag mal, Levi … hast du eigentlich nie Zweifel?"

Er zieht die Stirn kraus. „Wie, Zweifel?", fragt er, und dann geht alles ganz schnell. Plötzlich schreit der Junge, der gerade noch an der Kante herumgehampelt ist, laut auf.

„Scheiße, die Bullen!"

Die Zigaretten der beiden Kiffer auf unserer anderen Seite fliegen in hohem Bogen über die Brüstung, und die beiden Jungs springen hektisch auf, die drei Weintrinker ebenfalls, und rennen zur Treppe. Aber als ich mich umdrehe, sehe ich, dass dort ein Polizist steht.

„Ganz ruhig", sagt er und hebt die Hand. „So, und jetzt steigt ihr alle mal schön langsam die Treppe runter. Mein Kollege da unten wird euch gern in Empfang nehmen. Holt schon mal eure Ausweise raus."

Levi und ich sind die Letzten, die unten ankommen, gefolgt vom Polizisten. Die beiden Kiffer zeigen mürrisch ihre Ausweise, während der Uniformierte, ein älterer Typ mit Schnauzbart, uns allen eine Standpauke hält.

„Der Besitzer hat es nicht so gern, wenn ihr da oben auf dem Dach rumtrampelt, Leute, das ist ja wohl klar. Und gefährlich ist es auch! Ein falscher Schritt, und ihr landet unten direkt vorm Eingang! Und zwar schwerletzt oder gar tot. Das will doch keiner, oder?"

Die beiden Kiffer zucken mit den Schultern, aber einer von den anderen schüttelt den Kopf.

„Mann, nirgendwo kann man Spaß haben, echt! Wir passen schon auf, ej!"

Der Uniformierte sieht ihn scharf an. „Da bin ich mir nicht so sicher. Du bist da oben gerade ganz schön rumgeturnt. Verkauf mich nicht für blöd!"

Er gibt die Ausweise der beiden Kiffer – einer hat nur seinen Schülerausweis dabei – an seinen Kollegen weiter, der sie über Funkt checkt, lässt sich von den drei anderen ebenfalls die Ausweise zeigen und checkt sie über Funk, dann streckt er die Hand nach Levis und meinen Papieren aus.

„Ich erteile euch allen jetzt einen Platzverweis. Lasst euch heute hier nicht mehr blicken, okay?"

Die anderen ziehen murrend ab, während er sich erst meinen und dann Levis Ausweis ansieht. Meinen gibt er mir gleich wieder zurück, aber bei Levi stutzt er.

„Wie, das sollst du sein?“, fragt er und zieht die Brauen hoch, während er Levis Foto genau studiert und dann vor Levis Gesicht in die Höhe hält. „Kann doch gar nicht sein. Hast du den Ausweis deiner Schwester genommen oder was?“

Levi runzelt die Stirn. „Nee, das bin ich. Ist bloß ein bisschen älter, das Foto.“

Der Polizist winkt seinen Kollegen heran und zeigt ihm Levis Ausweis, dann dreht er sich zur Seite und gibt die Daten über Funk durch. Levi sieht mich an, seine Augen sind dunkel. Er sieht wütend, aber auch tief gekränkt aus. Ich hoffe, dass er jetzt keinen Stress macht. Zuzutrauen wäre es ihm.

Es knistert und knattert ein bisschen, dann sagt eine Stimme etwas über Funk, und der Polizist schaltet das Funkgerät aus und hält Levi den Ausweis wieder hin.

„Aktuell ist der ja nicht mehr gerade“, sagt er. „Also, wenn du vorhast, deinen Personenstand zu ändern, dann solltest du es bald machen. Schönen Abend euch noch. Und lasst euch heute hier nicht mehr blicken. Auf dem Dach am besten gar nicht mehr, okay?“

Er nickt uns zu, dann gehen er und sein Kollege zum Funkwagen rüber und steigen ein. Aber sie fahren erst los, als wir den Parkplatz verlassen haben.

Levi schweigt eine ganze Weile, dann lacht er leise auf und sieht zu mir rüber. „Schräg, oder? Und ich hab mit einem blöden Spruch gerechnet. Aber nicht damit!“

Geht mir genauso. Die Behörden und auch die Bullen sind offenbar schon viel weiter in Sachen Gendern und so, als wir angenommen haben. Und irgendwie ist das kein schlechtes Gefühl.

* * *

Frau Doktor Frehner lächelte mich an. „Noni, du weißt ja, dass eigentlich ein halbes Jahr vergehen muss, bevor geschlechtsangleichende Maßnahmen wie Hormongaben und Operationen eingeleitet werden sollten. Es sei, denn, es handelt sich um einen besonderen Fall.“ Sie machte eine Pause. „Und genau das sehe ich bei dir.“

Mir wurde warm, und ich lehnte mich in meinem Stuhl noch weiter zurück. „Echt?“, fragte ich und wunderte mich selbst, wie heiser meine Stimme auf einmal klang.

Doktor Frehner fuhr sich durch die Haare. Sie waren jetzt an den Spitzen rot und blau eingefärbt; sie änderte ihre Haarfarbe alle paar Wochen, das hatte ich schon kapiert. „Weil ich sehe, dass der Leidensdruck bei dir hoch ist, Noni. Nein, du ritzt dich nicht, du hast keine Essstörung und keine Selbstmordgedanken, aber es geht dir unverkennbar nicht gut mit deinem zugewiesenen Geburtsgeschlecht.“

Ich nickte und zog den Reißverschluss meiner Trainingsjacke etwas herunter. Sie hatte recht. In den vergangenen Monaten hatte ich ihr ziemlich viel erzählt, davon, wie übel es mir mit meinem Körper ging, dass ich mich kaum noch nackt ansehen konnte, es vermied, mich selbst zu berühren, es hasste, als Mädchen gelesen zu werden. Und als Lesbe erst recht.

In diesen vergangenen Monaten hatte ich begonnen, Doktor Frehner zu vertrauen. Ich wusste genau, dass sie mir nur Gutes wollte. Sie stand auf meiner Seite.

Klar, Mama auch, und Papa ebenfalls, aber bei Frau Doktor Frehner war es etwas anderes. Sie war eben Profi. Und weil sie ein Profi war, fühlte ich mich bei ihr gut aufgehoben. Denn wenn sie sagte, dass ich trans war, dann stimmte das auch.

Dann war es nicht mehr nur ein Gefühl. Denn Gefühle konnten schließlich auch täuschen.

Doktor Frehner beugte sich über ihr Tablet und tippte etwas ein. Dann sah sie auf. „Wir sehen uns jetzt seit vier Monaten, und ich bin froh, dich so gut kennengelernt zu haben. Weißt du, von mir aus steht dem weiteren Prozess nichts im Wege. Ich werde dich gern weiter unterstützen und den entsprechenden Bericht schreiben, den der Medizinische Dienst der Krankenkassen von mir erwartet.“

„Und … und was steht da drin?“ Ich seufzte. „Dass ich eine Macke habe?“

„Nein, natürlich nicht!“ Sie lachte. „Du hast ja auch keine Macke. Nein, darin steht dann, dass du unter einer ausgeprägten Geschlechtsdysphorie leidest, und das schon seit gut zwei Jahren. Dass du keinen Frieden mit deiner jetzigen Geschlechtszugehörigkeit findest und ich empfehle, dass du Testosteron, also männliche Hormone, bekommst. Dann kannst du zu Doktor Schreiber gehen, dem Endokrinologen, mit dem ich zusammenarbeite, und der gibt dir dann die Hormone. Du kannst entweder alle drei Monate eine Spritze bekommen oder aber täglich ein Gel auftragen. Er wird dich mit Sicherheit gut beraten.“

„Cool“, sagte ich. „Das geht ja echt schnell auf einmal!“

Das Skelett in der Ecke trug jetzt eine Pudelmütze, eine rotweiße mit dem Emblem von Energie Cottbus. Das hieß aber nichts, letzten Monat hatte es ein Basecap von Hertha BSC getragen.

„Zu schnell für dich?“ Sie sah mich forschend an.

„Nee“, sagte ich. „Schon okay.“ Ich weiß auch nicht so recht – einerseits bin ich total erleichtert und happy. Aber andererseits auch verwirrt.

Jetzt geht es los.

„Weißt du, Noni, ich halte es für wichtig, dass es jetzt schneller vorangeht. Wir haben schon, wenn ich das so sagen darf, relativ viel Zeit verloren“, sagte Doktor Frehner und legte ihr Tablet zur Seite. „Die Zeitspanne, in der du Pubertätsblocker hättest nehmen können, die ist vorbei, dafür waren wir zu spät dran.“

Ich fand es total nett, dass sie von „wir“ sprach statt von „du“. Als wären wir eine eingeschworene Gemeinschaft, die jetzt alles als Duo in Angriff nahm. Als stünde ich nicht allein da.

„Und deshalb“, sagte sie, „wird es jetzt höchste Eisenbahn, dass du Zugang zu Hormonen erhältst.“ Sie stutzte, dann lächelte sie breit. „Wenn du das noch möchtest.“

„Klar will ich das“, sagte ich hastig, und dann lächelte ich zurück. Aber in einem winzigen Teil meines Herzens war ich nicht ganz überzeugt. In einem winzigen Teil meines Herzens hatte ich Angst.

***

In neueren Untersuchungen heißt es, dass sich die Anzahl junger Mädchen, die meinen, trans zu sein, explosionsartig vervielfacht hat. Und dass früher der Anteil von ihnen im Verhältnis zu Mann-zu-Frau-Transidenten 1:4 lag und sich heute genau ins Gegenteil verkehrt hat. Nur hat kein Mensch eine Ahnung, warum das so ist.

Weil es tatsächlich immer mehr Transpersonen gibt? Weil die Gesellschaft freier geworden ist und sich immer mehr Menschen deshalb trauen, zu ihrer Transidentität zu stehen? Oder ist es so, dass die jungen Mädchen heute viel mehr in eine weibliche Rolle gepresst werden und damit nicht zurechtkommen und sich deshalb für ein Leben als Transpersonen entscheiden?

Ich habe keine Ahnung, und eigentlich ist mir das alles auch nicht wichtig. Wichtig ist mir, was mit dir ist. Aber du redest kaum noch mit mir. Du blockst nur noch ab, bist genervt oder stumm, und ich komme nicht mehr an dich ran. Das macht mich wahnsinnig. Wie bloß finde ich den Zugang zu dir?

*Oder redest du vielleicht nur noch mit deinen Freund*innen und Doktor Frehner?*

Doktor Frehner ist zweifellos eine hervorragende Ärztin, sie hat ja nur gute Bewertungen im Netz und wirkt auch auf mich total nett und kompetent. Aber trotzdem … Ich weiß, das ist eigentlich Blödsinn, aber auf irgendeine verquere Art habe ich Angst, dass sie mir dich wegnimmt. Oder dich in eine Richtung schubst, die vielleicht doch gar nicht die richtige Richtung für dich ist.

Ich fand, dass es ganz schön schnell ging mit den Hormonen, ehrlich gesagt. Sehr schnell. Vier Monate, und schwupps, hattest du schon deine Bewilligung.

Klar, sie hat uns das ja alles sehr genau erklärt, aber manchmal habe ich immer noch ein komisches Gefühl dabei, wenn ich daran denke, was sie bei der Besprechung der Begutachtung gesagt hat, als Arndt und ich zusammen mit dir bei ihr waren. Ich habe das immer noch im Ohr: „Wissen Sie, als Arzt ist es nicht meine Aufgabe, meine jugendlichen Patienten über gesellschaftliche Fehlentwicklungen aufzuklären oder gar von ihnen zu verlangen, sich damit auseinanderzusetzen. Meine Aufgabe ist, ihnen zu helfen, damit es ihnen besser geht. Und genau das tue ich für Ihr Kind.

Sie hat nicht „Ihr Sohn" gesagt. Oder „Ihre Tochter". Ich hatte das Gefühl, dass sie herumlavierte. Und irgendwie macht mich das misstrauisch.

Ich klappe das Heft zu und bin schon wieder sauer auf Mama.

Obwohl ich sie auch verstehen kann. Ich würde mir auch Sorgen machen. Oder nee, falsch: Ich mache mir ja auch Sorgen, auch wenn ich das Mama gegenüber nie zugeben würde.

Manchmal muss ich an diese Psychologin denken, die mich abgelehnt hatte, weil ich sie nicht überzeugt hatte. Was hatte sie noch mal vermisst? Reflexion und Lebenserfahrung?

Jetzt aber habe ich alles, was ich brauche, um meine Transition richtig in Schwung zu bringen. Ein Gutachten. Eine Psychiaterin, der ich vertrauen kann. Einen Endokrinologen. Hormone. Die Aussicht auf geschlechtsanpassende Operationen.

Ist das nicht das, was ich wollte? Und warum bin ich jetzt so verwirrt?

Ich habe so lange darum gekämpft, endlich klar zu sehen. Meinen Weg zu finden und dann auch zu gehen. Und jetzt, wo sich alles vor mir zu ebnen scheint, jetzt kommen die Zweifel. Plötzlich bin ich voller Ängste. Und Unsicherheit. Warum stelle ich alles auf einmal infrage?

Schade, dass ich mit Levi nicht mehr darüber reden konnte, als wir auf dem Supermarkt-Dach saßen. Danach war keine Zeit mehr dafür, und jetzt ist Levi schon bald für zwei Wochen weg, mit seiner Ma auf Mallorca.

Ich habe keine Ahnung, wie und warum das passiert ist, aber in den letzten Wochen hat sich etwas verändert in mir.

Ich habe so ein komisches Gefühl, als sei ich vom Kurs abgekommen.

Ich schiebe das Mama-Buch in meine Nachttischschublade und drücke sie zu. Im selben Moment klingelt mein Handy. Ich nehme es hoch.

Nein, es ist nicht Mirna. Und auch nicht Levi. Sondern Skandi.

Skandi? Der hat mich doch noch nie angerufen. Nur Nachrichten geschickt.

Ich zögere einen Moment, dann gehe ich ran. „Hi, Skandi!"

„Hallo." Eine Pause entsteht, in der nur ein Rauschen im Hintergrund zu hören ist und dann ein Autohupen, dann räuspert Skandi sich. „Du, äh, ich wollte fragen, ob wir uns mal treffen können nächste Woche." Hat er auch noch nie gefragt. Merkwürdig.

„Also, ich … Ja, klar", sage ich nach einem Moment. „Können wir machen."

„Donnerstag? Kannst du Donnerstag?" Seine Stimme klingt irgendwie komisch. Verdruckst irgendwie.

„Müsste gehen." Und jetzt frage ich es doch: „Warum?"

Wieder entsteht eine Pause, dann sagt Skandi: „Ich muss mal mit dir reden. Also Donnerstag, ja? Am Rewe, um halb neun?"

„Ja", sage ich zögerlich. Der Rewe ist nach der Erfahrung neulich nicht so die beste Idee, aber bevor ich das sagen kann, beendet Skandi auch schon das Gespräch.

„Okay, bis dann! Mach's gut!", sagt er und legt auf.

Ich starre einen Moment lang noch verdutzt auf mein Handy, dann lege ich es weg und strecke mich auf dem Bett aus. Draußen am Himmel leuchten schon die ersten Sterne auf. Auf einmal bin ich unglaublich müde.

Was Skandi wohl will?

Aber bevor ich noch weiter darüber nachdenken kann, schlafe ich ein.

Kapitel 8

Es ist ein richtig schön heißer Augustmorgen, als Mama mich in der Küche abfängt. Eigentlich will ich mir nur einen Kaffee holen und dann zu Levi, aber Mama hat den Tisch für uns beide gedeckt.

„Noni, jetzt setz dich mal hin zum Frühstücken.“ Sie deutet auf die Schale mit Müsli, die sie mir schon hingestellt hat, und ich ziehe den Stuhl vor und setze mich hin.

Mama schenkt uns beiden Kaffee ein und setzt sich zu mir.

„Wieso bist du denn nicht arbeiten?“, frage ich und nehme einen großen Schluck. „Und wo ist Feli?“

„Feli ist bei Lisa, und ich habe heute frei, weil ich mit Opa zum Arzt fahren will.“

„Zum Arzt, wieso?“ Mamas Kaffee schmeckt immer am besten, keine Ahnung, warum.

„Weil es Opa in den letzten Tagen nicht so gutgeht“, sagt Mama und nimmt auch einen Schluck.

Ich runzele die Stirn und esse einen Löffel Müsli. „Hab ich gar nicht mitgekriegt“, sage ich dann. Dabei war ich doch erst gestern drüben und hab kurz mit ihm geredet.

Mama betrachtet mich über den Rand ihrer Kaffeetasse hinweg. „Apropos Arzt, nimmst du das Gel eigentlich noch regelmäßig?“

Mir wird sofort heiß, und ich beuge mich tiefer über meine Müslischüssel. Wie in aller Welt kommt sie jetzt darauf? „Hä, wieso, was meinst du?“

„Ich meine nur. Oder darf ich das nicht fragen?“ Mama streift sich durch die Haare. Die sind kürzer als letzte Woche noch, genau wie meine, die ich mir vorgestern von Levi auf neun Millimeter habe rasieren lassen. Habe ich auch nicht mitgekriegt, dass Mama beim Friseur war. „Und was hast du denn heute vor?“, lenkt sie vom Thema ab.

„Ich wollte noch kurz zu Levi, der fliegt nämlich heute Nachmittag mit seiner Mutter nach Malle“, sage ich und trinke meinen Kaffee aus. „Und dann mal gucken.“

Mama nickt. „Sag mal, du willst wirklich nicht mit uns nach Dänemark? Hast du es dir noch mal überlegt?“

„Ach, Mama! Nee, ich finde das mal ganz gut, allein hier zu sein“, sage ich. Erst letzte Woche hat sie mich ausführlich danach befragt. Es ist das erste Mal, dass ich nicht mit in den Familienurlaub fahre. Ich weiß, dass Mama und Feli das echt traurig finden, und Papa bestimmt auch, aber ich hab mich entschieden.

„Schade“, sagt Mama. „Das wäre schön gewesen, ein bisschen Zeit zusammen zu verbringen. Weißt du, ich kriege dich ja kaum noch zu Gesicht, und so richtig in Ruhe geredet haben wir auch schon lange nicht mehr.“

Da hat sie recht, aber ich finde das gerade ganz gut so. Kann ich ihr aber schlecht sagen, ohne dass sie traurig wird. „Stimmt, aber ich les ja immer in deinem Mama-Buch“, sage ich und lächele sie an. „Und das ist ja auch ein bisschen so, als ob du mit mir redest.“

Mama sieht mich überrascht an, dann lächelt sie auch. Aber sie fragt nicht weiter nach, zum Glück. „Aber du bist dann zwei Wochen lang total allein“, sagt sie stattdessen.

„Na ja, das finde ich ja gerade gut!“, sage ich und schiebe meine leere Müslischüssel weg. „Endlich mal sturmfreie Bude. Was meinst du, was ich hier für Partys feiere! Hab schon alle eingeladen.“ Ich grinse sie an, und Mama lacht und zeigt mir einen Vogel. „Außerdem sind Oma und Opa doch nebenan“, sage ich. „Und vielleicht fahre ich dann auch mit einer Freundin nach Stralsund“, setze ich hinzu. Dazu wiederum habe ich mich allerdings noch gar nicht entschieden, aber irgendwie ist es gut, das einfach mal auszusprechen.

Einfach, um zu hören, wie das so klingt.

Mama öffnet verdutzt den Mund, aber genau in diesem Moment klingelt ihr Handy, und sie geht ran. „Ja, Mama, ich komme in zehn Minuten rüber … Was?“ Sie wirft mir einen erschrockenen Blick zu. „Wie lange schon? Bleib bei ihm, ich komme rüber!“ Sie legt auf und springt hoch.

„Was ist denn?“, frage ich alarmiert.

„Opa ist umgekippt. Ich laufe rüber, kannst du den Krankenwagen rufen?“

* * *

Opa liegt unten auf seinem Sofa, Mama hockt vor ihm und hält seine Hand, und Oma sitzt aufgeregt an seiner Seite und knetet ihre Finger. Pippo streicht unablässig um die drei herum. Zu meiner Erleichterung sehe ich, dass Opa wach ist, aber kreidebleich, und als er mich sieht, lächelt er schwach, bevor er die Augen schließt.

„Die Rettung kommt, sind in zehn Minuten spätestens da“, sage ich und gebe Oma einen Kuss auf die Wange. „Was ist denn eigentlich genau passiert?“

Oma sieht mich verzweifelt an. „Er lag ohnmächtig auf dem Boden, als ich gerade runterkam“, sagt sie. „Ich hatte mich nämlich gewundert, weil Pippo so gejammert hat!“ Sie krault den Kater, der sich jetzt maunzend an ihre Beine schmiegt, als hätte er ihre Worte verstanden, abwesend zwischen den Ohren.

„Hast du seine Krankenkarte?“, fragt Mama und steht auf. „Und das Notfallköfferchen? Das habt ihr doch immer bereitstehen, oder?“

Oma nickt. „Die Karte liegt oben in seiner Brieftasche auf der Ablage“, sagt sie und schnieft aufgeregt. „Und das Köfferchen steht im Schlafzimmer im Schrank, du weißt ja, wo, oder?“

„Ich hol es rasch und geh dann raus, damit die Sanitäter wissen, wo sie hinmüssen“, sagt Mama, aber ich lege ihr die Hand auf die Schulter.

„Das kann ich machen. Bleib du ruhig hier bei Oma und Opa!“

Die Wahrheit ist, dass ich Opas bleiches Gesicht kaum ansehen kann. Mit zwei großen Sätzen nehme ich die Treppe hoch zum Erdgeschoss, hole das Notfallköfferchen und die Krankenkassenkarte und lege beides an der Tür bereit. Dann gehe ich raus, und kaum bin ich an der Straße angekommen, biegt der Rettungswagen schon um die Ecke.

* * *

Kurz darauf stehen Mama, Oma und ich da und sehen zu, wie Opa, der uns schwach zunickt und dann die Augen schließt, in den Wagen geschoben wird. Die junge Notärztin bietet Mama an mitzufahren, aber Mama will lieber mit Oma in deren Wagen hinterherfahren.

„Soll ich mitkommen?", biete ich an, aber Mama schüttelt den Kopf, während sie Omas Autoschlüssel vom Bord nimmt.

„Mir wäre es lieb, wenn du hier auf Feli warten würdest. Lisas Papa bringt sie um 13 Uhr, und dann kommt auch Till, der sie zum Baden abholen wollte. Ich weiß nicht, ob ich dann schon wieder zurück bin."

„Klar, mach ich", sage ich und nehme Oma, die aussieht wie ein Häufchen Elend, in den Arm. Dann mache ich ihr die Autotür auf und öffne das Gartentor, und kurz darauf sind die beiden in Omas rotem Corsa dem Krankenwagen gefolgt und um die Ecke verschwunden.

Ich stehe da wie bestellt und nicht abgeholt, dann mache ich das Gartentor wieder zu und hole tief Luft. Pippo streicht um meine Beine und maunzt immer noch, und weil ich ihn nicht allein lassen will, setze ich mich auf die Verandatreppe in den Schatten und streichele ihn erst mal ausgiebig. Von hier aus habe ich unsere Haustür gegenüber gut im Blick, deshalb kann ich genauso gut hier auf Feli und Till warten.

Till ... das passt mir natürlich gar nicht, aber was soll's. Und im Grunde ist es auch egal. Wichtig ist eigentlich nur, was mit Opa ist. Wie bleich er ausgesehen hat ... wenn er jetzt stirbt? Nicht auszuhalten, der Gedanke.

Schnell ziehe ich mein Handy raus und tippe eine Nachricht für Levi ein. Kaum habe ich sie abgeschickt, ruft er mich an.

„He, Alter, was ist das denn für eine Scheiße?", sagt er, und ich wundere mich selbst, wie froh ich bin, seine Stimme zu hören. „Wo bist du? Wie geht es deinem Opa?"

„Gibt noch nichts Neues", sage ich. „Ich sitze hier auf der Treppe und warte auf Feli. Und Till. Aber ich werde es definitiv nicht mehr schaffen, vorbeizukommen, bevor ihr zum Flughafen fahrt."

„Ist klar", sagt Levi. „Schade, aber macht nichts. Ich bleib ja nicht ewig weg. He, was soll ich sagen – halt die Ohren steif. Und pass auf dich auf!"

„Mach ich."

„Und gib mir sofort Bescheid, wenn du was hörst", sagt Levi, und das Mitgefühl in seiner Stimme tut mir richtig gut. „Das wird schon, dein Opa ist ein zäher Haudegen, den kriegt so leicht nichts unter!"

„Hä, woher willst du das wissen? Du kennst ihn doch gar nicht!"

„Eben", sagt Levi und lacht. „Das müssen wir unbedingt ändern. Sobald ich zurück bin und er aus dem Krankenhaus draußen, stellst du uns einander vor, ja? Versprochen?"

„Versprochen", sage ich und muss lächeln. Levi kriegt es irgendwie immer hin, mich aufzubauen. Sogar mit solch unlogischen Erklärungen. „Guten Flug. Und bis bald! Grüß deine Mama."

„Du deine auch! Also, bis bald!" Und dann legt er auf.

Ich sitze eine ganze Weile da, streichele Pippo und hänge meinen Gedanken nach.

Opa. Mein lieber Opa. Ich kann mir das Leben ohne ihn tatsächlich nicht vorstellen. Er war immer da, immer. Aber klar, irgendwann wird es so weit sein. Irgendwann wird Opa sterben, genau wie Oma und Mama und Papa.

Aber bitte nicht jetzt. Noch nicht jetzt! Ich brauche Opa doch echt noch.

Was für ein egoistischer Gedanke! Als wenn Opa nur nicht sterben soll, weil ich ihn noch brauche. Noni, du Arschloch.

Langsam wird mir warm, obwohl ich mit Pippo, der es sich jetzt auf meinem Schoß bequem gemacht hat, im Schatten sitze. Ich ziehe den Kragen meines T-Shirts ein wenig nach vorn und betrachte meine Arme. Irre ich mich, oder ist der Flaum darauf ein wenig dichter geworden?

Kann ja im Grunde nicht sein. Oder doch? Hat das Gel eigentlich eine Langzeitwirkung?

* * *

„Nina! Hallo? Aufwachen!"

Eine Stimme reißt mich aus meinen Gedanken. Drüben, am Gartentor, steht Till und winkt zu mir herüber. Er trägt ein enganliegendes T-Shirt, das seinen durchtrainierten Oberkörper und die gut definierten Armmuskeln betont, lässige Sweatshorts und ein Truckercap mit dem Logo der Dresdner Eislöwen. Die sind zur Zeit die beste Ostmannschaft der 2. Eishockey-Bundesliga.

„Noni", sage ich, setze Pippo auf der Treppe ab, der beleidigt davonhuscht, und stehe auf. „Ich heiße Noni, Till, weißt du doch."

Till stützt sich auf dem Gartentor auf und sieht zu, wie ich näherkomme. „Ach komm", sagt er. „Sei mal nicht so streng. Wo ist Feli?" Er sieht auf die Uhr.

„Müsste gleich kommen. Mama ist mit Oma ins Krankenhaus gefahren, Opa hatte einen Schwächeanfall, den hat der Notarzt vorhin abgeholt."

Till hebt die Brauen. „Oh, Scheiße", sagt er. „Das ist nicht gut. Das Herz oder was?"

Ich zucke mit den Schultern. Darüber habe ich noch gar nicht richtig nachgedacht.

Till nickt, während er mich betrachtet. „Wird schon", sagt er. „Dein Opa ist ja ansonsten noch ziemlich fit, oder?"

Ich nicke. Till ist mit Opa nicht verwandt, und er hat auch kein besonders enges Verhältnis zu Oma und Opa. Er ist auch bei seiner leiblichen Mutter aufgewachsen, und Mama und Papa sind erst in unser Haus gegenüber gezogen, als Till schon ein

Teenager und ich gerade auf der Welt war. Vorsichtig mache ich die Gartentür auf und wieder hinter mir zu, während ich zu Till auf die Straße trete. „Mama gibt mir Bescheid, sobald sie was weiß."

Till steht da und lässt seinen Blick über meinen Kopf gleiten, und noch bevor er den Mund aufmacht, weiß ich schon, was er jetzt sagen wird. „Mann Mann Mann, echt, was hast du denn mit deinen Haaren gemacht!" Er schüttelt missbilligend den Kopf. „Echt jetzt. Wie siehst du denn aus?"

„Mir gefällt das", sage ich, aber Till ist auf einmal nicht zu bremsen. Keine Ahnung, warum er sich ausgerechnet diesen Moment ausgesucht hat, einen Moment, in dem ich vor Angst um Opa extrem verletzlich bin, aber plötzlich bricht der angestaute Ärger aus ihm heraus.

„Echt jetzt? Ganz ehrlich, du kannst machen, was du willst, du bist doch trotzdem kein echter Mann!", sagt er. „Und du wirst auch nie einer sein, kapierst du das nicht? Und musst du unbedingt dieser dämlichen Mode hinterherrennen?"

Ich stehe stocksteif da. Und obwohl die Sonne hier, mitten auf der Straße, ungebremst auf Till und mich herunterstrahlt, ist mir auf einmal kalt. „Das ist keine Mode", sage ich mit brüchiger Stimme.

„Und ob!", sagt Till und verschränkt die Arme vor seiner breiten Brust. Aus dem Augenwinkel sehe ich, dass unsere Nachbarin zur Linken, Frau Brettschneider, neugierig über den Gartenzaun zu uns herüberlugt. „Klar ist das eine Modeerscheinung, was denn sonst? Dieser ganze Müll, Gender und Fantasie-Pronomen und hunderttausend Geschlechter bei Facebook und so weiter. Und du hängst dich da ran. Ich hätte dich echt für klüger gehalten, ehrlich. Weißt du eigentlich, was du deinen Eltern damit antust?"

„Sind nur sechzig Geschlechter bei Facebook." Meine Stimme klingt rau. Und viel zu leise.

Till schüttelt den Kopf. „Sechzig oder hundert, das ist total egal. Fakt ist doch, dass es nur zwei biologische Geschlechter gibt, zwei Geschlechter, die Keimzellen bilden und sich fortpflanzen können. Alles andere sind Kopfgeburten, das weiß doch jeder intelligente Mensch. Und du lässt dich davon einwickeln? Ich kann es echt nicht fassen!"

Seine Stimme ist laut, und Frau Brettschneider starrt verdutzt zu uns herüber. Hinten, vom Querweg, kommt ein Auto in unsere Straße gebogen und langsam auf uns zu, aber Till lässt sich davon nicht beirren. „Ich sag dir eins, Kleine: Als Mädchen warst du genau richtig. Aber du wirst nie ein Junge sein und erst recht kein echter Mann. Komm mal wieder auf den Teppich zurück, bevor du dich und alle um dich herum unglücklich machst!"

„Wen mache ich denn unglücklich?", frage ich, aber jetzt hat auch Till das sich nähernde Auto bemerkt und ist zurückgetreten. Der Wagen hält direkt neben ihm an, und ich erkenne Lisas Vater am Steuer, der mir zuwinkt. Einen Moment später geht die hintere Tür auf, und Feli springt heraus und knallt die Autotür so laut hinter sich zu, dass ich zusammenzucke.

„Till!", ruft sie begeistert. „Und Noni! Till, gehen wir jetzt baden? Ich hab alles dabei!" Sie schwenkt ihren Rucksack, und Till geht in die Knie und breitet die Arme aus, in die Feli sich hineinwirft.

Genau wie ich früher. Etwas in mir zieht sich schmerzhaft zusammen, und auf einmal schießen mir die Tränen in die Augen.

„Na, super, Mäuschen!", sagt Till. „Dann können wir ja sofort los. Komm!" Er winkt Lisas Vater zu, der jetzt wendet und mit einem letzten Gruß wieder davonfährt, und öffnet die Tür seines BMW. „Rein mit dir!"

Aber Feli lässt ihren Rucksack fallen, flitzt zu mir herüber und schlingt die Arme um mich. „Kommst du mit, Noni?", fragt sie und schmiegt sich an mich. Dann blickt sie zu mir auf, und ihr glücklicher Gesichtsausdruck macht einer besorgten Miene Platz. „Bist du traurig, Noni? Hast du geweint?"

„Quatsch", sage ich. „Und nee, ich komme nicht mit. Aber vielleicht gehe ich morgen dann wieder mit dir ins Planschbecken! Viel Spaß!"

„Au ja!", ruft Feli, drückt mich noch mal und saust dann wieder zu Till rüber, der immer noch neben der geöffneten Autotür steht. Sie klettert auf den Rücksitz, und Till schließt die Tür und geht ums Auto herum.

Dann zögert er und kommt zu mir rüber. Einen Moment sehen wir uns in die Augen, dann nimmt Till mich in den Arm. „Sorry", sagt er leise. „Aber das musste mal gesagt werden. Bis später." Und damit lässt er mich wieder los, geht zum Auto hinüber und startet den Motor.

Ich winke Feli zu, die mir vom Rücksitz aus Grimassen schneidet, dann wische ich mir über die Augen. Tatsächlich, sie sind feucht. Hab ich tatsächlich geweint?

Der BMW biegt um die Ecke, und bevor ich zu unserem Haus gehe, sehe ich zu Brettschneiders hinüber. Von unserer Nachbarin ist nichts mehr zu sehen. Aber ich spüre, dass sie mich immer noch beobachtet. Und deshalb richte ich mich kerzengerade auf und fahre mir über die kurzgeschorenen Haare.

Du wirst nie ein Junge sein und erst recht kein echter Mann. Das also denkt Till wirklich über mich.

Eigentlich, das wird mir plötzlich siedend heiß klar, als ich die Pforte öffne, wollte ich immer so sein wie er.

Aber das wird nie passieren, egal, was ich mache und wie immer ich mich auch verändere. Das wird nie geschehen.

Und vielleicht ist das auch gut so.

* * *

Eine ganze Weile liege ich zu Hause unschlüssig auf meinem Bett herum. Mama meldet sich nicht, und ich werde von Minute zu Minute nervöser. Zweimal rufe ich sie an, aber sie geht nicht ran, wahrscheinlich hat sie das Handy leise gestellt.

Wenn Levi nicht ausgerechnet jetzt unterwegs nach Malle wäre … mit irgendwem muss ich jetzt reden, aber mit wem? Emil oder Svea könnte ich anrufen, sie kennen Opa sogar, aber das mit Till könnte ich ihnen wiederum nicht erzählen. Kim und Nasti sind mir nicht nahe genug, und Skandi – ich weiß nicht.

Es ist schon echt lange her, dass ich mich so allein gefühlt habe.

Und wenn Till nun recht hat?

Ach du Scheiße. Ich setze mich auf, greife nach der Schublade und ziehe sie auf. Das Gel liegt ganz hinten, da, wo ich es vor ein paar Tagen auch zuletzt gesehen habe. Ich nehme es raus und wiege es in der Hand. Halbvoll ist es noch. Doktor Schreiber hat mich noch gar nicht gefragt, ob ich nicht eine neue Verschreibung brauche.

Ob Mama das aufgefallen ist?

Ich schiebe es wieder zurück ganz hinten in die Schublade und stehe auf. Draußen sieht es so verdammt heiß aus, dass die Luft zu flirren scheint. Mittagszeit, aber trotzdem, ich kann hier drinnen jetzt nicht mehr rumhängen. Ich muss einfach raus. Einfach nur raus.

* * *

Mir bricht sofort der Schweiß aus, kaum, dass ich auf der Straße stehe. Um mich herum ist alles total still, selbst die Vögel scheinen verstummt zu sein. Die Mittagshitze hängt brütend über mir, und ich schlendere langsam die staubige Straße hinunter, ohne den blassesten Schimmer, was ich mit mir anfangen soll.

Zum hundertsten Mal gucke ich auf mein Handy, aber Mama hat immer noch nicht angerufen. Wie lange sind sie jetzt schon weg, eine gute Stunde, zwei?

Als ich nachrechne, sehe ich, dass es gerade mal fünfzig Minuten her ist, dass Mama und Oma hinter dem Krankenwagen hergefahren sind. Kein Wunder, dass sie sich noch nicht gemeldet hat.

Opa. Er darf nicht sterben, noch nicht. Ich brauche ihn doch noch!

Wie von selbst tragen mich meine Füße den Ostweg hinunter Richtung Parkplatz und dann nach rechts. Vor Schratzkes Privatparkplatz bleibe ich kurz stehen.

Ob ich sie anrufen soll?

Aber das muss ich gar nicht. Denn einen Moment später taucht Mirna hinter der Gartenpforte auf und kommt auf mich zu. Neben ihr geht Arvid, und als sie mich entdecken, winken sie mir beide zu.

Komisch. Seit Jahren wohnen wir alle drei ganz dicht beieinander, aber erst seit ein paar Wochen weiß ich überhaupt, dass Mirna hier zu Hause ist.

Und Arvid – er ist mir immer schon aufgefallen, aber jetzt, wo ich weiß, dass auch er zur queeren Szene gehört, jetzt habe ich noch mehr Respekt vor ihm. Dabei ist das ja kein Verdienst oder so. Aber ein bisschen fühlt es sich so an.

„Hi, Noni!“ Arvid klatscht mich ab, hält meine Hand fest und zieht mich an sich, und auch Mirna nimmt mich danach in die Arme. Damit habe ich überhaupt nicht gerechnet, und ich erstarre. Mirna lässt mich los und sieht mich prüfend an.

„Alles okay bei dir?“

Ich nicke und spüre, wie mir die Tränen in die Augen schießen. Was ist das denn jetzt für ein Mist?

Mirna und Arvid wechseln einen Blick, dann sieht Arvid auf sein Handy.

„He, ich muss los – macht's gut, ihr beiden. Lass uns mal was verabreden, ja? Bis dann!“ Er zieht ab, und ich habe das deutliche Gefühl, dass er genau weiß, wie es mir gerade geht. Und dass ich auf keinen Fall in der Lage bin, mit ihm zu reden.

Mirna stößt die Gartenpforte weit auf. „Komm rein“, sagt sie. „Willst du eine selbstgemachte Minzlimonade?“

Wie ferngesteuert gehe ich hinter ihr her, quer durch den Garten und am Haupteingang vorbei zur Seite, wo eine kleine Terrasse im Schatten liegt. Eine geöffnete Glastür weist ins Innere; ich kann eine gemütlich eingerichtete Küche erkennen, einen großen Holztisch und vier nicht zueinander passende Stühle drumrum. Mitten auf dem Tisch steht ein großer bunter Feldblumenstrauß.

Mirna holt eine Karaffe mit Limonade, in der einige Minzblätter und jede Menge Eiswürfel schwimmen, und zwei Gläser. „Hier“, sagt sie und schenkt uns beiden großzügig ein. „Ich hoffe, du magst das!“

Ich trinke einen großen Schluck. Die Minze britzelt auf meiner Zunge, aber der Limonengeschmack ist stärker.

„Lecker. Hast du selbst gemacht?“

„Nee, meine Mama. Die ist aber gerade nicht da.

„Und dein Vater?“

„Ich hab keinen“, sagt sie und lächelt schief. „Also, schon, aber der hat schon ewig eine neue Familie und keine große Lust mehr auf mich. Egal. Komm, setz dich hin und erzähl mir, warum du so völlig durch den Wind aussiehst.“

Wir hocken uns nebeneinander mit unseren Gläsern auf eine gepolsterte Bank und blicken in den wild bewachsenen Garten hinaus, der ein bisschen was von einem Dschungel hat. Überall ranken Pflanzen und bunte Blumen in die Höhe, mehrere efeubewachsene Bäume spenden großzügigen Schatten, und zwischen all dem Bewuchs kann ich auch ein liebevoll gepflegtes Gemüsebeet erkennen. Aber was da wächst – keine Ahnung.

Wie ein Stadtkind, echt! Dabei bin ich doch hier aufgewachsen. Vielleicht sollte ich mich mal mehr in Opas und Omas Garten engagieren. Kriegen die beiden eh nicht mehr so richtig gut hin. Und Papa ist schon schwer mit unserem eigenen beschäftigt, denn Mama ist für Gartenarbeit nicht groß zu haben.

Hinter dem Dickicht kann ich nur schwach den Gartenzaun erkennen und dahinter Schratzkes Privatparkplatz, und auf einmal geht mir auf, dass wir uns auf seinem Grundstück befinden.

„Sag mal, wohnt hier nicht eigentlich der Schratzke?“

Mirna lacht, ein seidenweiches Lachen, das durch die heiße Sommerluft weht wie ein Windzug. „Ja, klar. Schratzke ist unser Vermieter“, sagt sie. „Der hat das Haus und wir haben hier die kleine Wohnung. War früher die Dienstmädchenwohnung.“

„Ach so!“, sage ich blöde, und dann klingelt mein Handy. Mama! „Endlich!“, sage ich und presse es mir ans Ohr. „Mama?“

„Ach, mein Schatz“, sagt Mama. „Wir sind noch im Krankenhaus, Oma und ich. Aber wir fahren gleich zurück. Opa hatte einen kleinen Schlaganfall, ist aber nicht so schlimm. Er ist jetzt wieder stabil und bleibt aber ein paar Tage hier, damit man ihn noch gründlich untersuchen kann. Also, erst mal vorläufige Entwarnung!“

Ich bin so erleichtert, dass ich kaum sprechen kann. „Oh Mann, da bin ich aber echt froh!“, sage ich schließlich. Ich spüre Mirnas Blick und drehe mich ein bisschen zur Seite. „Grüß ihn mal ganz lieb von mir!“

„Mach ich“, sagt Mama. Im Hintergrund kann ich Omas Stimme hören, und Mama wechselt ein paar Worte mit ihr, dann ist sie wieder am Hörer. „Grüße von Oma. Hat Till Feli abgeholt, hat das alles geklappt?“

„Ja, hat er. Alles gut. Schöne Grüße.“

„Und wo bist du jetzt?“

Ich zögere kurz. „Bei einer Freundin“, sage ich hastig. „Du, Mama, ich muss jetzt auflegen. Ich komm dann auch bald nach Hause, okay?“

„Okay“, sagt Mama, und ich kann die Verwunderung in ihrer Stimme hören, bevor ich das Gespräch beende und das Handy wieder einstecke.

Mirna betrachtet mich von der Seite. „Alles okay?“

Ich nicke und trinke einen großen Schluck Limo. „Mein Opa ist vorhin umgekippt und ins Krankenhaus gekommen“, erkläre ich und gebe ihr eine Kurzzusammenfassung von dem, was passiert ist.

Mirna sieht mich mitfühlend an. „Bist du deshalb so durch den Wind?“

„Merkt man das so doll?“, frage ich verlegen. Auf der Straße fahren hintereinander zwei Autos vorbei, eine Seltenheit hier.

„Ja“, sagt Mirna. „Klar.“

Eine Weile schweigen wir beide. Mir ist klar, dass sie auf eine Antwort wartet, aber ich weiß nicht richtig, wie ich anfangen soll. Und was ich überhaupt erzählen kann. Oder will.

„Ach", sage ich nach einer Weile. „Ich hab ein bisschen Stress mit meinem Halbbruder. Der ist einfach doof drauf."

„Warum?"

Auf einmal spüre ich, wie nahe wir beieinandersitzen. Mirna trägt Shorts und ein weites T-Shirt, genau wie ich. Mir ist fast, als ob ich die Wärme ihrer Haut durch die dünnen Stoffe fast spüren kann.

„Ich weiß nicht. Ich glaube, er findet es richtig scheiße, dass ich trans bin. Und vorhin hat er erklärt, dass ich … dass … dass ich sowieso nie ein richtiger Mann sein werde. Also, in seinen Augen", füge ich hinzu und merke, wie mir noch heißer wird als sowieso schon.

Mirna sieht mich einfach weiter an, und dann, plötzlich, bricht es aus mir heraus und ich erzähle ihr von diesem ätzenden Gespräch mit Till vorhin. Als ich fertig bin, lächelt Mirna und schüttelt den Kopf. „Also, für mich klingt das ziemlich nach Platzhirschverhalten."

„Wie meinst du das denn?" Mein Glas ist leer, die Karaffe auch. Schade eigentlich.

„Na ja, dass er lieber der einzige Mann im Haus sein will, also abgesehen von deinem Vater natürlich. Vielleicht hat er Angst, dass du ihm die Rolle als Thronfolger streitig machst oder so. Ich hol noch mal was zu trinken. Willst du mal mein Zimmer sehen?"

Klar will ich das. Außerdem brauche ich ein paar Minuten, um all das sacken zu lassen.

So hab ich das noch nie betrachtet. Kann es wirklich sein, dass Till deshalb solche Schwierigkeiten hat, meine Transidentität zu akzeptieren? Weil ich ihm seinen Platz streitig machen könnte?

Die Wohnung von Mirna und ihrer Mutter ist klein, aber irgendwie ziemlich gemütlich. Abgesehen von der Wohnküche gibt es nur ein winziges Bad, ein Zimmer für die Mutter und eins für Mirna.

Mirnas Zimmer ist hellgelb gestrichen und ziemlich wild eingerichtet, mit einem Himmelbett, einer Hängematte darüber und einem hohen, vollgestopften Bücherregal. Über dem Schreibtisch hängen Dutzende von Fotos, auf einigen erkenne ich Arvid, aber die meisten Leute darauf sind mir unbekannt. Die meisten Frauen, richtiger gesagt. Es sind nämlich fast nur Frauen und Mädchen auf den Fotos. Und das selbstgemalte rote große Lesbenzeichen in der Mitte ist auch nicht zu übersehen.

Schnell gucke ich erst an die Decke – die ist weiß gestrichen –, dann aus dem Fenster. Der Blick geht vom Schreibtisch aus in den Garten, der hier hinten noch undurchdringlicher und verwunschener scheint als von der Terrasse aus.

Ihr Fenster zeigt nach Nordosten, wenn ich mich nicht irre. Wenn zwischen unseren beiden Häusern keine anderen stünden, dann hätte Mirna von hier aus freie Sicht auf mein Fenster. Wir könnten uns sogar zuwinken, eigentlich. Aber dafür wäre es dann wiederum doch ein bisschen zu weit, vermutlich.

„Wohnt dein Bruder eigentlich noch zu Hause?", fragt Mirna, hockt sich auf ihr Bett und kramt in einem Haufen Klamotten herum, bis sie eine dünne Strickjacke findet und herauszieht.

„Mein Halbbruder", stelle ich richtig. „Nee, Quatsch, der ist doch schon fast dreißig! Der hat auch nie mit uns zusammengewohnt, sondern bei seiner Mutter." Ich gucke weiter aus dem Fenster, während Mirna sich die Strickjacke überwirft und aufsteht.

„Hast du Hunger? Soll ich was kochen?"

„Nee, danke, ich muss auch bald nach Hause." Tills abwertender Tonfall, Opas bleiches Gesicht, Felis Fragen, alles wirbelt in meinem Kopf herum. *Du wirst nie ein Junge sein und erst recht kein echter Mann.* „Aber vielleicht hat er ja auch recht", spreche ich das Undenkbare aus, ehe ich mich zurückhalten kann.

„Womit?" Mirna bleibt im Türrahmen stehen und sieht mich fragend an. Ihre fast abrasierten Haare sind nachgewachsen und schon fast wieder einen Zentimeter lang.

„Vielleicht werde ich wirklich nie ein echter Mann."

„Hach, was soll das denn sein, ein echter Mann?“ Mirna schüttelt den Kopf. „Und wenn es das überhaupt gäbe, dieses Echter-Mann-Sein, willst du das denn überhaupt?“

Ich starre sie an. Und hebe die Schultern und lasse sie wieder fallen.

In Mirnas Gesicht zuckt ein Muskel. „Aber in gewisser Weise hat er ja wirklich auch recht“, sagt sie. „Dein komischer Halbbruder.“

„Wieso?“, brause ich auf, aber sie legt einen Finger auf die Lippen.

„Egal, wie du später drauf bist, du bist ja als Mädchen aufgewachsen und sozialisiert. Also bist du garantiert dann ein anderer Mann als alle, die als Jungs aufgezogen wurden. Aber hey, was soll's – neue Männer braucht das Land!“ Dann runzelt sie die Stirn. „Wie sicher bist du dir denn? Also, dass du trans bist?“

„Ziemlich sicher.“

In ihrem Gesicht zuckt es schon wieder. „Ziemlich? Oder absolut?“

Wir sehen uns an. Ich kann mich nicht bewegen. Und sagen kann ich auch nichts.

Dann doch. „Manchmal weiß ich das alles nicht so genau“, sage ich und bereue es sofort.

Ich kenne Mirna doch kaum. Wieso erzähl ich ihr das?

Aber irgendwie fühlt es sich richtig an. Zumindest okay.

Mirna sieht mich lange an, dann streckt sie die Hand aus, nimmt meinen Arm und zieht mich vors Bücherregal. „Willst du mal ein bisschen was dazu lesen?“, fragt sie. „Guck mal, ich hab jede Menge Bücher dazu. Zu Trans und Queer und allen möglichen Identitäten und Lesben und Detransition und so weiter.“

„Detransiwas?“, frage ich. Mein Blick fliegt über die Buchrücken. Wie kann man nur so viele Bücher haben? Ob sie die echt alle gelesen hat?

„Detransition. Wenn Leute ihre Transition bereuen oder auch rückgängig machen.“

Mir wird schon wieder heiß. Ich drehe mich um und gehe aus dem Zimmer. „Ich les keine Bücher“, sage ich und marschiere schnurstracks durch die Küche raus in den Garten. Die Hitze draußen ist kaum zu ertragen.

„Noni? Was ist denn auf einmal los?“ Mirna kommt mir hinterher, in der Hand die frisch mit Wasser aufgefüllte Karaffe. „Willst du nicht noch was trinken?“

„Nee, ich muss los. Meine Ma kommt gleich.“ Auf einmal will ich nur noch weg. Ich hebe die Hand, winke ihr zu, drehe mich um und laufe los, ums Haus rum zur Pforte, raus und dann rüber zum Ostweg.

Ich höre, dass Mirna mir was hinterherruft, aber ich dreh mich nicht um. Und erst, als ich um die Ecke gebogen bin, atme ich aus.

Detransition. So ein Scheiß!

Ob sie wirklich lesbisch ist? Und wieso in aller Welt macht mir das dann was aus?

* * *

Ich bin noch nicht mal zu Hause, als sie mir eine Nachricht hinterherschickt.

Was ist denn los? Hab ich was falsch gemacht?

Nee. Nee, du hast nichts falsch gemacht. Ich komm bloß nicht mehr klar. Mit gar nichts.

Ich tippe drei Antworten ein und lösche sie wieder. Dann lass ich es sein und stecke das Handy weg.

Es ist so heiß, so heiß. Das liegt alles nur an der Hitze. Und daran, dass Opa im Krankenhaus ist. Und an meinem beschissenen Halbbruder Till.

Sonst ist doch alles okay. Ist es doch, oder?

Hinter unserer Gartenpforte krümme ich mich zusammen, lehne mich an den Zaun und rutsche zu Boden. Und es ist mir voll egal, dass ich genau in der Sonne hocke und heule.

Als ich den Wagen von Oma gegenüber in die Einfahrt rollen höre, bleibt mir gerade noch genug Zeit, ins Haus zu huschen und mir ein paar Liter Wasser ins Gesicht zu klatschen, bevor Mama zur Tür hereinkommt.

„Schnuff, bist du da?“, ruft sie, und dann schließt sie mich fest in die Arme, als ich um die Ecke komme. „Oh, mein Gott, bin ich froh! Opa geht es schon viel besser“, sagt sie und fängt vor Erleichterung an zu weinen.

Und ich weine einfach mal mit.

Fällt gar nicht auf. Und tut mir echt gut.

* * *

Opa liegt mit zwei anderen alten Typen in einem Dreibettzimmer. Alle drei scheinen zu schlafen, als ich reinkomme. Vorsichtig laufe ich auf Zehenspitzen zu Opas Bett am Fenster hinüber, vor dem die Vorhänge halb zugezogen sind.

Sein Gesicht ist bleich, und irgendwie sieht er komisch aus, so mit geschlossenen Augen und leicht geöffnetem Mund. Seine knochigen Hände sind auf seiner Brust gefaltet, der Ehering an seinem Finger glänzt matt im Sonnenlicht. Einen Moment lang betrachte ich ihn, dann steigt Panik in mir auf. Ob er tot ist?

Rasch beuge ich mich über ihn, und im selben Moment reißt er die Augen auf und erschrickt heftig.

„Mein Gott, Kind!“, ruft er und setzt sich mühsam auf. „Hast du mich vielleicht erschreckt!“

„Mensch, Opa, bleib liegen!“, flüstere ich, aber die beiden anderen Patienten sind nun auch wachgeworden und sehen etwas verärgert zu uns herüber. Ich nicke ihnen entschuldigend zu und setze mich vorsichtig auf den Stuhl vor Opas Bett. Opa starrt mich halb vorwurfsvoll, halb amüsiert an.

„Also wirklich!“, sagt er und lacht dann aber leise. „Herrjemine, also, wenn mich kein Schlaganfall ins Grab bringt, dann du!“

„Tut mir leid, Opa. Aber ich dachte plötzlich …“

Opa mustert mich, dann lächelt er. „Ich weiß genau, was du dachtest. Dass dein alter Opa ins Gras gebissen hat, was?“ Er lächelt noch breiter, als er mein schuldbewusstes Gesicht sieht.

„Aber so weit ist es noch nicht! Ich bin nur ein bisschen … ein bisschen lädiert, aber das wird schon wieder."

Er zwinkert mir zu, und im selben Moment geht die Tür auf und eine sehr junge Schwester mit hochroten Wangen trägt ein Tablett herein und stellt es auf dem Tisch neben dem ersten Bett ab.

„Hier, bitte schön, das Abendessen!", sagt sie freundlich und ein wenig verlegen, um gleich wieder hinauszueilen und das nächste Tablett hereinzutragen.

Der ältere Herr, dessen weißes Haar in alle Richtungen vom Kopf absteht, rappelt sich auf und betrachtet mit mürrischem Gesichtsausdruck seine Mahlzeit, nachdem er die Haube vom Teller genommen hat. „Hach, wie sieht dat denn schon wieder aus?", brummt er unzufrieden und schüttelt den Kopf. „Nee, nee, nee …"

Die Schwester serviert seinem Bettnachbarn sein Tablett. „Bitte sehr. Guten Appetit."

„Pah, der vergeht einem hier ja regelmäßig!" Auch Opas zweiter Bettnachbar zieht ein missmutiges Gesicht und streicht sich eine Strähne über die Halbglatze, bevor er sich ans Essen macht.

Opa und ich gucken uns an und müssen beide grinsen. Dann beugt Opa sich zu mir. „Also, wenn ich die Wahl hätte, so wie du, dann würde ich mich auf jeden Fall nicht mit solch alten Knackern wie uns ins Zimmer legen, sondern lieber mit gut duftenden Damen! Überleg es dir also gut!" Er zwinkert mir wieder zu.

„Aber Opa", sage ich. „Ich hab doch keine Wahl! Hab ich dir doch schon zigmal erklärt! Ich hab mir das doch nicht ausgesucht, dass ich …"

Aber Opa unterbricht mich, indem er abwinkt. „Jaja! Ich weiß ja!" Er lächelt der Schwester entgegen, die jetzt mit seinem Tablett auf uns zukommt. Ich springe auf und nehme es ihr ab, und sie sieht mich dankbar an und läuft gleichzeitig rot an.

„Danke!", murmelt sie und hastet hinaus.

Opa sieht mich mit hochgezogenen Brauen an. „Na na na“, sagt er. „Also, du hast ja Chancen! Tsss!“ Dann zieht er sein Tablett zu sich heran und lüpft die Haube. „Hm. Graubrot mit Margarine und Käse. Köstlich!“ Erneut zwinkert er mir zu, dann zieht er die Folie von der Margarinepackung herunter. „So, und dann erzähl doch mal, was hast du denn heute noch so vor? Und vor allem: Wie geht es meinem Pippo?“

Ein bisschen blass ist er immer noch, aber trotzdem noch mein Opa, wie ich ihn kenne. Erleichtert und irgendwie zufrieden lehne ich mich in meinem Stuhl zurück. Auf einmal kommt mir alles gar nicht mehr so schwer vor wie gestern und heute Morgen. „Also, ich treff mich nachher noch mit einem Freund. Und Pippo“, sage ich, „Pippo geht es bestens. Ich soll dich schön grüßen!“

* * *

Ich bin eher als Skandi beim Supermarkt, und nachdem ich mich mehrfach umgesehen habe, klettere ich dann doch die Leiter hoch und setze mich vorn an den Rand des Daches. So richtig wohl ist mir nicht dabei, seit uns die Bullen hier erwischt haben, aber ich nehme mir vor, die Ohren zu spitzen und alles im Blick zu behalten. Müsste doch irgendwie klappen.

Außer mir sind nur zwei etwas ältere Mädchen hier oben, die sich bereits jetzt, am späten Nachmittag, eine Flasche Wein teilen und eifrig plaudernd die Köpfe zusammenstecken. Mich würdigen sie keines Blickes, aber egal.

Unten auf dem Parkplatz schieben mehrere Kunden ihre Einkaufswagen über das Pflaster, und zwei Familien-SUVs parken gerade nebeneinander ein. Aus dem einen steigt eine ältere Frau, aus dem anderen ein altes Ehepaar. Die Teile sind echt der Renner bei alten Leuten, Oma liebäugelt auch mit so einem Wagen, hat sie mir neulich erzählt, weil man da bequemer ein- und aussteigen könne und eine super Übersicht habe.

Ich halte mein Gesicht für einen Moment in die langsam schwächer werdende Sonne, die noch über den Baumwipfeln hängt, dann ziehe ich mein Handy raus. Mirna hat mir seit gestern Mittag noch zwei weitere Nachrichten geschickt, aber ich habe immer noch nicht geantwortet. Ich weiß einfach nicht, was ich schreiben soll.

Wenn ich an sie denke, ist mir ganz merkwürdig zumute. Traurig, wütend und sehnsüchtig zugleich.

Aber wütend bin ich nicht auf sie. Sondern auf mich.

„Hi, Noni." Auf einmal steht Skandi schräg hinter mir, die Hände in den Hosentaschen, das Gesicht ernst wie meistens. Wann hab ich ihn überhaupt schon mal lächeln sehen?

„Hi, Skandi!" Ich stecke das Handy wieder ein, halte ihm die Hand hin, und er schlägt ein und lässt sich dann neben mir auf der Dachkante nieder, allerdings nicht besonders nahe. Wundert mich aber nicht. Skandi ist einfach sehr misstrauisch, das hab ich schon mitgekriegt. „Geht's gut?"

„Okay", sagt Skandi und beugt sich vor, um die Lage unten auf dem Parkplatz zu inspizieren. „Ganz okay. Und du?"

„Geht so", sage ich und ziehe die beiden Bierflaschen aus meinem Rucksack, die ich vorhin noch eingekauft habe. „Willst du?"

Skandi schüttelt den Kopf und zieht seinerseits zwei Coladosen aus seinem Rucksack. Eine davon hält er mir hin, und ich nehme sie. Ist mir sowieso zu früh für Bier.

Eine Weile sitzen wir einträchtig schweigend nebeneinander und betrachten die Sonne, die sich ganz langsam auf den Weg nach unten macht. Die Cola ist ein bisschen zu warm für meinen Geschmack, aber okay.

„Und sonst so?", frage ich schließlich, als mir das Schweigen dann doch zu lange dauert.

Skandi zieht die mageren Schultern hoch und trinkt noch einen Schluck aus seiner Dose. „Kim ist weg", sagt er nach einem Moment.

„Wie, weg?"

„Die ist nach Berlin."

„Echt jetzt?"

Er nickt und trinkt seine Dose aus. „Aber ist ja kein Wunder. Da gehen doch fast alle irgendwann hin."

Da hat er recht. Ich wahrscheinlich auch, eines Tages. Berlin ist einfach groß und gar nicht weit weg. Die Stadt der unendlichen Möglichkeiten. Unser New York. Ich gucke Skandi von der Seite an. Er hat sein Basecap tief ins Gesicht gezogen, ich kann seine Augen gar nicht richtig erkennen. Ob es das war, worüber er mit mir reden wollte? Kann ich mir eigentlich nicht vorstellen.

Skandi sieht nach unten, wo sich jetzt vor dem Eingang zum Supermarkt eine Mutter lautstark mit ihrem Kind streitet. Der Kleine wirft trotzig sein Eis auf den Boden, und seine Mutter hebt es wieder auf und wirft es in den Mülleimer, woraufhin der Junge noch lauter brüllt als schon zuvor.

„Hast du schon von Gigi gehört?“, fragt Skandi und sieht ungerührt zu, wie der Junge sich nun auf den Boden wirft und mit den Fäusten auf den Boden trommelt.

„Wer ist das?“, frage ich.

Jetzt guckt Skandi mich an, aber nur kurz. „Na, der dicke, lustige Typ aus der Schwulengruppe.“

„Der beim Sommerfest am Grill stand?“

Skandi nickt und holt eine weitere Colabüchse aus dem Rucksack. „Ja, genau.“ Er bietet mir auch eine weitere Dose an, aber ich schüttle den Kopf.

„Und was ist mit dem?“ Wirklich, Skandi muss man echt alles aus der Nase ziehen. Anstrengend. Vielleicht bin ich deshalb auch noch nie drauf gekommen, mich mit ihm zu verabreden.

Skandi beugt sich über die Dachkante und spuckt nach unten, wo inzwischen Ruhe eingekehrt ist. „Der ist tot“, sagt er. „Hat sich umgebracht.“

Ich mache den Mund auf und klappe ihn wieder zu. Ich bin echt sprachlos. Dieser lustige, freundliche Typ hat sich umgebracht? Nicht zu fassen. Ich mein, es ist nie zu fassen, wenn Leute sich das Leben nehmen, aber bei ihm hätte ich so gar nicht damit gerechnet.

Aber im Grunde kannte ich ihn ja nun überhaupt gar nicht.

„Ja, übel“, sagt Skandi und lehnt sich zurück. Die Sonne scheint ihm jetzt voll ins Gesicht, und erst jetzt kann ich seine

Augen erkennen. Und den riesigen Bluterguss, der sich ums linke rankt.

Erschrocken schnappe ich nach Luft. „Ach du Scheiße, was ist denn mit dir passiert?“

Skandi sieht der Mutter hinterher, die ihren Sohn jetzt an einer Hand hinter sich her zum Auto zieht, den Einkaufswagen an der anderen. „Ach, nichts. Mein Alter.“

„Aber … du wohnst doch gar nicht mehr zu Hause?“

„Nein. Aber meine Mutter. Ich besuch sie manchmal. Und wenn ich dann Pech hab …“ Skandi zuckt mit den Schultern.

Unvorstellbar finde ich das. Papa hat mich noch nie angerührt, nicht ein einziges Mal. „Und hast du ihn angezeigt?“

„Vergiss es.“ Skandi springt auf. Vorsichtig tritt er an den Rand der Dachkante heran und blickt nach unten und dann zur Sonne, die jetzt die Baumspitzen erreicht hat.

Auf meinem Handy geht eine Nachricht ein, und als ich es hervorziehe, sehe ich sofort, dass sie von Mirna kommt.

Redest du nicht mehr mit mir?

Diesmal antworte ich sofort und ohne nachzudenken.

Doch, bin nur gerade unterwegs. Melde mich nachher!

Als ich das Handy wieder einstecke, sehe ich, dass Skandi mich aufmerksam beobachtet, während er für meine Begriffe ein bisschen zu nah am Rand entlangbalanciert. „Pass bloß auf!“, sage ich.

Skandi verzieht das Gesicht zu einem schiefen Lächeln und läuft weiter. Dann bleibt er stehen und sieht nach oben, und für einen bangen Moment habe ich das Gefühl, dass er gleich runterspringen wird.

„Skandi …“ Ich will schon aufstehen, aber da dreht er sich zu mir um und hockt sich neben mich. Wieder schweigt er, und jetzt, allmählich, wird es mir zu bunt. „Worüber wolltest du eigentlich mit mir reden?“

Skandi holt tief Luft und blickt auf seine Hände hinunter. „Ich … ich glaube, ich bin in dich verliebt, Noni“, sagt er und räuspert sich. Nur ganz kurz sieht er mich an, aber was er da in meinem Gesicht entdeckt, sagt ihm wohl alles. Ruckartig steht er wieder auf. „Schon gut“, sagt er. „Schon gut, vergiss es.“ Und damit dreht er sich um und geht los, quer übers Dach zur Leiter.

„Skandi, warte mal!“ Ich rappele mich auf. „He, warte! Lass uns doch mal reden!“

Aber Skandi ist schon weg. Die beiden Mädchen an der Seite des Daches sehen aufgeschreckt zu mir rüber und kichern dann blöde, als ich übers Dach flitze und die Leiter herunterklettere.

Aber von Skandi ist weit und breit nichts mehr zu sehen. Stattdessen entdecke ich vorn an der Einfahrt einen Polizeiwagen, der gerade auf den Parkplatz einbiegt, und ich stecke die Hände in die Hosentaschen und schlendere betont langsam davon.

* * *

Später hocke ich auf Omas Dachboden in meinem Sessel, die Beine über Kreuz, und streichele Pippo, der es sich maunzend auf meinem Schoß gemütlich gemacht hat. Unten höre ich Oma mit Geschirr klappern, nachher werden wir beide noch zusammen zu Abend essen. Oma freut sich, dass ich ihr Gesellschaft leiste, jetzt, wo Opa noch zwei oder drei Tage im Krankenhaus liegen muss.

Mein Handy liegt locker in meiner rechten Hand, die linke ist für Pippo reserviert, der sich genussvoll dagegenstemmt. Ich habe Skandi dreimal angerufen und ihm zwei Nachrichten geschickt, aber er meldet sich nicht.

Levi hab ich nur ganz kurz gesprochen, er hat nur gelacht und gemeint, ich solle ihn lieber erst mal in Ruhe lassen. „Das wird sich schon klären“, hat er gesagt, aber da bin ich mir gar nicht so sicher.

Skandi steht auf mich? Ich fasse es nicht. Da wäre ich nie drauf gekommen.

Ich bin auf jeden Fall nicht in ihn verliebt, das ist mir schon klar.

Nachdenklich ziehe ich die Beine an und rufe Mirnas Nachricht auf.

Jetzt muss ich mich endlich melden. Aber ich weiß immer noch nicht, was ich schreiben oder sagen soll. Ich habe einen Knoten im Bauch. Und im Kopf.

Ein bisschen Zeit hab ich ja noch. Statt ihr zu antworten, ziehe ich Mamas Heft aus meinem Rucksack und schlage es auf.

Heute kam die Zusage des Oberstufenzentrums. Im September kannst du da anfangen, zwei Jahre bis zum Fachabitur. Du kannst mit dem Bus hinfahren, dauert ein bisschen länger als dein jetziger Schulweg.

Hoffentlich wird es dir da gutgehen, hoffentlich wirst du nicht gemobbt!

Du hast vor, dich dort zu outen und dich auf jeden Fall mit deinem neuen Namen einzuführen.

Noni. Eigentlich weiß man ja sofort, dass es ein Fantasiename ist. Klar, du kannst dich nennen, wie du willst, das ist schon okay. Aber ich frage mich trotzdem, warum du dir nicht einen deutlich männlichen Namen ausgesucht hast. Ein bisschen habe ich das Gefühl, dass dein Name für eine gewisse Unentschiedenheit steht. Und vielleicht ist es auch genau das, was du eigentlich willst: im Dazwischen bleiben, dich nicht für eine Seite, ein Geschlecht entscheiden.

Damit könnte ich persönlich ja besser leben als mit der ständigen Sorge um deine körperliche Unversehrtheit.

Die dann ja keine mehr sein wird. Dein Körper wird angetastet, operiert, verändert werden. Wie genau, entscheidest du dann selbst. Das ist deine Sache.

Das nervt mich übrigens an diesen vielen Diskussionen um das neue Selbstbestimmungsgesetz: Was geht es andere an, was du mit deinem Körper machst? Egal, ob du minderjährig oder erwachsen bist, das sollte doch deine ureigene Sache sein! Klar, ich bin deine Mutter. Mich geht es deshalb natürlich schon an, weil ich mich um dich sorge.

Und ja, übrigens, ich bin auch ein bisschen beleidigt, dass du den Namen, den ich so mühe- und liebevoll für dich ausgesucht habe, nicht mehr tragen willst. Ich weiß noch genau, wie lange ich nach dem passenden Namen für dich gesucht habe. Arndt war irgendwann vollkommen genervt von meinen vielen Vorschlägen und hat dann beschlossen, dass ich es einfach ganz allein entscheiden solle. Dass ich freie Hand haben solle. Aber am Ende waren wir beide total einverstanden mit deinem Namen, der jetzt ein sogenannter Deadname sein soll. Puh.

Eigentlich sollte ich mehr im Hier und Jetzt sein, aber ich muss immer an die Zukunft denken. An deine Zukunft.

Ich klappe das Heft zu. Der rote Einband ist schon ein bisschen lädiert, aber noch hält er.

Meine Zukunft. Tja. Eine ganze Weile strahlte sie mir entgegen, in einem schönen, hellen Licht, aber jetzt ist das auf einmal anders. Ich kann sie nicht mehr sehen. Ich kann MICH nicht mehr sehen.

Sicher, ich habe eine Identitätskrise, das ist mir klar, aber ich weiß nicht, woher sie auf einmal gekommen ist. Weil ich das Gel nicht mehr nehme, vielleicht? Oder nehme ich das Gel nicht mehr, weil ich eine Krise habe?

Was will ich denn überhaupt noch?

Und wieso fällt mir jetzt Mirna ein?

„Nina, kommst du essen?“ Oma. Sie wird sich nie an meinen neuen Namen gewöhnen, das ist wohl mal klar.

Ich seufze. „Gleich, Oma!“ Ich setze Pippo, der unwillig maunzt, auf den Boden und stehe auf. Und dann nehme ich endlich das Handy und schreibe eine Nachricht an Mirna.

Kapitel 9

„Und deine Eltern sind jetzt für zwei Wochen verreist?“

„Ja“, sage ich knapp. „Mit meiner Schwester.“

Doktor Frehner hebt die Brauen. „Und du wolltest nicht mit? Neulich warst du ja noch unentschlossen, aber jetzt hast du dich entschieden?“

„Ja.“ Ich deute zum Skelett rüber. „Heute kein Käppi?“

Doktor Frehner lächelt. „Nein, heute kein Käppi. Viel zu heiß dafür, findest du nicht?“

Ich zucke mit den Schultern und drehe mit einer Hand mein Armkettchen herum. Dann sehe ich aus dem Fenster. Und dann wieder zu Frau Doktor Frehner, die mich nachdenklich mustert. Schließlich beugt sie sich vor.

„Was ist los, Noni?“

Ich starre sie erschrocken an, dann gucke ich auf mein Armband runter. Es ist schon ganz zerschlissen, wird Zeit, dass Levi mir bald ein neues macht.

„Ich merke, dass du nicht im Reinen mit dir bist, Noni. Möchtest du mir davon erzählen?“

Ich seufze. „Ich weiß aber nicht, wo ich anfangen soll. Alles ist so durcheinander. Ich …“ Ich sehe auf und ihr in die Augen. „Was ist denn, wenn das alles falsch ist?“

„Was genau meinst du?“

Ich zucke mit den Schultern. „Alles. Mein ganzes Leben“, sage ich, und meine Kehle ist so rau wie ein Reibeisen. „Wenn ich mich jetzt zum Beispiel in ein Mädchen verlieben würde, und die wäre aber lesbisch, und ich bin ja trans, was ist denn dann?“

Frau Doktor Frehner nickt, aber sie lächelt nicht, und das finde ich gut. „Dann müsstet ihr beide herausfinden, ob ihr euch gegenseitig so gut findet, dass ihr es miteinander ausprobieren wollt“, sagt sie.

Das hilft mir irgendwie auch nicht weiter. „Aha“, sage ich. „Na, dann.“

Frau Doktor Frehner nickt mir zu. „Ja“, sagt sie. „Anders geht es nicht. Und was denkst du, bist du dazu bereit?“

* * *

Es ist ein seltsames Gefühl, nach Hause zu kommen und niemand ist da. Keine Feli, die mir entgegenläuft und mich überreden will, mit ihr in den Pool zu gehen. Keine Mama, die mir Kaffee macht und mich zu einem Gespräch verlocken möchte. Kein Papa, der seine Sporttasche packt und mich „Schnuff“ nennt und danach schuldbewusst dreinsieht.

Niemand. Nur ich selbst.

Und das gleich zwei geschlagene Wochen lang.

Eine Woche hätte auch gereicht, aber na gut.

In der Küche hat Mama mir einen Zettel hingelegt mit letzten Anweisungen: „Nie die Gartenpforte auflassen! – Feuchte Handtücher nicht in den Wäschekorb! – Lieb sein!“, und Papa hat zusätzlich zum Haushaltsgeld noch einen Hunderter bereitgelegt. Der Kühlschrank ist voll, die Tiefkühltruhe auch.

Unschlüssig stehe ich da, dann entscheide ich mich, trotz der Bullenhitze draußen erst einmal einen Kaffee zu trinken. Ich habe gerade die Milch eingeschüttet und das Mahlwerk eingestellt, als es an der Tür klingelt.

Ich drücke die Einschalttaste, renne in den Flur und öffne die Tür.

Mirna steht da und sieht mich an. Ihre Haare sind blau, ein richtig knalliges Blau. Knalliger noch als ihre Augen.

„Hi, Noni.“

„Hi, Mirna.“

Sie sieht zu Boden und dann wieder hoch. „Ich wollt mich verabschieden. Morgen fahre ich zu meiner Oma.“

„Oh“, sage ich. Nicht, dass ich es vergessen hätte. Aber irgendwie habe ich insgeheim gehofft, dass es noch eine ganze Weile dauern würde bis dahin. So lange, bis ich endlich gewusst hätte, ob ich mitfahren würde. Also vermutlich bis zum Sankt-Nimmerleins-Tag.

„Du kommst ja nicht mit, oder?“

„Nee. Ist wohl keine so gute Idee“, sage ich und versuche ein Lächeln. Klappt aber nicht so besonders.

Und sie lächelt gar nicht. „Warum nicht?“

Ich zucke mit den Schultern.

Mirna tritt von einem Fuß auf den anderen und schultert ihre Tasche neu. „Wollen wir jetzt hier draußen stehen bleiben oder was?“, fragt sie schließlich.

„Oh … nee, komm rein.“ Ruckartig reiße ich die Tür weit auf. „Ich mache mir gerade einen Kaffee. Willst du auch einen?“

„Okay.“

In der Küche setzt sie sich an den Tisch und sieht sich um, während ich uns beiden Kaffee mache. Mirna trinkt ihren schwarz und stark, und nach dem ersten Schluck lächelt sie mich kurz an, das erste Mal an diesen Tag.

„Lecker.“

„Danke.“

Sie nickt und trinkt noch einen Schluck. „’ne knappe Message hast du mir da geschickt“, kommt sie dann direkt auf den Punkt.

Ich verschlucke mich fast. „Äh … ja, kann sein.“

„*Hab viel zu tun. Bis bald, melde mich*. Jetzt mal echt, Noni. Und das, nachdem wir einen halben Nachmittag geredet haben. Und überhaupt!“ Sie betrachtet mich über den Rand ihrer Tasse hinweg. „Was ist denn nun eigentlich los?“

Ich winde mich unbehaglich auf meinem Stuhl. In ihrer Nähe ist mir zugleich heiß und kalt, obwohl das natürlich auch an der Hitze draußen und der Kühle hier drinnen liegen kann. Na ja, so kühl ist es nun auch wieder nicht. Ich springe auf und reiße die Kühlschranktür auf. Mirna sieht mich verblüfft an.

„Was ist denn jetzt los?“

Ich fächle mir die kalte Luft zu. „Ist ganz schön heiß hier, findest du nicht?“

Mirna sieht mich einen Moment lang an, dann bricht sie in Lachen aus. Und das ist so ansteckend, dass ich schließlich mitlachen muss.

Es dauert eine Weile, bis wir uns wieder einkriegen. Schließlich hole ich uns zwei kalte Limonaden – gekaufte natürlich – aus dem Keller, und wir setzen uns raus in den Garten auf die Bank neben der Terrasse. Hier ist es zwar fast unerträglich heiß, auch im Schatten, aber drinnen zu sitzen, kommt uns beiden komisch vor.

„Also, welchen Garten findest du besser?“, fragt sie mich und lässt den Blick über den Pool und die Schaukel schweifen.

„Na, euren natürlich. Aber der hier ist praktischer. Hier kann man Fußball spielen und mit Feli toben und so. Und braucht nicht aufzupassen, dass man irgendwelche kostbaren Pflanzen kaputttritt.“

„Unsere Pflanzen sind nicht kostbar!“, sagt Mirna entschieden, dann lacht sie. „Aber ich finde unseren Garten auch viel schöner. Und den hier praktischer.“ Sie lächelt mich an, und ich lächele zurück.

„Dann sind wir uns ja einig.“

„Ja“, sagt sie, und dann wird ihr Gesicht auf einmal ganz weich. „Ich hab dich irgendwie vermisst, Noni.“

Mein Herz macht einen Satz. Und noch einen. Ich muss merkwürdig gucken, denn Mirna sieht verunsichert aus und rückt sogar ein Stück von mir ab.

„Hätt ich nicht sagen sollen?“

„Doch, klar. Aber …“

Einen Moment herrscht Schweigen zwischen uns, dann sagt Mirna: „Was ist denn jetzt eigentlich das Problem, Noni?“

Tja. Wenn ich das wüsste.

„Also, ich bin ja …“ Ich zögere. „Also, du bist ja …“ Und schon wieder weiß ich nicht weiter. Und das ist offenbar der Moment, in dem es Mirna reicht.

„*Ich bin, du bist* … Noni, echt, das ist doch Kindergarten. Wenn du mir eigentlich sagen willst, dass du keinen Bock auf mich hast, dann sag es doch endlich!“ Ihre Augen blitzen. Wie kann es eigentlich sein, dass sie so total auf dem falschen Dampfer ist?

„Nee, das stimmt nicht. Im Gegenteil. Aber ich bin schließlich trans, und du stehst ja wohl ganz offensichtlich auf Frauen, oder? Also, du bist doch lesbisch, oder nicht?"

„Na und? Wo ist jetzt das Problem?"

Vielleicht ist ja nicht Mirna auf dem falschen Dampfer, sondern ich? Geht es ihr vielleicht nur um Freundschaft, nicht um mehr? Und ich, geht es mir etwa nicht nur um Freundschaft, sondern um mehr?

„Dein Freund Levi hängt doch auch mit lauter Lesben rum. Oder mit Transjungs", fügt sie hinzu und trinkt ihre Limonade aus. Dann stellt sie die leere Flasche neben der Bank ab, und der Knall, mit dem das Glas auf die Steinfliesen trifft, hallt laut durch den Garten. „Weißt du, was ich mich frage? Warum haben so viele Transmänner nur lauter Transfreunde und cis Mädchen, aber keine männlichen cis Freunde? Und warum sind so viel Transmänner in der queeren Szene unterwegs?"

„Weil sie da ja wohl eher hingehören."

„Ach ja?" Mirna starrt mich an. „Du auch?"

Ich denke an Tranxkidz. Das Gefühl dazuzugehören. Ist das wirklich so?

„Ja, doch." Und warum klinge ich dann so zögerlich?

„Kann es nicht sein, dass das auch daran, liegt, weil Transmänner hauptsächlich von Lesben akzeptiert werden? Weil Lesben dafür Verständnis haben und weil sie die Transmänner als zugehörig empfinden? Weil viele Transmänner vorher als Lesben gelebt haben? Und vielleicht im Herzen immer noch lesbisch sind?"

„So ein Quatsch", sage ich halbherzig. „Ich bin jedenfalls nicht lesbisch."

Mirna schweigt einen Moment und zeichnet mit einer Schuhspitze ein Muster in den Staub auf der Terrasse. „Weißt du", sagt sie leise. „Du kannst ja sein, was du willst. Aber du musst nicht unbedingt trans oder nonbinär sein, um eine Frau zu sein, die den Rollenklischees nicht entspricht."

„Weiß ich doch, ich bin doch nicht blöd!“, sage ich trotzig und stelle meine Flasche ebenfalls ab. Aber bei mir knallt es nicht, sondern klingt irgendwie matt.

„Und warum musst du unbedingt ein Junge sein und nicht einfach ein ganz besonderes Mädchen?“, fragt Mirna leise und sieht schräg zu mir auf.

Ich setze mich aufrecht hin. „Weil ich ein Junge bin. Schon immer! Und wenn du damit nicht klarkommst, dann lass mich doch einfach in Ruhe! Fahr zu deiner Oma und vergiss es!“

Mirna sieht auf und mir direkt ins Gesicht. Dann zieht sie die Brauen nach unten. „Glaube ich nicht“, sagt sie und steht auf.

„Wie, was glaubst du nicht? Was soll das denn heißen?“ Ich spüre, wie mir ganz kalt wird. Oder eher heiß. Oder beides zugleich.

Sie zuckt mit den Schultern. „Fühlt sich nicht so an“, sagt sie und geht los. Einfach so, ohne sich zu verabschieden oder mich noch einmal anzusehen.

Und ich sitze da wie erstarrt. Oder nein, eher so, als wäre ich gerade eben mit voller Wucht gegen eine Wand gerannt. Und erst, als ich die Gartenpforte ins Schloss fallen höre, kann ich wieder Luft holen.

* * *

„Jetzt bleib bitte ganz ruhig liegen. Ich bin gleich wieder da.“ Die Sprechstundenhilfe lächelt mir zu und schließt dann die Tür hinter sich.

Die Messfühler auf meiner Brust drücken ein wenig. Ich hole tief Luft und versuche wirklich, ganz still dazuliegen, aber es fällt mir schwer.

Die Wand vor mir ist hellgelb gestrichen, die Decke ist weiß. Fast so wie in Mirnas Zimmer. Ich mache die Augen zu.

Es ist komisch, mit nackter Brust hier zu liegen. Ohne Binder. Die Sprechstundenhilfe hat sich nichts anmerken lassen, aber die Druckstellen sind deutlich sichtbar.

Ich muss an Levi denken, der seit Wochen den nahenden Tag seiner Mastektomie feiert: „Endlich kommen die Dinger weg!“

Geht mir auch so, aber anders als Levi habe ich hauptsächlich Angst davor. Vor dem Eingriff. Vor den Schmerzen.

Warum hasse ich sie eigentlich so? Warum kann ich meinen Körper so wenig leiden?

So oder so ist alles Scheiße. Nichts ist gut. Und vielleicht wird es auch nie gut.

Was ich auch tue, alles wird wehtun.

„Und warum musst du unbedingt ein Junge sein und nicht einfach ein ganz besonderes Mädchen?“ Ja, Scheiße. Warum? Zehntausend Euro für die richtige Antwort.

Sie liegt jetzt bestimmt in Stralsund am Wasser und ist immer noch sauer auf mich. Und auch das ist Scheiße.

Die Tür geht auf, meine Augen auch.

„So, mein Lieber, jetzt hat die Qual ein Ende!“ Doktor Schreiber und die Sprechstundenhilfe kommen herein, und während sie mir mit geübten Griffen die Fühler abnimmt und dann ein Tuch zum Abwischen reicht, zieht Doktor Schreiber sich die Ausdrucke aus dem Gerät und setzt sich damit an den Schreibtisch.

„Hm, das sieht so weit vollkommen unauffällig aus“, sagt er zufrieden, als ich mich angezogen zu ihm an den Tisch setze. „Das ist gut, sehr gut sogar. Aber was mich ein bisschen wundert … das sind deine Testosteronwerte.“

Die Sprechstundenhilfe zieht die Tür hinter sich zu. Doktor Schreiber blickt auf und mir ins Gesicht. „Deine Werte müssten eigentlich viel höher sein. Nimmst du das Gel wirklich regelmäßig? Also täglich zur gleichen Zeit?“

Ich spüre, dass ich rot anlaufe. Ich wusste, dass die Frage kommen wird, und ich habe sie in Gedanken schon zigmal beantwortet, aber jetzt, wo ich hier vor ihm sitze, jetzt bringe ich die eingeübten Worte einfach nicht über die Lippen. „Ja, schon“, sage ich.

Doktor Schreiber betrachtet mich mit gerunzelter Stirn. „Ja? Das ist mir nicht ganz erklärlich. Es würde also bedeuten, dass du auf die Dosierung nicht gut ansprichst, also müssten wir das Testosteron höher dosieren. Oder doch auf eine Depotspritze umstellen. Das hielte ich persönlich für die bessere Lösung." Er sieht mich auffordernd an.

Ich räuspere mich, dann schüttele ich den Kopf. „Nein, das lieber nicht, also ich würde lieber weiter das Gel nehmen."

Doktor Schreiber nickt. „Welche Wirkung hast du denn bislang beobachten können? Oder anders gefragt: Gibt es für dich eine sichtbare Wirkung? Stimme, Haut, hat sich da schon etwas verändert?"

Ich schüttele den Kopf.

„Bekommst du deine Periode noch?"

Ich nicke zögerlich.

„Und wann zuletzt?"

„Vor ein paar Tagen", sage ich und ärgere mich selbst über meine jämmerlich klingende Stimme. Was mache ich hier eigentlich für einen Mist? Warum bin ich nicht einfach ehrlich?

Weil ich mich dafür schäme. So einfach ist das. Ich schäme mich für meine eigene Unentschlossenheit.

Doktor Schreiber kratzt sich am Hals und blickt wieder auf seine Unterlagen. Die Sekunden fließen dahin. Schließlich gebe ich mir einen Ruck.

„Doktor Schreiber, könnte ich auch … also, ich meine, muss man denn eigentlich das volle Hormonprogramm machen?"

Er sieht mich an und lehnt sich zurück. „Wie meinst du das jetzt?"

Ich ziehe den Kragen meines T-Shirts ein bisschen herunter. Mir ist total unbehaglich zumute. „Ich frage mich, ob man nicht auch nur ein bisschen Testosteron nehmen könnte, nur, damit man sich vielleicht männlicher fühlt. Aber ohne das ganze Programm zu machen, also ohne sichtbare Veränderungen, die sich dann vielleicht auch gar nicht mehr rückgängig machen lassen. Nur so fürs Gefühl, damit man sich einfach besser und männlicher fühlt? Oder geht nur ganz oder gar nicht?"

Doktor Schreiber nickt langsam, ohne mich aus den Augen zu lassen. Und auf einmal habe ich das Gefühl, dass er mich durchschaut. Dass er ganz genau weiß, was in mir vorgeht, besser als ich selbst. „Du meinst, wie ein leichtes Psychopharmakon, ein Stimmungsaufheller?"

„Ja, genau. Geht so was?"

Doktor Schreiber schiebt langsam die Ausdrucke weiter in die Tischmitte. „Theoretisch schon, ja. Noni, ich habe den Eindruck, dass du mit deiner Transition nicht mehr im Reinen bist. Kann das sein?"

Ich zucke mit den Schultern. „Ich wollte nur … ich würde nur gern wissen, ob das ginge."

Er nickt. „Weißt du, bislang ist die Testosterongabe bei dir ja unauffällig verlaufen. Wir können das Ganze also jederzeit stoppen. Oder auch unterbrechen. Wenn du also ernsthafte Zweifel hast, ob dieser Weg wirklich der richtige ist für dich, dann kann ich eine Weiterführung nicht mehr verantworten. Hast du mit Doktor Frehner schon darüber gesprochen?"

„Nein", sage ich leise.

„Das solltest du unbedingt machen, Noni. Und weißt du was? Du musst nichts überstürzen. Und nichts machen, von dem du nicht überzeugt bist. Vielleicht legen wir erst mal eine Pause ein, du sprichst mit Doktor Frehner, und dann sehen wir uns wieder und entscheiden, ja?"

„Ja", sage ich und stehe auf. „Okay."

Draußen bin ich vollkommen verwirrt. Und zugleich erleichtert. Vielleicht hat Doktor Schreiber recht, vielleicht brauche ich genau das: eine Pause. Eine kurze Pause.

Vielleicht sehe ich dann klarer.

* * *

Pippo guckt beleidigt, als ich ihn von meinem Schoß heruntersetze, um in Ruhe im Netz zu surfen. Von unten höre ich Oma mit einer ihrer Freundinnen telefonieren. Opa hält ein Schläfchen; seit er aus dem Krankenhaus zurück ist, legt er sich ziemlich oft hin. Ich hab versprochen, ihn zum Mittagessen zu wecken.

Ich lehne mich in den Sessel zurück, atme tief ein und muss fast husten. Die Luft hier oben ist trocken und heiß, der Dachboden ist nicht besonders gut isoliert, aber ich bin einfach total gern hier oben. Und jetzt, wo drüben keiner zu Hause ist, besonders gern. Es ist schön, allein für sich und doch nicht so ganz allein zu sein.

Von Mirna hab ich nichts mehr gehört.

Was sie jetzt wohl da oben macht, in Stralsund? Aufs Meer gucken? Vielleicht hat sie ja auch Freunde da oben. Oder eine Freundin.

Ich drücke den Gedanken weg, ziehe die Beine an und schalte das Display ein. Wie hieß das noch, Detransition?

Nach ein paar Versuchen habe ich es. Detransition: „Das Ablegen der Identifikation mit einem anderen Geschlecht und das ganz oder teilweise Rückgängigmachen der geschlechtlichen Transition in sozialer, rechtlicher oder körperlicher Hinsicht."

Rückgängigmachen? Ich lege den Kopf in den Nacken und betrachte die Dachsparren über mir. Spinnweben hängen dort, ganz zarte. Ich müsste nichts rückgängigmachen, ich habe das Testogel nicht lange genug genommen und auch nicht regelmäßig genug. Drei Wochen bloß, und dann habe ich es einmal vergessen. Dann noch mal. Und dann, allmählich, wollte ich es auch gar nicht mehr nehmen. Dann wieder doch. Ätzend war das.

Irgendwie haben sich die Zweifel nach und nach eingeschlichen. Aber warum eigentlich?

Ob ich mich irgendwie von Mirna habe beeinflussen lassen? „Fühlt sich nicht so an", hat sie gesagt.

Oder von Levi und den anderen Tranxkidz? Weil ich unbedingt dazugehören will?

Ich muss an Skandi denken. Seit diesem verunglückten Treffen da oben auf dem Dach des Supermarktes haben wir uns nicht mehr gesehen, aber immerhin ein paar Nachrichten geschickt und letzte Woche sogar telefoniert, aber nur über Belanglosigkeiten geredet und uns vage fürs nächste Tranxkidz-Treffen verabredet. Skandis Geständnis ist nicht mehr zur Sprache gekommen. Zum Glück – ich hätte auch nicht gewusst, was ich dazu sagen soll.

Ich nehme das Handy wieder hoch und suche weiter. Einen Blog finde ich, von einer Frau, die eine Weile als Transmann gelebt hat und dann wieder in ihr Geburtsgeschlecht zurückgegangen ist. Ich lese ein bisschen darin herum, dann wird es mir zu anstrengend.

Einen Podcast finde ich auch, ein Interview mit einem anderen ehemaligen Transmann. Phila, so heißt sie, wiederum meint, dass sie eher abwechselnd männlich und weiblich leben möchte und sich jetzt eben wieder dazu entschieden hat, als Frau zu leben. Aber trans sei sie noch immer, allerdings nicht binär.

Oh, Mann, all diese Begriffe! Mir schwirrt der Kopf. Lesen war noch nie mein Ding, aber solche schwierigen Podcasts zu hören, das ist ja fast wie Lesen. Nichts für mich.

Trotzdem hallen zwei Sätze in mir nach, als ich das Handy sinken lasse. „Trans bin ich noch immer, aber ich habe mich dafür entschieden, jetzt wieder als Frau zu leben. Und das kann sich auch wieder ändern."

Geht das echt? Muss man sich nicht entscheiden? Ein für alle Mal? Ganz oder gar nicht?

Und wenn ich es einfach mal offenlasse, aufhöre, an mir herumzudoktern, mich treiben lasse, sehe, wie es sich anfühlt?

Plötzlich rennt Pippo wie verrückt an mir vorbei zur Treppe und bleibt dort stehen. Aufmerksam lauscht er nach unten. Dann höre auch ich Opas Stimme.

„Noni, bist du da oben?"

„Opa!" Ich springe auf und laufe hinter Pippo her die Treppe hinunter.

Opa steht da und sieht mir lächelnd entgegen.

„Du bist ja schon wach!"

„Na klar, Mausebacke. Schlafen kann ich, wenn ich tot bin."

„Hans!" Oma sieht vorwurfsvoll um die Ecke, das Telefon in der Hand. „Damit wirst du wohl noch eine Weile warten. Aber wo ihr beide schon da seid, können wir auch essen."

Kurze Zeit später sitzen wir drei um den Tisch. Oma hat eines meiner Lieblingsgerichte gekocht, Eier in Senfsoße, eigentlich ein Winteressen, aber ich haue rein, als hätte ich seit Tagen nichts zu essen bekommen.

Opa grinst. „Mensch, Kindchen, du hast aber Appetit!"

„Sie ist ja noch im Wachstum!", sagt Oma, und Opa und ich gucken uns an und verdrehen wie auf Kommando die Augen. Dann müssen wir lachen, und Oma sieht verwundert von Opa zu mir.

„Was ist denn los? Stimmt doch aber, oder?"

Ich streiche ihr über den Arm. „Aber ja, Oma. Nur, dass du dich einfach nicht daran gewöhnen kannst, mich er und Noni zu nennen. Aber weißt du was, langsam ist es mir eigentlich auch fast schnuppe!"

Oma sieht ein bisschen ertappt aus, dann aber lächelt sie in sich hinein und legt sich noch drei Rote-Bete-Kugeln auf den Teller, die es immer zu den Senfeiern dazu gibt. Seit Opa aus dem Krankenhaus zurück ist, wirkt sie irgendwie weicher auf mich, keine Ahnung, warum. Vielleicht, weil sie so verdammt froh ist, ihn wiederzuhaben.

Das bin ich auch.

Und plötzlich, als ich sie so ansehe, ihr scharfgeschnittenes Gesicht mit den vielen Falten rund um Augen und Mund, plötzlich taucht eine Frage in mir auf.

„Oma?"

„Ja?", fragt sie und steckt sich eine Rote-Bete-Kugel in den Mund.

„Wie war ich eigentlich als kleines Kind? War ich so wie Feli? Oder ganz anders?"

Oma lacht. „Wie Feli? So wild?" Sie zuckt mit den Schultern. „Nein, eigentlich nicht. Du warst im Grunde immer ganz lieb. Fröhlich und lebendig, aber lieb. Feli ist ja ein Wirbelwind, aber du – du warst nicht so."

„Doch, manchmal!", wirft Opa ein und nimmt sich noch einen Löffel Kartoffeln. „Du warst auch manchmal wild. Wenn du beim Kartenspielen verloren hast, konntest du an die Decke gehen." Er kichert und zwinkert mir zu. „Aber das hat sich ja nicht groß geändert."

Ich muss lächeln. Da hat Opa recht. Verlieren kann ich immer noch schlecht.

„Und du wolltest auf gar keinen Fall Mädchenklamotten anziehen und mit Mädchensachen spielen, da bist du auch anders als Feli", sagt Oma versonnen und schiebt mir die Rote Bete hin. „Hier, nimm noch, das ist gut fürs Wachstum!"

Ich lange zu und denke nach, während ich dem leicht metallischen Geschmack der Rote-Bete-Kugel nachspüre. Schon komisch, Feli ist wirklich sehr wild und tobt unglaublich gern herum, spielt aber leidenschaftlich gern mit Puppen. Ich hingegen war wohl eher zurückhaltend, sträubte mich aber immer schon gegen Röcke und Kleider. Wenn man oberflächlich draufsieht, könnte an Feli genauso gut ein Junge verloren gegangen sein wie an mir – alles eine Frage der Interpretation. Manchmal denke ich, all diese vermeintlichen Indizien haben wirklich wenig zu sagen über die gefühlte Geschlechtsidentität eines Menschen.

Aber was sagt denn dann etwas darüber aus? An welche Anzeichen kann man sich überhaupt halten? Bei anderen und bei sich selbst?

Plötzlich richtet Oma sich ein wenig mehr auf und blickt aus dem Fenster in Richtung unseres Hauses. „Ach, guck mal, ich schätze, das ist Besuch für dich!", sagt sie. „Die Zeiten, in denen ein so hübscher junger Mann zu mir wollte, die sind ja wohl endgültig vorbei!"

„Wer ist denn da draußen?" Opa reckt sich und blickt auch aus dem Fenster, und auch ich bin jetzt neugierig geworden und stehe auf.

Als Erstes sehe ich Frau Brettschneider, die über dem Gartenzaun lehnt und zu unserem Eingang rüberguckt. Ich folge ihrem Blick und brauche einen Moment, bis ich den schlanken Typen erkenne, der drüben an unserer Gartenpforte steht und sich suchend umblickt. Dann räume ich rasch meinen Teller ab und drücke erst Opa und dann Oma einen Kuss auf die Wange. „Ja", sage ich. „Der will zu mir. Danke fürs Essen, Oma." Und schon bin ich draußen.

* * *

Arvid dreht sich ruckartig um, als ich ihn von der Vortreppe aus rufe. Dann verzieht sich sein Gesicht zu einem Lächeln. „Hi!", sagt er und streckt die Hand aus, als ich bei ihm angelangt bin. „Wo kommst du denn her?"

„Von meinen Großeltern!" Ich deute mit dem Daumen über die Schulter. „Und du? Wolltest du zu mir?"

Arvid nickt. „Ich dachte, ich komm mal vorbei. Hast du einen Moment Zeit?"

„Klar. Komm rein. Kaffee? Oder eine Cola?"

Arvid will einen Cappuccino, und ich bin froh, dass ich erst heute Morgen noch eine Packung Milch aus der Vorratskammer geholt habe. Im Kühlschrank daneben liegen sechs Eineinhalbliterflaschen Cola Zero. Gut, dass Mama das nicht sieht, sie wäre ziemlich angepisst.

Weil es draußen so unglaublich heiß ist, bleiben wir in der Küche. Arvid sieht richtig cool aus, so leicht gebräunt und mit Sonnenbrille im Haar, und ich hab den Eindruck, dass er in den vergangenen Wochen gut trainiert hat; sein Oberkörper ist echt ziemlich gut modelliert. Ein bisschen reden wir über dies und das, aber mit jeder Minute, die Arvid mir gegenüber sitzt und an seinem Becher nippt, wird mir klarer, dass er bestimmt nicht einfach nur so vorbeigekommen ist. Aber solange er nicht mit der Sprache rausrückt, nutze ich die Gelegenheit, ihn nach ein paar Dingen zu fragen. Zum Beispiel danach, seit wann er eigentlich weiß, dass er schwul ist.

„Na, eigentlich schon immer", sagt er und lacht, während er auf seinen Cappuccino pustet. „Jedenfalls, seit ich in der Kita war und lieber mit den Mädchen Puppen gespielt hab als mit den Jungs Fußball." Er grinst, und ich muss auch lächeln.

Schon wieder Puppen als Indiz für irgendwas. Schräg, echt!

„Ich hatte allerdings noch eine Erzieherin, die mir die Puppen weggenommen und mich zu den Jungs geschickt hat", sagt er und schüttelt den Kopf. „Aber da hättest du mal meine Mama sehen sollen, wie die in der Kita aufgelaufen ist und die zur Schnecke gemacht hat. Ich glaube, das macht die Erzieherin nie wieder!“ Er streckt die Beine aus. Plötzlich wird er ernst. „He, Noni? Eigentlich bin ich wegen Mirna gekommen.“

Ich richte mich auf. „Wegen Mirna? Wieso?“

Er zuckt mit den Schultern. „Also, ich meine … ihr mögt euch doch, oder? Ich mein, du sie auch?“ Nachdenklich mustert er mich, und irgendwie kann ich seinen forschenden Blick nicht gut ertragen. Ich springe auf und hole eine der Colaflaschen aus dem Kühlschrank und dazu noch zwei Gläser.

„Ja“, sage ich, ohne zu Arvid hinzusehen. „Ja, klar, schon. Wieso?“

Er antwortet nicht gleich, und ewig kann ich nicht am Kühlschrank rummachen, also bin ich schließlich gezwungen, mit der Flasche und den Gläsern zum Tisch zurückzukehren.

Arvid sitzt da und sieht mich leicht amüsiert an. „Weil sie total traurig ist. Ich weiß ja nicht, was genau zuletzt zwischen euch gelaufen ist, aber sie ist voll traurig darüber.“

Von draußen ist Kindergeschrei zu hören und dann eine verärgerte Frauenstimme, die aber rasch wieder verklingt. Ich schenke mir eine Cola ein und biete Arvid die Flasche an, aber er schüttelt den Kopf.

„Nee, danke.“ Er guckt mich weiter an, und ich trinke einen Schluck und noch einen. Und dann sage ich:

„Und was soll ich da jetzt machen?“

Arvid lächelt, ganz leicht, und zuckt mit den Schultern. „Weiß nicht. Dich mal melden, vielleicht?“

Plötzlich finde ich ihn scheiße, wie er so dasitzt, so selbstsicher und lässig und total eins mit sich und seinem Körper. Er hat wahrscheinlich null Probleme damit, musste sich nie Gedanken darüber machen, ob sein Körper zu ihm passt oder nicht und wie andere ihn sehen.

„Ja, und wieso?“, sage ich. „Was soll das bringen? Mirna ist lesbisch, oder hab ich da irgendwas falsch verstanden? Und ich bin trans. Was bitte will sie dann mit mir?“

Arvid trinkt seinen Cappuccino aus und schiebt den Becher weg. „Mann, Noni“, sagt er. „Jetzt mal ganz in echt: Was ist das denn für eine dämliche Frage? Meinst du, sie kann nichts von dir wollen, nur weil du trans bist? Gibt es da irgendwelche Regeln, von denen ich noch nichts gehört hab? Und sie auch nicht?“

Ich weiß nicht, was ich sagen soll. Also trinke ich noch einen Schluck Cola und schenke mir nach.

„Aber Lesben wollen doch Frauen und keine Männer! Und auch keine Transmänner. Ist doch sowieso alles für’ n Arsch“, platzt es aus mir heraus. „Jetzt mal echt, welche Frau will schon einen Transmann? Für die cis Frauen bin ich kein richtiger Mann, und für die Lesben keine Frau mehr“, platzt es aus mir heraus.

Auf einmal ist es ganz still in der Küche. Ich kann fast mein Herz schlagen hören.

Dann räuspert sich Arvid. „Also, das sehe ich echt anders“, sagt er. „Und überhaupt, wenn es danach geht, wer wie was ist, dann dürfte ich mit Bo auch nicht zusammensein!“ Er verschränkt die Arme hinter dem Kopf. Er hat trainiert, ganz sicher.

„Hä, wieso?“ Ich klinge trotzig, das höre ich selbst, aber es ist mir egal.

„Na, Bo war sich doch auch ewig unsicher, ob er nicht eher trans und eine Frau ist“, erklärt Arvid und pustet sich eine helle Strähne aus der Stirn. Sein kantiges Kinn ist in der Mitte gefurcht, vielleicht sieht er deshalb auch so gut aus? „Jetzt ist er sich klar: Er ist ein Mann mit vielen femininen Anteilen. Und die finde ich übrigens super, auch wenn ich hundertpro ein schwuler Mann bin.“

„Na, herzlichen Glückwunsch“, platzt es aus mir raus. „Ist ja super, dass ihr so genau wisst, wer ihr seid und was ihr wollt. Aber ich weiß es eben nicht! Und deshalb lass mich doch einfach in Ruhe! Lasst mich doch alle in Ruhe!“ Jedes einzelne Wort, das ich raushaue, schneidet mir ins Herz, aber ich kann nicht anders. Ich springe auf und nehme mein Glas hoch.

Arvid starrt mich verdutzt an, dann nickt er langsam und steht ebenfalls auf. „Ach so“, sagt er. „Ach so, wenn das dein Problem ist … He, Mann, ich wollte nicht … Ich wollte dir nicht zu nahetreten.“

„Ich mein das ernst!“, sage ich und stelle mein Glas wieder hin. Meine Stimme kippt nach oben, total lächerlich, und das macht mich noch wütender. „Lasst mich in Ruhe!“

Arvid steht hilflos da, dann hebt er die Arme und streckt mir die Handflächen entgegen. „Okay, schon gut“, sagt er. „Ich wollte nur … Ich dachte nur, vielleicht könnt ihr beide, du und Mirna, einfach mal sehen, was ihr miteinander anfangen könnt. Ich wollte dir nur sagen, dass Mirna traurig ist. Sie ist einfach meine allerbeste Freundin, schon ewig. Und ich kann das schlecht mit ansehen.“

„Schön für dich“, presse ich heraus.

Arvid lässt die Arme sinken. Er sieht betroffen aus und traurig. Und dann schüttelt er den Kopf. „Tja, ich geh dann wohl besser“, murmelt er.

Ich kann nichts mehr sagen. Ich stehe da, mit verschränkten Armen, rücklings an die Anrichte gelehnt, und habe die Lippen so fest aufeinandergepresst, dass es wehtut.

„Mach's gut, Noni“, sagt Arvid. Aber er bleibt noch einen Moment stehen und sieht mich an, mit einem so mitfühlenden Blick, dass ich die Augen zukneifen muss.

„Wenn du mal reden willst oder so, ich bin da“, höre ich ihn sagen. Und dann geht er hinaus.

Ich atme zehnmal tief ein und aus, bevor ich die Augen wieder aufmache. Die Küche ist leer, nur noch Arvids Becher steht da. Ich nehme ihn und stelle ihn in den Geschirrspüler, bevor ich die Tür mit Schwung zuklappe.

Diesen Satz da, den er gesagt hat: „Vielleicht könnt ihr beide, du und Mirna, einfach mal sehen, was ihr miteinander anfangen könnt.“ Den hab ich schon mal gehört, jedenfalls so ähnlich. Von Frau Doktor Frehner.

* * *

Fünf Tage lang liege ich auf meinem Bett, starre in den Sommerhimmel, an dem die Mauersegler kreiseln, und grübele vor mich hin. Mama und Papa rufen täglich an, und ich bin mir sicher, dass sie genau merken, wie kurz angebunden ich bin, aber sie lassen mich zum Glück in Frieden und fragen nicht weiter nach.

Feli allerdings schafft es hin und wieder, mich ein bisschen aufzuheitern, weil sie total begeistert herumkräht: „Du musst kommen, Noni! Das ist soooo schön hier! Und das Eis ist so lecker!"

„Nächstes Mal komme ich mit", sage ich, und damit ist sie fürs Erste zufrieden.

Skandi spricht mir aufs Band, um mich an Nastis Geburtstagsparty zwei Tage später zu erinnern, Nasti schickt mir selbst deswegen eine Nachricht. Emil ruft an, Svea ruft an, Levi ruft an, aus Malle immer noch. Ich rede mit keinem von ihnen, aber Levi schicke ich drei Messages zurück und behaupte, dass mein Handy spinnt und ich nicht rangehen könne.

Oma und Opa aber kann ich nicht entkommen, ohne dass sie mir die Polizei oder – schlimmer noch! – Till auf den Hals hetzen würden. Jeden Tag gehe ich einmal rüber und esse mit ihnen. Oma kriegt wie meistens nicht viel mit – besonders nah waren wir uns noch nie, stelle ich fest, aber das ist auch okay –, aber Opa wirft mir immer wieder besorgte Blicke zu. Ich versuche, mir nichts anmerken zu lassen; er ist immerhin erst gerade aus dem Krankenhaus zurück und ich will ihn nicht aufregen, aber Opa kennt mich eben ganz gut.

„Wenn du noch mehr Fotos ansehen willst, komm runter", sagt er, und das ist seine Art, mir zu zeigen, dass er für mich da ist. Ich nicke, aber ich kann mich nicht dazu durchringen.

Was sollte ich ihm denn erzählen? Dass mein Leben komplett ins Rutschen geraten ist?

Dass ich nicht mehr weiß, wer ich bin, gerade jetzt, wo doch scheinbar alles in Sack und Tüten ist?

Die Tage verrinnen. Mehr als einmal denke ich darüber nach, Mirna zu schreiben. Aber ich melde mich nicht, und sie meldet sich auch nicht.

Immer wieder sehe ich sie vor mir: ihr Gesicht mit dem schönen Mund, dem scharfen Blick. Wenn ich an sie denke – und das ist fast andauernd –, dann habe ich einen kleinen Knoten im Magen und ein flaues Gefühl noch dazu.

Und noch etwas: ein Pulsieren zwischen meinen Beinen. Genau da, wo ich mich nun gar nicht gern berühre.

Manchmal mache ich es dann doch. Und hinterher ist mir zum Heulen.

Es tut weh, an sie zu denken.

Und dann ist Levi aus Malle zurück und ruft so oft hintereinander an, dass ich schließlich nicht mehr drumrumkomme, mich mit ihm zu verabreden. Aber nicht gern.

***

Der Himmel ist schon rötlich gefärbt von der untergehenden Sonne, als ich beim Supermarkt ankomme. Erstaunlich viele Leute sind auf dem Parkplatz und vorm Eingang unterwegs, obwohl Ferienzeit ist. Aber die neigt sich ja langsam dem Ende zu – wir haben Ende August, bald beginnt die Schule wieder. Aber daran will ich nicht denken. So, wie ich jetzt drauf bin – wie soll das bloß werden an der neuen Schule?

„He, Noni!" Ein Pfeifen reißt mich aus meinen Gedanken. Ich lege den Kopf in den Nacken.

Levi winkt mir vom Dach aus zu, und ich mache, dass ich raufkomme.

Außer ihm sitzen noch drei jüngere Mädchen weiter hinten an der Kante und kiffen, dem Geruch nach zu urteilen. Levi springt auf und umarmt mich fest, als ich bei ihm angekommen bin. Erst sträube ich mich, dann aber spüre ich auf einmal, wie gut es mir tut, von ihm umarmt zu werden. Wer weiß, wie oft ich wohl noch in diesen Genuss komme!

„Los, komm, setz dich, ich hab Sekt dabei!" Levi haut sich wieder hin und zieht eine Flasche aus seinem Rucksack hervor und dazu zwei Sektkelche aus Plastik, so komische Dinger, die man erst zusammenbauen muss. Ich setze mich neben ihn.

„Wieso, gibt es was zu feiern?"

„Na klar", sagt Levi und gießt uns ein. „Das Leben natürlich! Und dass ich zurück bin! Und dass ich bald meine OP hab!" Er hebt sein Glas und drückt mir das andere in die Hand. „Auf all das! Und uns!"

Der Sekt ist wirklich eiskalt; ein Wunder, wie Levi das hingekriegt hat bei diesen immer noch echt heißen Temperaturen. Ich hab das Gefühl, dass er mir sofort zu Kopf steigt. „Auf uns", sage ich und fühle mich schlecht dabei. Wie ein Lügner. Oder sogar ein Verräter.

Bin ich das nicht auch?

Levi lässt die Beine über die Kante baumeln, stützt sich rücklings auf den Händen auf und atmet tief ein und aus. „Krass", sagt er. „Malle war geil, aber irgendwie ist es total cool, wieder hier zu sein." Dann guckt er zu mir. „Bin echt froh, wieder zurück zu sein. Und du?"

„Ich?" Ich verschlucke mich fast an meinem Sekt. „Ich auch, klar. Total!"

„Echt?" Levis Augen verengen sich. Sie wirken noch heller als sonst, wahrscheinlich, weil er so braungebrannt ist. Überhaupt sieht er gut aus, total entspannt und lässig, voll zufrieden mit sich und der Welt. Jedenfalls wirkt er so. Und seine Haare sind auch länger und locken sich ein wenig hinter den Ohren, irgendwie sieht das gut aus. „Und warum muss ich dann drei Tage richtig darum betteln, dass wir uns endlich sehen? He, ich bin zurück und du willst mich nicht sehen? Was ist denn los, Mann?"

Unten auf dem Parkplatz fängt eine Autoalarmanlage an zu hupen, und ungefähr zwanzig Sekunden lang schallt der ohrenbetäubende Lärm zu uns herauf und beschert mir eine Galgenfrist. Aber dann ist der Besitzer endlich bei seinem Auto angelangt und stellt den Alarm aus, und ich muss antworten. Oder wegrennen, aber das geht schlecht.

„Nichts", sage ich unbehaglich und weiche Levis bohrendem Blick aus. „Ich war einfach nicht so gut drauf. Und ich dachte sowieso, dass du dich erst mal mit Nathalie triffst."

„Hab ich ja auch. Aber doch nicht drei Tage lang", sagt Levi und kippt Sekt nach. „Und bei Nastis Geburtstag warst du auch nicht." Er klingt sauer.

Ich zucke mit den Schultern. Trinke einen Schluck. Und beiße die Zähne zusammen. Blicke stur geradeaus auf die Bäume gegenüber.

„Mann!" Levis Stimme wird lauter. „Was soll denn der Scheiß, Noni? Eh, so geht man doch nicht mit seinen Freunden um! Sag doch gleich, wenn du keinen Bock mehr auf mich hast!"

Ich kneife die Augen zu. Zähle bis zehn. Am besten, ich gehe. Levi kann mir doch sowieso nicht helfen. Und ich mir selbst auch nicht.

„He, Noni!", ruft Levi wütend. Und dann, auf einmal, zerrt er an meinem Arm und reißt mich nach hinten. Ich springe auf und schubse ihn zurück, und im nächsten Moment sind wir in eine wilde Rangelei verwickelt. Die Mädchen weiter hinten gucken erschrocken zu uns herüber. Levi zieht keuchend an meinem Shirt, und ich boxe ihn in die Seite. Er stellt mir ein Bein und umklammert meinen Bauch, und kurz darauf gehen wir auch schon zu Boden und rollen heftig kämpfend übers Dach.

„He, passt auf!", schreit eins der Mädchen erschrocken, und im nächsten Moment spüre ich, wie mein linker Fuß ins Leere tritt. Levi rollt sich auf mich und greift nach meinem Hals und dann, auf einmal, erstarrt er, als er hinter mich sieht. Ich merke, wie sich eine Kante in meine Kniekehle bohrt und ich langsam gemeinsam mit Levi weiter nach unten rutsche. Die Dachkante!

„Levi!", schreie ich. Levis Gesicht ist dicht vor meinem, er reißt die Augen auf. Ich kann die Angst darin sehen und dann, plötzlich, ist es, als ob alles in Zeitlupe geschieht. Wir rutschen gemeinsam immer weiter auf die Dachkante zu, genau in den Abgrund. Wild schlage ich um mich und versuche, Halt zu finden, und Levi genauso, aber da ist nichts, woran wir uns festhalten können. Wir rutschen weiter nach unten, einander umklammernd, und starren uns schockiert in die Augen.

Und dann, plötzlich, packen mich mehrere Hände und ziehen mich zurück.

„Seid ihr bescheuert!", fragt eines der Mädchen, als sie und ihre beiden Freundinnen uns wieder ganz aufs Dach zurückgezerrt haben. Keuchend rollt sich Levi von mir herunter, und dann liegen wir beide völlig außer Atem nebeneinander platt auf dem Rücken und starren in den sommerlichen Abendhimmel.

„Ihr habt doch einen Knall! Euch hier an der Kante zu prügeln!"

„Danke", sagt Levi und rappelt sich auf. „Mensch, danke, ej! Ihr habt uns echt gerettet. Danke!"

„Danke", sage ich auch und setze mich hin. Mein Bauch tut mir weh, da, wo Levi mich gepackt hatte, und die Kniekehle auch. Als ich nach meiner Stirn taste, die mächtig weh tut, habe ich auf einmal ein wenig Blut an den Fingern.

„Ist nur ein Kratzer", sagt Levi, der mich aufmerksam beobachtet. „Sorry, Mensch!" Er dreht sich um und reicht den drei Mädchen unsere halbleere Sektflasche. „Hier, kleines Dankeschön!"

Die drei Mädchen sehen sich an, dann schütteln sie alle drei den Kopf.

„Nee, danke, lass stecken", sagt eine von ihnen. „Aber wenn ihr euch noch mal in die Wolle kriegt, lassen wir euch über die Kante kollern. Idioten!"

Damit gehen sie davon, rüber zu dem Platz, an dem sie gesessen haben, und hocken sich wieder hin. Kopfschüttelnd sehen sie noch einmal zu uns rüber, bevor sie ihr Gespräch wieder aufnehmen.

Levi schüttelt ebenfalls den Kopf, als er mich wieder ansieht. „Da haben sie recht", sagt er. „Wir sind wirklich Idioten. Tut mir leid, Noni. Das wollte ich nicht."

„Ich hab ja mitgemacht", sage ich und stütze den Kopf in die Hände. Unten, auf dem Supermarktparkplatz, stehen zwei Leute und sehen zu uns hinauf. Plötzlich wird mir klar, dass der größere von beiden ein Handy in der Hand hat, und noch bevor ich eins und eins zusammenzählen kann, höre ich schon aus weiter Ferne die Sirene. „Scheiße, die Bullen!", rufe ich und springe auf. „Die haben die Bullen gerufen! Los komm, lass uns abhauen!"

* * *

Wir sind gerade an der hinteren Seite des Parkplatzes angekommen, als der Polizeiwagen vorne durch den Eingang rollt. Die drei Mädchen, flink wie Wiesel, sind dicht hinter uns, und wir sind alle fünf schon durch die Hecke und auf und davon, als der Wagen mit quietschenden Reifen anhält und die Sirene verstummt.

Die Mädchen rennen nach rechts, Levi und ich nach links, an zwei Altglascontainern vorbei, die Straße hinunter und dann um die Ecke. Erst da verlangsamen wir das Tempo und verfallen in einen ruhigen Trott, und nach einem Moment fangen wir gleichzeitig an zu lachen.

„Jesus!", sagt Levi und reibt sich die Augen. „Oh, Mann, was für ein Glück!"

„Aber hallo!"

Eine alte Dame, die uns mit ihrem kleinen Hund entgegenkommt, mustert uns misstrauisch und lächelt dann vorsichtig, als Levi ihr ein breites Grinsen schenkt. Am Ende der Straße liegt ein kleiner Park, und wie abgesprochen steuern Levi und ich darauf zu und setzen uns auf die nächstbeste Bank.

„Hast du noch Sekt?", frage ich, aber Levi schüttelt den Kopf.

„Nee, den können die Polizisten jetzt auftrinken, der steht noch samt Gläsern auf dem Dach."

Wir grinsen uns an, dann wird Levi ernst. „He, Noni? Jetzt sag doch mal – was ist mit dir los in letzter Zeit? Was hast du?"

Schlagartig wird mir kalt. Ich schlucke. „Ich weiß auch nicht", sage ich schließlich. „Ich komm nicht mehr klar. Ich weiß nicht mehr weiter."

„Womit?"

Schließlich drehe ich den Kopf und sehe ihn an. Und dann weiß ich, dass ich jetzt reden muss. Auch auf die Gefahr hin, dass ich ihn als Freund verliere. Und nicht nur ihn.

„Levi, ich bin eine Mogelpackung, glaube ich. Ich bin gar nicht das, was du denkst!"

Er macht ein verwundertes Gesicht. „Wieso, was denke ich denn?"

„Dass ich genau wie du bin."

Zwei kleine Jungs rennen mit einem Ball vorbei, gefolgt von ihrer Mutter, die mit gelangweilter Miene einen Kinderwagen schiebt, aus dem es munter herausplärrt.

„Du bist sowieso nicht wie ich!“ Levi lacht. „Kannst du auch gar nicht sein, du kleiner Scheißer! Das kann niemand!“ Er beugt sich vor und klopft mir aufs Bein. „Nein, jetzt im Ernst. Was meinst du damit?“

Ich zögere. Mir ist immer noch kalt, obwohl wir genau auf der Bank sitzen, die noch voll in der Sonne liegt. „Ich hab Zweifel, Levi. Ich weiß nicht mehr weiter. Es geht nicht vor und nicht zurück.“ Ich kann ihn nicht ansehen und bin froh, dass er jetzt nicht weiter nachfragt. Weil ich nicht weiß, ob ich dann weitersprechen könnte. Es kostet mich so schon irre viel Kraft. „Ich weiß nicht mehr, ob ich wirklich trans bin“, sage ich dann, so leise, dass ich mich selbst kaum verstehen kann. „Und das Gel, das nehm ich schon lange nicht mehr.“

Levi sitzt immer noch schweigend neben mir. Von weiter hinten kann ich Kindergeschrei hören und das Geräusch, das ein Ball macht, der weit geschossen wird und dann gegen etwas prallt.

„Ich bin irgendwie gar nichts“, fahre ich fort und betrachte meine Hände. „Nichts Richtiges. Ich bin keine richtige Frau, aber ein Mann bin ich auch nicht. Ich mein, du hast es irgendwie gut, du weißt einfach, dass du ein Transmann bist. Aber ich … ich weiß gar nichts. So wie ich bin, bin ich nicht gut, aber wie ich sein will, weiß ich auch nicht.“

Levi sitzt still neben mir, und ich bewege mich auch nicht. Ich traue mich nicht, ihn anzusehen. Also mache ich die Augen zu.

Wieder prallt der Ball weit hinten irgendwo gegen. Mehrere Kinder lachen und rufen wild durcheinander. Ein Auto fährt vorbei, dann noch eins. Dann ist es wieder still.

Levi räuspert sich. „Weißt du, Noni“, sagt er mit rauer Stimme. „Für mich war die Transition echt die Rettung. Genau das, was ich brauchte. Ohne die Transition wäre ich jetzt tot.“ Seine Stimme kippt am Ende ein wenig.

Ich spüre, dass er mich ansieht, aber ich kann die Augen nicht öffnen. Ich kann einfach nicht.

„Aber das heißt nicht, dass es für dich auch so sein muss. Vielleicht brauchst du was anderes", setzt er hinzu. „Weißt du, das gibt es ja auch wirklich, dass Leute denken, die Transition ist die Lösung für all ihre Probleme, und dann erkennen sie irgendwann, dass das gar nicht stimmt und dass sie im Grunde ganz andere Probleme haben. Ich mein, das ist superselten und betrifft vielleicht ein halbes Prozent von allen Transleuten, aber klar, es kommt vor. Und dann ist es ja echt scheiße, wenn so jemand schon Hormone genommen oder eine OP hinter sich hat."

Meine Augen sind immer noch geschlossen. Ich kann die Wärme der Sonne auf meinen Lidern spüren. Und die Tränen, die dahinter brennen und die ich zurückdränge.

Eine ganze Weile ist es still. Und dann spüre ich Levis Hand auf meinem Arm. „Ich finde, du bist total gut so, wie du bist", sagt er leise. „Vielleicht geht es für dich darum. Dass du dich einfach so nimmst, wie du jetzt bist. Mann, Frau, beides zusammen oder irgendwas dazwischen … einfach du."

Erst, als ich den Mund aufmache, merke ich, dass ich einen Kloß im Hals habe. „Ja, aber weißt du … wenn ich jetzt doch nicht trans bin, dann verliere ich doch alle, die ich gern hab! Dich, Skandi, die anderen. Dabei hab ich mich so wohlgefühlt mit euch. Das war das erste Mal, dass ich das Gefühl hatte, genau richtig zu sein." Ich öffne die Augen.

Levi sieht mich an, lange. Dann lächelt er vorsichtig. „Quatsch", sagt er. „Mich verlierst du doch nicht. Weißt du, mir ist es eigentlich egal. Ich mein, es wär natürlich schon cool, wenn du auch als Transmann unterwegs wärst und wir beide später mal unsere Dicks vergleichen – gewänne ich dann ja sowieso! – und uns beide mit fünfzig oder so scheiße finden, weil wir 'ne Halbglatze kriegen." Er lacht, und jetzt muss ich auch lächeln. Aber gleichzeitig werden wir wieder ernst.

„Aber du bist kein Verräter oder so", fügt er hinzu. „Du bist doch immer noch Noni. Und abgesehen davon – jeder ist doch auf seine eigene Art trans. Oder eben nicht. Ist schon okay." Er legt mir den Arm um den Hals und drückt kurz zu, und ich boxe ihm leicht mit dem Ellenbogen in die Seite. Aber er nimmt seinen Arm nicht weg, und so sitzen wir dann einfach da, dicht nebeneinander, sein Arm um meinen Hals, und sehen zu, wie die Sonne ganz langsam hinter den Häusern verschwindet.

* * *

Opa und Oma sind schon beide ins Bett gegangen, aber ich sitze immer noch auf dem Dachboden in meinem Sessel. Die Dunkelheit bricht gerade herein, durch die kleinen Fensterziegel kann ich die ersten Sterne sehen.

Morgen kommen Mama, Papa und Feli nach Hause. Langsam wird es auch Zeit.

Und Mirna müsste auch wieder da sein.

Vorsichtig ziehe ich die Beine an und lege einen Arm darum, um Pippo, der vor dem Sessel auf meinem Sweatshirt schlummert, nicht zu stören, dann nehme ich Mamas Buch und schlage es auf. Es ist schon so dunkel, dass ich die Buchstaben kaum entziffern kann, aber mit ein bisschen Mühe gelingt es mir doch.

Ich weiß überhaupt nicht mehr, mit wem du dich triffst, wer dir zuhört, wer dich berät. Deine Psychiaterin natürlich, aber sonst? Levi? Die anderen queeren Jugendlichen aus deiner Gruppe? Oder ganz andere Menschen, die ich gar nicht kenne?

Wie mit Lichtgeschwindigkeit hast du dich von mir, von uns entfernt. Mit jedem Tag, der vergeht, wirst du eigenständiger, entschwindest du aus unserem gemeinsamen Leben. Der Lauf der Dinge, ja. Aber dennoch macht mir das angst.

Ich würde dich so gern noch ein wenig bei mir behalten, mit dir reden, wissen, was dich umtreibt. Wie es dir wirklich geht. Ob du vielleicht sogar dieselben Fragen wie ich hast:

Ist dies der richtige Weg? Wer wird dich lieben? Und wen wirst du lieben?

Und was, wenn du eines Tages feststellst, dass du dich geirrt hast?

Ich klappe das Heft wieder zu. Noch vor einigen Stunden hätte mich der letzte Satz entweder unglaublich wütend oder traurig gemacht.

Aber jetzt ist es anders. Komischerweise bin ich ganz ruhig.

Der Druck ist weg. Der Druck, mich zu entscheiden.

Pippo schnurrt behaglich und kuschelt sich noch enger zusammen, und ich lege das Heft weg, beuge mich vor und streichele ihm über den Kopf. Er öffnet die Augen und blickt mich mit tiefgrünem Blick nachdenklich an.

„Schon gut, Dicker, schlaf weiter“, sage ich leise. „Ich bleib noch ein bisschen.“

* * *

Am späten Vormittag fliegt unten zu Hause die Tür auf, und Feli fegt wie ein Wirbelwind herein. Sie rennt in die Küche und dann, als sie mich dort nicht findet, die Treppe rauf. Wie ein so dünnes, kleines Kind so laut auf den Stufen poltern kann, ist mir zwar ein Rätsel, aber dass sie mich in meinem Versteck hinter der Tür sofort findet, das war mir schon klar.

„Noni!“, schreit sie begeistert und wirft sich in meine Arme. „Noni, juhu! Ich hab kraulen gelernt! Und da waren ganz dicke Muscheln am Strand, aber Mama hat gesagt, ich darf keine mitnehmen!“

Ich hebe meine kleine Schwester hoch, drücke sie an mich und trage sie die Treppe runter, während sie munter weiterplappert. Ein bisschen bin ich selbst verwundert darüber, wie sehr ich mich freue, die kleine Nervensäge wiederzusehen.

„Und ich kann jetzt fast so schnell schwimmen wie Papa!“, kräht sie mir ins Ohr.

„Stimmt gar nicht“, sagt Papa, der gerade reinkommt, lachend, und trägt eine große Reisetasche an uns vorbei. „Aber wenn du fleißig übst … Los, Feli, hol mal das Geschenk für Noni!“

Feli kichert und rast wieder raus.

„Noni! Komm her, lass dich mal drücken!“ Mama steht in der Küchentür, leicht sonnengebräunt und erfreut lächelnd. Ich lasse Feli runter und nehme Mama fest in die Arme. Als sie mich nach einem Moment ein wenig von sich abhält, stelle ich verblüfft fest, dass wir genau gleich groß sind.

Das ist vielleicht seltsam – ich war immer kleiner als Mama, als Papa ja sowieso, aber als Mama auch. Und ich hatte schon fast die Hoffnung aufgegeben, dass sich das noch mal ändert. Mama ist nämlich nicht besonders klein für eine Frau, 1,74 Meter. Und so groß bin ich jetzt offenbar auch.

„Ich bin gewachsen!“, sage ich verdutzt, und da muss Mama lachen.

„Nein, was bist du groß geworden, Kind!“, sagt sie vergnügt, und dann umarmen wir uns noch mal, bevor ich dann Papa auch umarme. In diesem Moment kommt Feli wieder rein, aber diesmal ziemlich langsam. Das liegt an dem Ballon, den sie trägt. „Hier, guck mal!“, ruft sie begeistert und überreicht ihn mir. „Haben wir extra für dich machen lassen!“

Eigentlich ist es gar kein Ballon, den ich da an seiner Schnur in der Hand halte. Genau genommen sind es vier große, blaue, schwebendende und miteinander verbundene Aufblasbuchstaben, die meinen Namen ergeben. „Noni!“, erklärt Feli mir überflüssigerweise. „Da steht Noni!“

Ich muss lachen. „Super, danke schön!“

„Da war so ein Stand, da konnte man seinen eigenen Namen aufblasen lassen“, erklärt Feli wichtig. „Und das haben wir dann für dich gemacht!“

„War ziemlich eng hinten für Feli mit den Ballons“, sagt Papa lächelnd. „Aber Feli hat es mit Würde ertragen!“

„Danke schön!“, sage ich und muss wieder lachen. Dann knote ich meinen großen blauen Namen erst mal ans Treppengeländer, um das übrige Gepäck mit reinzutragen.

Schließlich sind wir fertig damit, und Mama beschließt, uns dreien einen schönen starken Kaffee zu machen. „Den hab ich vermisst! Die Kaffeemaschine im Ferienhaus war nicht zu gebrauchen!“, sagt sie und stellt zufrieden fest, dass Milch im

Kühlschrank ist. Die ich gestern noch eingekauft habe. Ich kenn doch Mama!

Papa setzt sich ächzend hin und streckt die Beine von sich. „Puh!", sagt er. „Was bin ich froh, wieder zu Hause zu sein. War echt eine lange Fahrt."

„Aber gut durchgekommen sind wir trotzdem", sagt Mama und stellt den Milchschäumer an. „Und, wie ist es dir ergangen?"

„Gut", sage ich und lege das Mama-Buch auf die Anrichte, direkt neben die Kaffeemaschine. „Mama, können wir demnächst mal in Ruhe hierüber reden? Also, wenn du willst?"

Mama sieht überrascht, aber erfreut aus. „Klar! Gerne!"

Wir lächeln uns an. Und dann räuspere ich mich.

„Aber jetzt muss ich euch erstmal was erzählen."

Mama hebt erneut den Kopf und sieht mich an, und auch Papa guckt zu mir her. Aber genau in diesem Moment klingelt es an der Tür.

„Ich geh schon!", sage ich und springe auf.

* * *

Im Flur liegen zwei große Rucksäcke, wahrscheinlich voll mit Papas und Felis Sportsachen. Ich steige drüber und reiße die Tür auf.

Vor mir steht Mirna. Ihre Haare sind ein bisschen länger geworden und orangefarben. Und ihr T-Shirt kenn ich noch nicht.

„Hi", sage ich.

„Hi", sagt sie.

Wir sehen uns an. Eine geschlagene Ewigkeit lang.

Ich weiß nicht, ob sie lächelt. Aber ich weiß, dass ich lächele. Jedenfalls innerlich.

„Cooler Ballon", sagt sie und zeigt auf meinen schwebenden Namen.

Ich nicke nur. Und dann gebe ich mir einen Ruck und mache einen Schritt auf sie zu und nehme sie in den Arm. Mirna drückt mich an sich, und dann, als ich sie loslassen will, drückt sie mich einfach weiter. Und weiter. Und weiter.

Ich vergrabe mein Gesicht in ihrem Hals und spüre, wie sie mich auf die Wange küsst.

Die Zeit steht still. Und geht weiter, ruckt an, nimmt an Fahrt auf, wird langsamer, bleibt wieder stehen.

Mirna. In meinen Armen. Und ich in ihren.

Als wir uns schließlich voneinander lösen, sehe ich Feli hinter uns stehen. „Seid ihr verliebt?"

Ich kann nichts sagen. Ich kann Mirna nur ansehen. Und sie ist es dann, die schließlich antwortet. „Hi, Feli", sagt sie. „Also, für Noni kann ich nicht sprechen. Aber ich, also ich bin es schon."

Kapitel 10

„Puh, hier riecht es aber echt nach Sport!“ Levi lässt sich neben mir auf die Bank fallen und verzieht das Gesicht. „Mann, sind das harte Bänke. Ich hasse Sporthallen!“ Ich muss lachen, als ich sein betont angewidertes Gesicht sehe.

Levi lacht auch, dann beugt er sich vor und stützt die Ellenbogen auf die Knie. „So, und für welche Mannschaft spielt jetzt dein Vater?“

„Die mit den roten Trikots“, sage ich und sehe gemeinsam mit Levi zu, wie Papa mit seinen Kollegen aufs Spielfeld kommt. Das Quietschen von Gummisohlen dringt zu uns herauf und bald auch schon das leichte Klatschen, mit dem die Bälle probeweise in die Höhe geschossen werden.

Die Halle ist nur mäßig gefüllt, aber ich glaube, das findet Papa nicht schlimm. Er hat sich total gefreut, als ich ihm angekündigt habe, dass ich mit Levi vorbeikommen werde.

Mama und Felice sitzen zwei Reihen vor uns. Feli zappelt unruhig hin und her, und Mama guckt in ihr Handy, was sie wirklich selten macht. Ich muss schmunzeln. Wer weiß, was sie jetzt wieder googelt … ein neues Mama-Heft ist nicht ausgeschlossen, glaube ich. Wir haben in den letzten Tagen lange und oft miteinander geredet. Mama ist ganz froh, dass ich mich entschlossen habe, fürs Erste keine Hormone mehr zu nehmen und erst mal zu gucken, wie sich das Leben jetzt gerade so anfühlt. „Ich bin mit allem gut, was du machst“, hat sie gesagt.

Ob das dann echt so ist, wird sich zeigen.

Unten stellen sich die beiden Mannschaften auf, und der Schiedsrichter erklärt irgendwas. Papa guckt zu uns hoch und winkt, und wir alle winken zeitgleich zurück. Levi pfeift ganz leise durch die Zähne.

„He, dein Vater sieht echt noch ganz gut aus für sein Alter!“, sagt er bewundernd und stößt mir den Ellenbogen in die Seite. „Nicht schlecht, echt!“

„Ja“, sage ich. „Und er ist auch echt gut. Trotz seines Alters!“

Papa ist in seiner Mannschaft der Libero, bekannt dafür, noch die schwierigsten Bälle zu kriegen, die schon fast auf dem Boden landen. Und das zeigt er sofort: Kaum wird der erste Ball gespielt, hechtet er schon nach vorn und knallt ihn wieder hoch. Sein Kollege nimmt an und donnert ihn übers Netz, und schon hat Papas Mannschaft den ersten Punkt eingefahren.

„He, cool!“, sagt Levi und klatscht mich ab, während Feli zwei Bänke weiter unten laut johlt und ihre Rassel dreht. Die ist so laut, dass sie alles andere übertönt.

Das Spiel unten geht weiter, und schon ist der nächste Punkt im Kasten, leider diesmal für die gegnerische Mannschaft. Die hat ja ein Heimspiel, entsprechend laut ist der Beifall diesmal.

Aus dem Augenwinkel sehe ich eine Gestalt den Mittelgang runterkommen. Vor unserer Bank hält sie an, und ich blicke auf.

„Hi“, sagt Till und setzt sich neben mich. „Na, alles klar?“ Er lächelt mich an und hebt die Hand, und ich schlage ein. Keine Ahnung, ob Papa ihm was erzählt hat, aber ich kann ihm ansehen, dass er mit mir Frieden schließen will.

Das will ich eigentlich auch. Mal sehen, ob das hinhaut.

Ich drehe mich zu Levi, der Till neugierig mustert. „Das hier ist Till, mein Halbbruder“, stellte ich ihm Till vor. „Und das hier ist Levi, mein bester Freund.“

„Angenehm“, sagt Levi und reicht Till die Hand.

Till hebt nur ganz leicht die Brauen, während er Levi die Hand schüttelt. Ich wette, er ist verdutzt, dass ich einen so gutaussehenden, kerligen Typ als besten Freund habe.

Und irgendwie macht mich das auch stolz.

Till und Levi wechseln ein paar Worte, dann nickt Till mir noch mal zu und geht dann runter zu Mama und Feli und setzt sich dazu.

Papa hechtet vor und verfehlt den Ball. Sein wütender Aufschrei ist bis hier oben deutlich zu hören, und Mama hält Feli spaßeshalber die Ohren zu.

Kurz darauf ist der erste Satz von Papas Mannschaft gewonnen, und der Schiedsrichter pfeift zur dreiminütigen Pause. Levi und Mama gehen los, um uns allen ein Getränk zu holen, und noch bevor sie zurück sind, beginnt der zweite Satz, den Papas Mannschaft ebenfalls für sich entscheiden kann.

Ich muss an Frau Doktor Frehner denken. Sie war wirklich total nett, als ich ihr bei der letzten Sitzung verkündet habe, dass ich meine Transition abgebrochen habe. Insgeheim hatte ich Angst, dass sie mir Vorwürfe machen könnte, aber das Gegenteil war der Fall. Sie hörte mir gut zu und lächelte mich dann an. „Noni, ich glaube, das ist eine gute Entscheidung! Noch ist nichts passiert, du kannst also einfach einen Stopp setzen und gucken, wie es dir damit geht. Und du kannst dich später immer noch entscheiden, doch weiterzumachen. Oder eben nicht. Und: Du bist vielleicht trans, entscheidest dich aber, als Frau zu leben. Das ist auch okay!"

Levi neben mir trinkt einen Schluck Limo und starrt nachdenklich Papa und seine Mannschaft unten auf dem Spielfeld an. Wenn ich es nicht besser wüsste, könnte ich denken, er wäre schwul und stünde auf alte Knacker. Aber mir ist schon klar, dass Levi sich mit den Typen da unten vergleicht und überlegt, wie er selbst später mal in ihrem Alter aussehen will und was er dafür tun muss. Oder könnte.

Levi ist ein heterosexueller Transmann. Skandi ist trans und schwul. Und ich … bin trans. Oder nonbinär, vielleicht. Und vielleicht, wahrscheinlich auch lesbisch. Im Moment weiß ich es noch nicht so genau.

In jedem Fall aber habe ich mich erst mal entschieden, als Frau zu leben.

Und ich weiß, dass ich meinen Körper neu fühlen will. Durch Mirna gelingt mir das schon ziemlich gut.

Und ich weiß noch etwas: Dass ich lernen will, mich selbst zu lieben. Eine andere lieb ich ja schon.

Etwas in meinem Bauch zieht sich zusammen.

Noch ungefähr eine Stunde, dann sehe ich sie wieder.

Der Schiedsrichter pfeift, und jetzt hat die gegnerische Mannschaft gewonnen. Beide Mannschaften laufen zusammen und bilden einen Kreis, um fleißig zu diskutieren.

Neben mir guckt Levi auf sein Handy. „Huch, wir müssen bald los", sagt er.

„Ich weiß. Dauert nicht mehr lang." Wenn Papas Mannschaft den nächsten Satz für sich entscheidet, hat sie gewonnen. Ansonsten müssen sie noch einen Entscheidungssatz spielen. Aber der geht dann nur bis 15 Punkte, nicht bis 25.

Levi zieht die Nase kraus. „Und wann ist das Spiel zu Ende?"

„Wenn eine der beiden Mannschaften drei Sätze gewonnen hat."

„Aha", sagt er nachdenklich. „Aber dann geht es doch weiter, oder? Immerhin ist das ja ein Turnier!"

„Ja, aber wir können nur das Auftaktspiel sehen, wenn wir einigermaßen rechtzeitig loswollen. Alle anderen Spiele muss Papa dann eben ohne uns schaffen!"

„Schade eigentlich", sagt Levi und guckt wieder versonnen den Spielern zu. Papa sieht ein kleines bisschen müde aus, finde ich. Er hält sich ein wenig zurück, wahrscheinlich, um seine lädierten Knochen zu schonen.

Mein Handy klingelt, und ich ernte böse Blicke von allen Seiten. Rasch nehme ich den Anruf an.

Skandi kommt gleich zur Sache. „Wann seid ihr hier?"

„Bisschen später", sage ich. „Ich schätze mal, in einer Stunde. Wenn der Bus pünktlich kommt. Wieso, bist du schon da?"

„Und nicht nur ich. Dino sitzt auch schon hier rum und geht mir auf den Senkel. Autsch! Und jetzt haut er mich auch noch!" Skandi lacht, und ich kann mir bestens vorstellen, wie Dino ihn gerade böse anguckt. Ein warmes Gefühl steigt in mir auf.

Erst war ich mir nicht sicher, ob ich überhaupt noch zu den Tranxkidz gehen kann, wenn ich die Transition abbreche. Aber Levi hat mir nur einen Vogel gezeigt. „Klar gehörst du weiter zu uns! Spinnst du?" Und sowieso ist das heute Abend kein reguläres Tranxkidz-Treffen, sondern eine kleine Spezialparty. Erstens hat Levi in drei Wochen seine große OP. Zweitens wird er morgen achtzehn, und da feiern wir rein. Und drittens ist heute der letzte Freitag der Ferien. Da müssen wir einfach feiern!

„Dino ist schon ganz unruhig", sagt Skandi. „Er hat Schiss, dass er mit mir allein bleiben muss."

Ich grinse in mich hinein und gucke mich um. Ein betagtes Pärchen zwei Reihen neben uns guckt mich böse an, und ich halte meine Hand über Mund und Handy. „Nee, wir kommen noch", flüstere ich. „Und Nasti übrigens auch. Sie will unbedingt noch Geburtstagsgeschenke von Levi und mir kriegen."

„Was habt ihr denn für sie?", erkundigt Skandi sich neugierig.

„Jede Menge Konfetti!", sage ich. „Und zwei Flaschen Sekt. Pass auf, Skandi, ich muss aufhören, sonst lynchen die anderen Zuschauer mich noch!"

„Alles klar!", sagt Skandi. „Und he, Kim kommt auch. Extra aus Berlin angereist!"

„Super! Übrigens, Skandi, ich bring meine Freundin mit", füge ich hinzu.

Skandi stockt nur ganz leicht. Dann sagt er lässig: „Cool. Bis nachher! Ich halte Dino bei Laune."

Ich lege auf und ernte noch einen bösen Blick, den ich aber ignoriere. Unten prallt der Ball gerade auf den gegnerischen Boden, und Papa ballt jubelnd die Fäuste.

Ach, Skandi. Gut, dass wir uns letzte Woche getroffen haben, sonst wäre es bestimmt alles noch total verkrampft zwischen uns. Aber er hat es offenbar gut weggesteckt, was ich ihm gesagt hab: „Skandi, du kannst nicht in mich verliebt sein. Ich bin nämlich kein Typ."

Er hat nur genickt. Überzeugt ist er wahrscheinlich nicht, aber das ist schon okay. Hauptsache, wir kommen klar. Weil ich ihn echt gern hab.

Eine Weile sehe ich zu, wie Papas Mannschaft Punkt um Punkt einsackt, während Levi anerkennend pfeift und anfeuernd klatscht. Dann kommt Feli zu mir hoch und bittet mich, mit ihr zur Toilette zu gehen. Mach ich natürlich.

Die WCs sind gleich am Aufgang links, und während Feli in einer Kabine verschwindet, warte ich vor der Tür und sehe aus der Ferne zu, wie Papas Mannschaft einen weiteren Punkt erzielt.

„He, Nina, bist du das?"

Ich drehe mich um. Das Mädchen, das gerade aus der Toilette nach draußen getreten ist, kommt mir auf Anhieb bekannt vor. Und noch während sie mich unsicher anblickt, geht mir auf, wer sie ist. Die blauen Augen, das schiefe Grinsen, dieses Gesicht kenne ich doch!

„Peggy!", rufe ich. „Echt, das gibt es doch gar nicht!"

Peggy, meine Kindheitsfreundin aus Eden, lächelt zaghaft. „Bist du es wirklich? Du siehst irgendwie … anders aus", sagt sie, und dann umarmen wir uns kurz, bevor wir uns ein bisschen verlegen mustern.

Peggy ist einen Tick größer als ich und trägt ihre langen blonden Haare zu einem seitlichen Zopf geflochten und dazu ein Shirt mit dem Logo einer der Mannschaften, auf die Papa vielleicht noch treffen wird, sollte seine eigene gleich gewinnen. Sie starrt mich immer noch irritiert an, und ich muss lachen.

„Doch", sage ich. „Ich bin es. Aber ich heiße jetzt Noni."

Peggy nickt, einfach so, und schüttelt den Kopf. „Was machst du denn hier?"

„Mein Papa ackert unten auf dem Spielfeld", sage ich. „Aber was machst du hier? Ihr seid doch nach Prenzlau gezogen damals, oder?"

Sie nickt und lächelt. „Ja, aber mein Freund wohnt in Lychen", sie zupft an ihrem Trikot, „und deshalb bin ich heute mal mitgekommen."

In diesem Moment geht die Tür hinter uns auf, und Feli kommt raus. „Noni, kaufst du mir noch ein Eis?"

„Das macht Mama", sage ich und wuschele ihr durchs Haar. „Guck mal, das ist Peggy, das war früher meine allerbeste Freundin, als ich so alt war wie du!"

Feli sieht Peggy an, und Peggy grinst, ihr schiefes Grinsen, was ich noch aus den Zeiten kenne, als wir beide als Achtjährige durch Eden gestreunt sind und lauter Unsinn gemacht haben. Mann, wie sehr ich sie damals vermisst habe, als sie dann weggezogen war. Und jetzt sind wir beide doppelt so alt und sehen beide total anders aus. Ich aber bestimmt noch ein bisschen mehr als sie.

„Krass!", sagt Peggy. „Stimmt ja, deine Mama war ja damals schwanger, als wir umgezogen sind!" Sie lacht, und jetzt sieht sie noch mehr aus wie die Peggy von früher.

Feli zerrt an meiner Hand. „Komm, Noni!"

„Okay", sage ich. Und dann tauschen Peggy und ich unsere Handynummern, umarmen uns noch mal, diesmal ein wenig länger, und schließlich lasse ich mich von Feli zurück zu unserem Platz ziehen, gerade rechtzeitig für die letzten Spielminuten.

Feli kuschelt sich an mich, und als die letzten Sekunden anbrechen, zählen wir laut mit runter. Bei null springen wir auf und jubeln lautstark, und schließlich kommt Papa die Treppe hochgespurtet, hochrot im Gesicht, klatschnass geschwitzt und total zufrieden.

„Na, wie war ich?"

„Super!", sagt Levi. „Echt cool! Zu schade, dass wir jetzt losmüssen. Ich drücke die Daumen!"

Papa grinst stolz und wuschelt Feli durchs Haar. Mama ist auch zu uns hochgekommen und gibt Papa einen Kuss auf die Wange, dann sieht sie auf die Uhr.

„Wisst ihr was?", sagt sie zu Levi und mir. „Ich bringe euch kurz in die Stadt. Jetzt ist ja sowieso Pause, und Feli setze ich dann gleich bei Oma und Opa ab."

„Ja!", ruft Feli. „Aber ich krieg noch ein Eis, Mama, das hat Noni versprochen!"

„Na, wenn Noni das versprochen hat …" Mama lacht.

„Das ist aber total nett von Ihnen", sagt Levi. „Aber wir können auch wirklich den Bus nehmen."

„Klar", sagt Mama. „Könnt ihr. Aber müsst ihr nicht!" Sie zwinkert mir zu und verabschiedet sich von Till, der noch das nächste Spiel ansehen will.

Ich winke Till zum Abschied zu, und er erwidert mein Lächeln, bevor er lostrabt, um die Toilette zu suchen. Als ich mich umdrehe, um Papa Tschüss zu sagen, stehen jetzt zwei von seinen Sportsfreunden neben ihm. Einen kenn ich schon, Torben, aber den anderen hab ich noch nie gesehen. Papa reicht Levi die Hand und kneift mir kurz in die Wange. „Tschüss, mein liebes Kind!", sagt er. „Schön, dass ihr da wart."

„War mir ein Vergnügen!", sagt Levi und folgt Mama und Feli, die sich schon auf den Weg zum Ausgang gemacht haben. Ich will hinterher, aber Papas neuer Sportsfreund hält mich noch kurz auf.

„Ich bin der Jens", sagt er freundlich und reicht mir die Hand. „Und du … äh … du bist?"

Papa will etwas sagen, aber ich werfe ihm ein Lächeln zu und sehe dann Jens an. „Ich bin Noni", sage ich. „Einfach nur Noni."

Und dann gehe ich los.